대학권장도서 베스트 03
아Q정전·광인일기

대학권장도서 베스트 03

아Q정전 · 광인일기

루쉰 지음 | **우인호**(한국외대 교수) 옮김

阿Q正傳 · 狂人日記

좋은 책 좋은 독자를 만드는
㈜신원문화사

차례

자서 • 7

광인일기 • 17

아Q정전 • 35

약 • 99

공을기 • 113

내일 • 123

작은 사건 • 133

두발의 고사 • 139

풍파 • 147

고향 • 161

단오절 • 177

토끼와 고양이 • 191

백광 • 199

집오리의 희극 • 209

서시 • 215

작품 해설 및 작가 연보 • 232

자서

　나도 젊었을 때는 많은 꿈을 가졌었다. 대개 잊고 말았지만, 그렇다고 애석하게 생각하지는 않는다. 추억이란 사람을 즐겁게 만들기도 하지만 때로는 쓸쓸하게 만들기도 한다. 지나가 버린 쓸쓸한 때를 잡아맨다고 무슨 소용이 있겠는가. 오히려 완전히 잊지 못하는 게 괴롭다. 그 잊혀지지 않는 한 부분이 이제 와서 이 책《납함(吶喊, 함성이라는 뜻)》을 쓰게 된 원인이 되었다.

　일찍이 나는 4년여 동안 거의 매일같이 전당포와 약방엘 다녔다. 몇 살 때인가는 잊었지만, 아무튼 약방 계산대가 내 키만큼 높았고, 전당포 계산대는 내 키의 갑절이나 되었다. 나는 내 키의 두 배나 되는 계산대에 옷이며 머리 장식품 따위를 내밀고 경멸 섞인 눈초리와 함께 돈을 받아 든 다음, 내 키만큼 높은 한약방의 계산대로 가서 병석에 오래 계신 아버지를 위해 약을 지었다. 집에 오면 오는 대로 또 태산 같은 일이 기다리고 있었다. 병을 보러 오는 의원이 아주 유명한 사람이라 그런지 그가 권하는 약들은 모두 색다른 것뿐이었다. 한겨울의 갈대 뿌리, 3년간 서리를 맞은 사탕수수, 교미 중인 귀뚜라미, 열매 맺은 평지목(平地木) 등 모두 구하기 힘든 것들이었다. 그러나 그토록 애쓴 보람도 없이 아버지의 병은 별다른 호전이 없더니 끝내는 돌아가시고 말았다.

　남부럽지 않은 생활에서 갑자기 밑바닥 생활로 떨어진 사람이라면 틀림없이 그 과정에서 세상 사람들의 본연의 모습을 볼 수 있을 것이라고 생각한다. 내가 N지방에 있는 K학당에 들어가려고 결심한 것도 다른 길, 다른 지방으로 달아나 지금과는 다른 사람들과 사귀어 보고 싶었기 때문인 것 같다.

　어머니는 체념하시고선 8원의 여비를 마련해 주시며, 너 하고 싶은 대로 하라고 말씀하셨다. 그러면서 어머니는 우셨다. 그것은 당연한 일이었다. 왜냐하면 그 당시는 경서(經書)를 외워 과거를 치르는 것이 올바른 길이었고, 서양 학문을 공부하는 것은 서양 오랑캐에게 혼을 팔아 넘기는 것으로 간주하는 사람들에게 필요 이상의 수치와 천대를 받아야 했기 때문이다. 게다가 어머니로서는 이제 당신의 아들을 만날 수 없게 되는 일이었다. 그러나 나는 그런 것에 구애받지 않고 결국 N지방에 있는 K학당에 입학했다.

　나는 그 학교에서 물리, 수학, 지리, 역사, 미술 및 체육이라는 학문들이 이 세상에 있다는 것을 처음 알았다. 생리학은 배우지 못했지만 목판본인 〈전체신론(全體新論)〉이니 〈화학위생론(化學衛生論)〉이니 하는 것은 읽을 수 있었다. 나는 옛날 의원들의 이론이나 처방을 새로 배운 학문과 비교해 보고 한방의(漢方醫)는 결국 의식적이든 무의식적이든 간에 속임수에 불과하다는 것을 깨닫게 되었던 것을 지금도 기억하고 있다. 그와 동시에 속은 환자나 그 가족들에게 깊은 동정심을 품게 되었다. 또한 번역된 역사책을 보고 일본의 메이지 유신 대부분이 서양 의학에서 비롯되었다는 사실도 알게 되었다.

　이런 유치한 지식 덕분에 나는 일본 어느 소도시의 의학전문학교로 유학을 가게 되었다. 내 꿈은 컸다. 졸업하고 귀국해서 우리 아버지처럼 그릇된 치료를 받을 환자들의 고통을 덜어 주리라고 생각한 것이다. 전쟁이 일어나면 군의(軍醫)를 지원하리라. 그리고 한편으로는 국민들에게 새로운 제도에 대한 의식을 촉진시키리라. 이것이 나의 희망이었다.

미생물학을 가르치는 방법이 지금은 어떻게 변했는지 모르지만, 아무튼 그 무렵엔 환등을 사용해서 미생물의 형태를 비춰 보여 주었다. 때로는 강의가 끝났어도 아직 수업 시간이 남았을 경우에는 교수님이 풍경이나 뉴스 같은 영상을 보여 주면서 남은 시간을 채우기도 했다. 그때는 마침 러일전쟁 중이었으므로, 비교적 전쟁에 관한 필름이 많았다. 나는 교실에서 언제나 동급생들과 함께 박수 갈채에 장단을 맞추지 않으면 안 되었다.

어느 날인가 나는 오랜만에 많은 중국인들의 모습을 화면으로 접할 수 있었다. 한 사람이 가운데 묶여 있고 그 주위를 많은 사람들이 둘러싸고 있었다. 모두 건장한 체격들이었으나 표정은 멍청했다. 해설자의 말에 의하면 묶여 있는 자는 러시아 군대의 스파이 노릇을 하던 사람이었기 때문에 그 본보기로서 일본군이 참수하려는 참이었고, 둘러선 사람들은 그걸 구경하러 온 것이라는 설명이었다.

그 학년을 다 마치기도 전에 나는 도쿄를 떠나고 말았다. 그 필름을 본 뒤부터 의학 같은 것은 중요하지 않다고 생각했기 때문이다. 어리석고 약한 국민은 비록 체력이 튼튼하고 오래 산다 해도 고작 보잘것없는 본보기나 구경꾼 노릇만 할 뿐 아닌가. 병들거나 죽는 사람이 아무리 많더라도 그런 것은 불행이라고 할 수도 없다. 그러므로 우리가 우선 해야 할 일은 저들의 정신을 고치는 데 있다. 그리고 정신을 뜯어고치는 데는 문학과 예술이 가장 적합한 것이라고 생각했다. 그래서 문예 운동을 제창하리라 결심하였다.

도쿄 유학생들 중에는 법학이나 정치, 물리나 화학, 경찰학이나 공업 등을 배우는 사람은 많았지만, 문학이나 예술을 공부하는 학생은 없었다. 나는 이런 냉담한 분위기 속에서도 이렇게 저렇게 해서 몇 명의 동지들을 찾아낼 수 있었다. 그 밖에도 필요한 사람을 몇몇 모아 상의한 끝에 잡지를 내기로 했다. 잡지 이름은 그 무렵에 풍미하던 복고적인 경향을 감안해서 '새로운 생명'이란 의미인 《신생(新生)》이라 부르기로 했다.

《신생》의 출판 날짜가 닥쳤다. 그런데 원고를 맡았던 몇 사람이 자취를 감추고 뒤이어 다시 자금책이 달아나 버려, 끝내는 돈 한 푼 없는 세 사람만이 남게 되었다. 시작할 때부터 세상 흐름과 맞지 않는 계획이었던 만큼, 실패했다고 해서 새삼 투덜거릴 것도 없었다. 게다가 남은 세 사람마저도 각자의 운명에 쫓기느라 한자리에 모여 미래의 꿈을 나눌 수조차도 없게 되었다. 이렇게 해서 우리들의 《신생》은 태어나지도 못하게 되었다.

내가 처음으로 무력함을 느끼게 된 것은 그 이후의 일이었다. 처음에는 원인을 알지 못했으나 얼마 후에야 깨닫게 되었다. 한 사람이 어떤 주장을 했을 때 다른 사람이 찬성해 주면 계속 전진할 것이고, 반대하면 자극되어 더 분발할 것이다. 그런데 사람들 속에서 외쳤는데도 어떠한 반응도 없다면, 즉 찬성도 반대도 없는 경우에는 마치 자신이 끝없는 벌판에 버려져 있는 것처럼 아무것도 할 수 없게 되는 것이라고. 이 얼마나 서글픈 일인가. 그래서 나는 이러한 느낌을 적막이라고 이름 붙였다.

이 적막감은 하루하루 자라나서 거대한 독사와도 같이 내 혼에 달라붙어 떨어지지 않았다.

이렇듯 나는 깊은 비애에 빠져 있었지만 화는 조금도 나지 않았다.

왜냐하면 이 경험을 바탕으로 나는 반성하게 되었고 자신을 다시 한 번 돌아보았기 때문이다. 즉 나는 손을 높이 들어 한번 외치면, 호응하는 사람들이 구름같이 모여드는 그런 영웅은 아니었다.

그 적막감은 나 스스로 제거하지 않으면 안 되었는데, 너무나 고통스러웠기 때문이다. 그래서 여러 가지 방법으로 최면 상태에 들어가 나 자신을 대중 속에 파묻고 옛날로 돌아가려고 했다. 그 뒤로도 더 큰 적막과 슬픔을 몇 번이나 직접 체험하기도 하고 바라보기도 했으나 모두 생각하기조차 싫어 내 뼈와 함께 진흙 속에 묻고 싶을 뿐이었다. 그러나 내 최면법이 효력을 발휘했는지 청년 시절의 비분강개하던 기분은 다시 일어나지 않게 되었다.

S회관엔 세 칸 정도 되는 작은 방이 있었는데 그 앞뜰에 있는 홰나무에 여자가 목을 매었다는 이야기가 전해 오고 있었다. 지금 그 홰나무는 사람이 올라갈 수 없을 정도로 높게 자랐지만 그 방은 비어 있었다. 그 사건 이후 나는 몇 년 간 그 방에 틀어박혀 옛날 묘비글을 베끼고 있었다. 세 든 집이라 찾아오는 손님들도 없었고 옛날 비문 속에서 문제될 일이나 주의, 사상과 부닥치는 일도 없었다. 이렇게 내 생명은 그대로 캄캄한 어둠 속으로 가라앉아 가고 있었으며, 그것이 나의 유일한 소원이기도 했다.

여름 밤엔 모기가 많다. 종려나무 부채로 부채질을 하면서 홰나무 밑에 앉아 무성한 나뭇잎 사이로 멀리 반짝이는 푸른 하늘을 바라보고 있노라면, 늦게 부화된 배추벌레가 섬뜩하게 목덜미로 떨어지곤 했다.

그 당시 옛날 친구인 김심이(金心異)가 가끔 놀러 오곤 했다. 그는 손에 든 큰 가방을 낡은 책상 위에 내던지며 윗옷을 벗고는 나를 보며 앉았다. 개를 무서워하기 때문에 가슴을 두근거리면서…….

"자네는 이런 걸 베껴서 무엇에 쓰려나?"

어느 날 밤, 그는 내가 베낀 옛 비문의 사본을 훑어보면서 궁금한 듯 질문을 했다.

"아무 소용 없어."

"그럼 자네는 무슨 생각으로 베끼고 있나?"

"아무 쓸 데도 없어."

"어때, 자네 혹시 글이라도 써서……."

나는 그가 말하고자 하는 뜻을 알았다. 그는 《신청년(新靑年)》이라는 잡지를 발행하고 있었다. 그런데 그 무렵엔 아직 찬성하는 사람도 없었고, 그렇다고 반대하는 사람도 없는 것 같았다. 그들도 적막에 빠진 것은 아닐까 하고 생각했다. 하지만 나는 이렇게 말했다.

"가령 쇠로 된 방이 있다고 하세. 그 안은 창문도 없고 절대로 부서지지도 않을 거야. 그 속에는 깊이 잠든 사람이 많이 있어. 그들은 얼마 안 있어 숨이 막혀 죽고 말 거야. 그러나 혼수 상태에서 그대로 죽는 것이니까, 죽음의 고통 따위는 느끼지 않아. 이때 자네가 큰 소리를 질러 다소 의식이 있는 몇 사람을 깨운다면 이 불행한 몇 사람에게 결국 살아날 가망도 없이 임종의 괴로움만 주게 되는데, 자네는 그들에게 미안하다고 생각하지 않을까?"

"그러나 몇 사람이 깬다면 그 쇠로 된 방을 부수지 못하리라고 말할 수는 없지 않은가?"

그랬다. 나는 물론 나름대로의 확신은 가지고 있었지만, 희망 그 자체를 말살해 버릴 수는 없었다. 왜냐하면 희망이란 미래의 일이므로, 절대로 일어나지 않을 거라는 내 부정만으로 희망에 차 있는 그의 주장을 무너뜨릴 수는 없었기 때문이다.

그래서 결국 나는 글을 쓸 것을 약속했다. 이것이 바로 처녀작 〈광인일기(狂人日記)〉였다. 그 뒤로 일단 내디딘 이상 물러설 수도 없는 일이고 해서 친구들의 부탁이 있을 때마다 소설 비슷한 글을 써서 어물어물 넘겨 온 것이 쌓이고 쌓여 여남은 편이 되었다.

돌이켜보면 나 자신이 이제는 안타까움이 치솟아도 이미 소리조차 지를 수 없게 된 그런 인간임을 알고 있다. 그러나 그 무렵 내가 빠졌던 적막의 슬픔이 잊혀지질 않아서인지 때로는 나도 모르게 몇 마디 함성이 입에서 새어 나오는 수가 있는데, 아쉬운 대로 이 글로 적막의 한복판에 돌진하는 용사들에게 마음 편히 앞장설 수 있게끔 약간의 위로라도 줄 수 있었으면 한다.

내 함성이 용감한 것인지 슬픈 것인지 얄미운 것인지 우스운 것인지를 돌아볼 겨를은 없다. 다만 나는 함성을 지르게 된 이상 지휘관의 명령을 듣지 않을 수 없었다. 그래서 나는 이따금씩 내 멋대로의 곡필(曲筆)을 놀려 〈약(藥)〉 속에 나오는 유아의 무덤에 까닭 모를 꽃다발을 놓았고, 〈내일〉에도 선사 부인이 끝내 아들을 만나는 꿈을 꾸지 못했다고 쓰지는 않았던 것이다. 이것은 당시의 지휘관이 소극적인 것을 싫어했기 때문이기도 하지만, 또 나 자신도 괴로워해 온 적막을 내가 젊었을 때와 마찬가지로 희망에 부풀어 있을 청년들에게 옮기고 싶지 않았기 때문이다.

그래서 내 소설이 예술에서 멀리 떨어져 있다는 것은 말할 필요가 없으리라. 그런데 오늘날 여전히 소설이라고 불릴 뿐만 아니라, 한 권으로 묶을 기회마저 얻게 되고 보니, 참으로 뜻밖의 행운이라고 여기지 않을 수 없다. 뜻밖이란 점에서는 걱정이 되기도 하지만, 또한 오래지 않아 이 세상의 독자들이 뒤를 잇게 될 것을 생각하면 정말 기쁜 마음을 억누를 수 없다.

그러므로 나는 여기에 내 단편 소설을 모아 인쇄하고, 동시에 앞에서 말한 연유로 이것을 '납함'이라 이름 붙인 것이다.

광인일기

　지금은 그 이름을 밝힐 수 없지만, 모(某)씨 형제는 내 중학 시절의 좋은 친구들이었다. 그런데 떨어져 산 지 여러 해 되고 보니 자연히 소식도 뜸해지게 되었다.
　얼마 전 우연히 그 형제 중 한 사람이 중병을 앓고 있다는 소식을 들었다. 마침 고향에 가던 길이라 찾아가 형제 중 한 명을 만나게 되었는데, 병을 앓은 이는 동생이었다고 했다. 먼 길을 오느라고 수고했으나 동생은 이미 병이 다 나아 어느 곳에 후보(候補)로 부임했다며 크게 웃고는 일기장 두 권을 꺼내 내게 보여 주며 말하기를, "이걸 보게. 당시의 증상을 알 수 있을걸세. 옛 친구에게 주어도 상관 없겠지." 하고 말했다.
　가지고 돌아와 한번 읽어 보니 대충 그 병이 피해망상증의 한 종류임을 알게 되었다. 내용이 아주 난삽한 데다 줄거리와 순서가 없고 황당한 소리도 많았다. 날짜는 적혀 있지 않았으나 먹물 빛깔과 글자 모양이 일률적이지 않은 것으로 보아 이 글이 한꺼번에 적힌 것이 아님은 분명했다. 개중에는 어느 정도 맥락을 갖춘 곳이 있기에 지금 그것을 가려내어 의학도(醫學徒)의 연구 자료로 제공하려 한다. 일기 가운데 틀린 말이 있어도 정정하지 않았다. 다만 등장하는 인물들은 시골 사람들로 세상에 이름난 사람들은 아니어서 상관없겠지만, 모두 이름을 바꾸었다. 또 책 이름은 본인이 완쾌된 뒤에 제목을 붙인 것인 만큼 애써 고치지 않기로 했다.

1

   오늘 밤은 달이 밝다.
   내가 달을 보지 못한 지도 어느덧 30년이 된다. 오늘은 그 달을 보았기 때문에 정말 기분이 좋다. 그러고 보면 지금까지 30년 이상이나 나는 제정신이 아니었다. 하지만 그래서 조심하지 않으면 안 된다. 그렇지 않다면, 어째서 저 조(趙)씨 집의 개가 나를 빤히 쳐다보는 것일까.
   내가 두려움에 떨고 있는 데는 그럴 만한 이유가 있다.

2

   오늘은 전혀 달빛이 보이지 않는다. 재미가 없다. 아침에 조심스럽게 집을 나오니 조귀(趙貴) 노인의 눈초리가 이상하다. 나를 무서워하는 것도 같고, 나를 해치려는 것도 같다. 그 밖에 내게 들킬까 두려워하면서 귀엣말로 내 험담을 하고 있는 놈도 여러 명 있다. 길에서 만난 놈들이 다 그렇다. 그중 가장 험상궂게 생긴 놈이 입을 쩍 벌리고 날 보며 웃어 댔다. 나는 머리에서 발끝까지 소름이 끼쳤다. 놈들이 완전히 준비를 갖추었다는 생각이 들었다.
   그러나 나는 무섭지 않았다. 아무렇지 않다는 듯 걸어갔다. 앞쪽에는 아이들이 모여 있었는데 이놈들도 나를 보며 수군거리고 있었다. 눈초리도 조귀 노인과 같은 것이고, 얼굴빛까지도 납빛이 돌았다. 내게 무슨 원한이 있길래 아이들까지도 이런가 싶어 도저히 참을 수가 없어서 "뭐가 어째!" 하고 호통을 쳐 주었다. 그랬더니 다 도망쳐 버렸다.

아무리 생각해도 조귀 노인과 길 가는 사람들에게는 원한을 쌓은 일이 없는 것 같았다. 있다고 한다면 20년 전에 고구(古久) 선생의 낡은 장부를 밟아서 그를 불쾌하게 한 것뿐이었다.

조귀 노인이 고구 선생을 아는 것이 아니지만, 틀림없이 그 소문을 듣고 내가 한 짓에 화가 나 있는 것이리라. 그래서 지나가는 사람들에게 나를 미워하게끔 만들고 있는 것이리라.

그렇지만 아이놈들은 그때 태어나지도 않았잖은가. 그런데 어째서 오늘은 나를 두려워하는 듯, 없애려 하는 듯한 이상한 눈초리로 노려보는가. 이거야말로 두려운 일이다. 갑자기 마음이 이상해지고 슬퍼진다.

그렇다. 어미 아비가 가르쳐 준 것이다.

3

밤에는 아무리 노력해도 잠이 오지 않는다. 사물을 모두 연구해 보지 않으면 알 수 없다.

놈들 중에는 현지사(懸知事)에게 걸려 칼을 쓴 놈도 있고, 두목에게 두들겨 맞은 놈도, 관리에게 계집을 빼앗긴 놈도 있다. 어미 아비를 빚쟁이에게 시달려 죽게 만든 놈도 있다. 그러나 그 당시의 놈들 얼굴 표정이 어제처럼 무섭고 처참하지는 않았다.

제일 이상한 것은 어제 길에서 본 그 여자다. 자기 자식을 두들겨 패면서 "망할 아비란 놈! 난 네놈을 물어뜯어야 속이 시원하겠다."고 하는 것이었다. 그러면서도 그녀의 눈은 나를 보고 있었다. 나는 너무 놀라 당황하고 말았다. 그러자 그 납빛 얼굴에 허연 이빨을 드러낸 놈들이 와아 웃어 대는 것이었다. 진노오(陣老五)가 급히 달려와 억지로 나를 끌고 집으로 갔다.

집으로 끌려 돌아오자 집안 사람들이 모두 서먹서먹 눈치를 봤다. 그들의 눈초리도 다른 놈들과 마찬가지였다. 서재로 들어가자 밖에서 문을 잠가 버렸다. 마치 닭이나 오리라도 가두려는 것처럼. 이 한 가지 일로 나는 놈들이 하는 짓을 더욱 알 수 없게 되었다.

며칠 전 낭자촌(狼子村)에서 소작인 한 사람이 와서 흉년이라고 불평을 늘어놓다가 형에게 이런 얘기를 했다. 그들 마을에 아주 못된 놈이 있어서 사람들에게 맞아 죽었는데, 누군가 간이 커진다는 말을 듣고 그놈의 내장을 꺼내서 기름에 볶아 먹었다는 것이다. 내가 잠깐 끼어들었더니 소작인과 형은 물끄러미 나를 쳐다보았다. 오늘에서야 비로소 알았다. 그놈들의 눈초리가 마을에 있는 놈들과 똑같다는 것을.

생각만 해도 온몸이 오싹해졌다.

놈들은 사람을 먹는다. 그러고 보면 나를 먹지 않으리라는 보장이 어디 있겠는가.

그렇다. 그 여자가 "네놈을 물어뜯겠다."고 으르렁거린 것과, 납빛 얼굴에 허연 이를 드러내고 녀석들이 웃는 것과, 며칠 전 그 소작인이 했던 말은 분명한 암호인 것이다. 이제야 알았다. 놈들이 하는 말은 모두가 독(毒)이다. 그놈들의 웃음 속에는 칼이 있고, 놈들의 이빨은 모두 날카롭게 빛난다. 그것으로 사람을 먹는 것이다.

나는 나 자신을 나쁘게 생각지는 않지만 고(古)씨네 집 장부를 밟은 뒤로는 생각이 바뀌어 갔다. 놈들의 생각을 대체 알 수가 없다. 그놈들은 사이가 나빠지면 금세 사람을 못된 놈으로 만들고 만다. 나는 지금도 형이 내게 논문 쓰는 법을 가르쳐 주었던 때를 기억한다. 아무리 착한 사람이라도 조금 헐뜯으면 관주(貫珠, 예전에 글이나 시문의 잘된 곳에 치던 동그라미)를 많이 주고, 나쁜 사람을 조금 변호해 주면 '솜씨가 좋다'든가 '뛰어나다'고 칭찬한다고 했다. 놈들이 무엇을 생각하고 있는지는 모른다. 더구나 사람을 먹으려고 생각하고 있는 데야.

무엇이든 연구를 하지 않으면 모른다. 옛날부터 줄곧 사람을 잡아먹었다는 걸 어렴풋이 알고 있었지만 그리 확실하지는 않았다. 나는 역사책을 뒤적여 조사해 보았다. 역사책에는 연대가 없고, 어느 페이지에나 '인의 도덕' 같은 글자들이 꾸불꾸불 적혀 있었다. 나는 어차피 잠을 이룰 수 없었으므로 밤 늦게까지 열심히 조사해 보았다. 그러자 글자와 글자 사이에서 온통 '식인(食人)'이란 두 글자가 적혀 있음을 발견했다.

책장마다 이토록 많은 글자가 적혀 있었다. 소작인도 그렇게 많이 지껄였다. 히죽히죽 웃으면서 이상한 눈으로 나를 흘겨보며…….

나도 인간이다.

놈들은 나를 먹고 싶은 것이다.

4

아침에 나는 조용히 앉아 있었다. 진노오가 밥을 들여왔다. 채소 한 접시, 생선 조림 한 접시. 그 생선의 눈이 허옇고 뻣뻣하며 주둥이를 쩍 벌리고 있는 것이, 사람을 먹고 싶어하는 저놈들과 닮았다. 젓가락으로 조금 건드려 보니 미끈미끈해서 생선인지 사람인지 구분이 가지 않았다. 구역질이 올라와 뱃속의 것을 모조리 토해 내고 말았다.

"노오, 나는 갑갑해서 견딜 수가 없어. 뜰을 좀 거닐고 싶어. 형에게 얘기 좀 해 줘."

그런데 노오란 놈은 들은 체도 않고 가 버렸다. 그러나 금세 다시 와서 문을 열어 주었다.

나는 꼼짝도 않고 있었다. 놈들이 나를 어떻게 하려는지 보고 싶었다. 어쨌든 나를 풀어 줄 생각이 없는 것은 틀림없다. 그러면 그렇지!

형이 노인 한 사람을 데리고 천천히 들어왔다. 기분 나쁜 눈빛을 한 놈이다. 그 눈빛은 내가 눈치채지 못하도록 안경 너머로 힐끔거리며 내 태도를 살폈다.

형이, "오늘은 몸이 좋은 것 같구나." 하기에 그렇다고 대답했다. 그러자 형이 "오늘은 하(何) 선생에게 진찰을 받기로 했다."고 하기에 그러냐고 대답은 했지만, 이 노인이 사람 백정인지 아닌지 어떻게 알겠는가. 맥을 짚는다는 구실로 살집이 얼마나 되나 보는 것일지도 모른다. 아마도 그 공으로 고기 한 점쯤 얻어먹을 생각이겠지.

나는 조금도 무섭지 않다. 사람을 먹지는 않았지만 간만큼은 놈들보다 크다. 두 주먹을 내밀고 놈이 어떻게 움직이는가 보고 있었다. 놈은 의자에 앉아 두 눈을 감고, 한참이나 내 손을 만지더니 한동안 멍하니 있었다. 그리고 나서 그 기분 나쁜 눈을 뜨고 "너무 걱정할 것 없어요. 조용히 섭양(攝養)하면 곧 좋아질 겁니다."라고 말했다.

걱정하지 말고 조용히 섭양하라고? 물론 섭양하면 살이 쪄서 놈들은 그만큼 더 먹을 수 있겠지. 하지만 내게 무슨 좋은 일이 있다는 건가. 뭐가 '좋아질 겁니다.'인가. 놈들은 사람을 잡아먹고 싶으면서도 괜히 체통을 염두에 두고 주저하며'과감히 손을 내밀지 못하고 있으니 한심하기 짝이 없는 노릇이다.

나는 참을 수가 없어 큰 소리로 웃어 버렸다. 그랬더니 기분이 좋아졌다. 이 웃음에는 용기와 정기(正氣)가 가득 차 있음을 나도 느낄 수 있었다. 노인과 형은 내 용기와 정기에 압도되어 얼굴빛이 변했다.

그러나 내게 용기가 있으므로 놈들은 더욱 나를 먹고 싶어할 것이고, 그래서 그 용기를 얻고 싶을 것이다. 노인이 방을 나가자 내가 작은 소리로 형에게 속삭였다.

"빨리 먹어 치우도록 하세요."

형은 고개를 끄덕였다. 나는 생각했다. 한패가 되어 나를 잡아먹으려는 사람은 내 형인 것이다. 사람을 잡아먹는 자가 바로 내 형이다. 이 대발견은 의외인 듯했지만 실은 의외가 아니었다.

나는 사람을 잡아먹는 놈의 동생이다. 내가 사람들에게 잡아먹히더라도 여전히 나는 사람을 잡아먹는 놈의 동생이다.

5

나는 조금 뒤로 물러나서 생각해 보았다. 설령 그 노인이 사람 백정이 아니고 의사 선생이라 하더라도 사람을 잡아먹는 놈임에는 변함이 없다. 놈들의 선생인 이시진(李時珍)이 지은 〈본초(本草)〉인가 하는 책에도 사람 고기를 삶아 먹는다고 분명히 씌어 있었다. 이래도 "나는 사람을 먹지 않습니다." 하고 그놈이 말할 수 있겠는가.

형 역시 뚜렷한 증거가 있다. 내게 글을 가르칠 때, "자식을 바꾸어 잡아먹을" 일은 있을 수 있다고 분명히 자기 입으로 말했던 것이다. 그리고 또 한번은 어느 악한 사람에 대해 얘기할 때, 그놈은 죽어 마땅할 뿐만 아니라, "그 고기를 먹고 가죽을 깔고 자야 한다."고 말한 적이 있었다. 그때 나는 어렸기 때문에 종일토록 가슴이 두근거렸다. 이것으로 미루어 보아 옛날과 마찬가지로 사람의 마음은 잔인하다는 것을 알 수 있다. "자식을 바꾸어 잡아먹는" 것을 보면 무엇이든 바꿀 수 있고, 누구라도 잡아먹을 수 있을 것이다. 얼마 전 소작인이 내장을 기름에 볶아먹었다고 말했을 때도 형은 끔찍하게 여기지 않고 연신 옳다고 고개를 끄덕였다. 옛날에 나는 형의 설교를 그저 지나가는 말로만 들었었다. 한데 지금 생각해 보니 놈은 설교할 때 입가에 사람의 기름을 처바르고 있었고, 가슴속은 온통 사람을 먹고 싶은 마음이 가득 차 있었던 것이다.

6

캄캄하다. 낮인지 밤인지 알 수가 없다. 조씨네 개가 또 짖어 대기 시작했다. 사자 같은 사악한 마음, 토끼처럼 겁내고, 여우처럼 교활한……

７

　나는 놈들의 수법을 알아냈다. 놈들은 뒤탈이 무서워 칼로 직접 죽이지 못하고 여럿이서 모의를 통해, 교묘히 나를 자살하게끔 만들려는 것이다. 그렇다. 전날 거리에서 본 사내와 계집의 꼴로 보나 얼마 전 형의 거동만 하더라도 틀림이 없다. 내가 스스로 대들보에 허리띠를 걸치고 목을 매 죽어 버리기를 바라겠지. 놈들은 살인이란 죄명을 쓰지 않고도 나를 죽일 수 있는 것이다. 내가 죽으면 그들은 기뻐서 비명을 지르고 껑충거리며 웃어 대겠지. 목을 매진 않더라도 난 아마 괴로움에 고민하다 죽고 말 것이다. 그러면 고기는 좀 줄어들겠지만 그래도 그들은 만족해 할 것이다.
　놈들은 죽은 고기만 먹으려는 것이다. 어떤 책에선가 읽은 기억이 있다. '하이에나'라든가 하는 동물은 생김새가 추악하기 짝이 없다고. 그리고 언제나 죽은 고기만을 먹고, 아무리 굵은 뼈라도 와작와작 씹어 삼킨다고 한다. 생각만 해도 소름이 돋는다. 하이에나는 늑대 족속이고 늑대는 개의 조상이다. 먼젓번에 조씨네 개가 나를 노려보았는데 틀림없이 놈도 한패일 것이다. 늙은 의사놈도 눈을 내리뜨고 있었지만 나는 속지 않는다.
　형이 불쌍하다. 그도 사람인데 어째서 무섭지 않겠는가. 형은 익숙해져 나쁘다는 생각을 못하는 걸까, 아니면 양심을 잃어 나쁜 줄 알면서도 하는 걸까.
　나는 사람을 잡아먹는 자를 저주한다. 하지만 형부터 저주하리라. 사람을 잡아먹는 인간의 마음을 돌리는 일도 우선 형부터 시작해야겠다.

8

사실 이런 이치는 벌써 놈들도 깨닫고 있어야 할 터인데…….

갑자기 한 남자가 찾아왔다. 나이는 이제 불과 20세 안팎, 얼굴은 확실치가 않다. 얼굴에 웃음을 띠고 나를 보고 고개를 숙였다. 그러나 그 웃음은 진짜 웃음이 아니었다.

나는, "사람을 먹는 것이 가능한가?" 하고 그 남자에게 물었다. 그 남자는 여전히 웃으면서 "흉년도 아닌데 왜 사람을 잡아먹습니까?" 하고 대답했다. 나는 금방 깨달았다.

'이놈도 한패구나.'

그래서 나는 용기백배해서 다시 물었다.

"옳은 일인가?"

"그런 건 왜 물으십니까? 참…… 농담도 잘하시는군요. 오늘 날씨가 좋죠?"

정말 좋은 날씨였다. 달도 밝았다. 그러나 나는 그에게 묻고 있는 거다.

"옳은가?"

그는 그렇다고는 말하지 않았다. 그저 애매한 말투로 "아니……."라고만 했다.

"그래, 옳지 않지. 그럼, 놈들은 왜 사람을 잡아먹지?"

"그런 말도 안 되는……."

"그런 말도 안 되는? 하지만 낭자촌에서는 정말 잡아먹고 있단 말이야. 게다가 책에도 적혀 있어. 온통 새빨갛게."

그의 얼굴빛이 변했다. 납빛처럼 무거워졌다.
"어쩌면 있을지도…… 옛날부터 그랬으니까……."
"옛날부터 그랬으면 옳단 말이야?"
"당신과는 그런 얘기 하고 싶지 않습니다. 어쨌든 당신은 그런 말을 하면 안 됩니다. 당신이 하는 말은 모두 잘못입니다."
나는 벌떡 일어났다. 눈을 부릅뜨고 자세히 보니 그자가 없었다. 온몸이 땀에 흠뻑 젖어 있었다. 그놈은 내 형보다 훨씬 나이가 적은데도 벌써 한패가 됐다. 아마 어미 아비가 가르쳐 주었으리라. 그놈도 벌써 제 자식에게 가르쳐 줬을지도 모르지. 그러니까 아이놈들도 나를 그런 눈으로 보는 것이겠지.

9

사람들은 자신은 다른 사람을 잡아먹으려고 하면서 남에게는 먹히지 않으려고 서로 의심을 품고 흘긋흘긋 상대를 훔쳐보고 있다.
이런 생각을 버리고서 마음놓고 일하고, 거리를 걷고, 밥을 먹고, 잠을 자면 얼마나 좋을까. 그것은 단지 하나의 관문만 넘으면 된다. 그러나 놈들은 부자, 형제, 부부, 친구, 스승, 원수 그리고 모르는 사람들까지도 한패가 되어 서로 권하고 서로 끌어서, 죽어도 이 한 발을 딛으려 하지 않는 것이다.

10

아침 일찍 형을 만나러 갔다. 형은 문밖에 서서 하늘을 보고 있었다. 나는 그의 뒤로 가서 문을 가로막고 아주 조용하고 부드럽게 말을 건넸다.

"형님, 드릴 말씀이 있습니다."

"말해 봐."

형은 곧 뒤돌아보았다.

"별것도 아닌데, 쉽게 말이 안 나옵니다. 형님, 아마도 먼 옛날에는 사람들 누구나 사람을 잡아먹었겠지요. 그러다가 저마다 생각이 달라서, 어떤 사람은 오로지 착해지려고 노력해서 사람을 잡아먹지 않고 인간답게 된 거죠. 결국 인간다운 인간이 되었죠. 그런데 어떤 사람은 계속 사람을 잡아먹으니 아직 벌레로 남아 있는 겁니다. 사람을 잡아먹는 인간은 잡아먹지 않는 인간에 비해 몹시 부끄럽겠지요. 벌레가 원숭이에 비해서 부끄러운 것보다 훨씬 더 부끄러운 일이죠.

역아(易牙)가 직접 자기 아들을 삶아서 걸(桀), 주(紂)에게 먹인 이야기가 그저 먼 옛날 일일까요? 그렇지 않습니다. 반고(盤古)가 천지를 연 뒤로 계속 사람을 잡아먹어 오다가 역아의 아들을 잡아먹는 데 이르고, 역아의 아들로부터 또 계속 잡아먹어 오다가 서석림(徐錫林, 청조 말기의 혁명가)에 이르고, 서석림에서부터 계속 잡아먹어 오다가 낭자촌에서 잡힌 사나이를 잡아먹게 된 것입니다. 작년에도 성 안에서 죄수를 죽여 폐병 환자에게 만두에 그 피를 적셔 먹게 했습니다.

놈들은 이제 나를 먹으려고 합니다. 형님 혼자서는 어쩔 도리가 없겠지요. 그러나 그렇다고 해서 형까지 한패가 될 것까지야 없지 않습니까. 사람을 먹는 자들이 무슨 짓인들 못하겠습니까? 나를 잡아먹고 나면 형님도 잡아먹을 것입니다. 그러고는 같은 패끼리 서로 잡아먹을 겁니다. 만약 한 발만 방향을 바꿔 내딛는다면 모두가 태평하게 될 것입니다. 예부터 그러기는 했지만 오늘부터라도 전력을 다해 마음을 고쳐먹고, 안 된다고 해야 합니다. 형님, 형님은 말할 수 있습니다. 전에 소작인이 조세를 감해 달라고 했을 때, 안 된다고 하지 않았습니까?"

형은 처음에 냉소를 짓더니 이내 눈길이 험해지고, 놈들의 내막을 들추어내는 순간에는 얼굴이 새파랗게 질렸다.

바깥문 밖에는 많은 사람들이 서 있었다. 조귀 노인도, 그의 개도 있었다. 그놈들은 조심조심 대문 안으로 들어왔다. 어떤 놈은 천으로 감싸고 있어 얼굴을 알아볼 수가 없었으나, 어떤 놈은 예의 그 납빛 얼굴에 허연 이빨을 드러내며 히죽히죽 웃고 있었다.

분명 본 기억이 있는 놈들이다. 어느 놈이나 사람을 잡아먹는다. 놈들 생각이 다 같지 않다는 것도 알고 있다. 옛날부터 그랬으니까. 잡아먹는 것이 당연하다고 생각하는 놈과, 잡아먹어서는 안 된다고 생각하면서도 잡아먹는 놈들. 게다가 폭로되면 곤란하기 때문에 내 말을 듣고도 노발대발 화가 났지만 겉으론 히죽히죽 비웃고 있는 것이다.

그때 형이 갑자기 무서운 얼굴로 큰 소리를 질렀다.

"나가! 미치광이가 무슨 구경거리야!"

이제야 나는 놈들의 묘한 꾀를 또 하나 알아차렸다. 놈들은 마음을 고치기는커녕 벌써 일을 꾸미고 있는 것이다. 나를 미치광이로 만들 작정인 것이다. 그러면 앞으로 잡아먹어도 걱정이 없을 뿐만 아니라,

다른 사람의 동정을 받을 수도 있을 테니까. 소작인이 말하던, 여럿이서 한 명의 악한을 잡아먹었다는 것도 바로 이 방법을 썼을 것이다. 이것이 놈들의 상투적인 수단이다.

진노오도 화가 잔뜩 나서 달려왔다. 그러나 어떻게 내 입을 막을 수 있겠는가.

나는 끝까지 그들에게 말했다.

"너희들 마음을 고쳐 먹는 것이 좋아. 진심으로 회개해. 이제 사람을 잡아먹는 인간은 이 세상에서 용납될 수 없으며, 살아갈 수 없게 될 거야. 끝내 회개하지 않으면 자신도 누군가에게 잡아먹힐 거야. 아무리 많이 낳아 보았자 모두 참다운 사람에게 멸망하고 말 거야. 사냥꾼이 늑대를 잡아 없애는 것처럼. 벌레처럼 말이야."

그놈들은 모두 진노오에게 쫓겨나고 말았다. 형도 어디론가 가 버렸다.

진노오가 나를 달래서 방으로 데리고 왔다.

방 안은 캄캄했다. 들보와 서까래가 머리 위에서 흔들리기 시작하더니 갑자기 출렁거리며 내 위를 덮쳤다. 무겁다. 정말 무겁다. 꼼짝도 할 수 없다. 나를 죽이는 것일까. 그러나 나는 놈의 무게가 속임수라는 것을 알기 때문에 발버둥쳐 빠져나왔다. 온몸이 땀으로 흠뻑 젖은 채.

그래도 나는 호통을 쳤다.

"이놈들아, 지금 당장 회개하거라. 진심으로 마음을 고쳐 먹어라. 이제 사람을 잡아먹는 인간은 이 세상에서 용서받을 수 없게 된다……."

11

해도 보이지 않는다. 문도 열리지 않는다. 매일 두 끼의 밥만 들어왔다. 나는 젓가락을 집어들고 형을 생각했다. 누이동생이 죽은 것도 다 형 때문임을 깨달았다. 그때 내 누이는 겨우 다섯 살이었다. 귀엽고 애처로운 모습이 지금도 눈에 어른거린다. 누이가 죽은 후 어머니는 눈물로 날을 보냈다. 그러자 형은 어머니에게 울지 말라고 했다. 자기가 잡아먹었으니까 남이 우는 것을 보면 다소나마 양심의 가책이 되는 모양이었다. 만일 아직도 양심의 가책을 느낀다면……. 누이동생은 형에게 잡아먹힌 것이다. 어머니는 알고 계실까. 나로서도 알 수 없었다.

생각해 보면 어머니도 알고 계셨을 것이다. 그러나 그렇게 울면서 아무 말도 하지 않았다. 아마도 당연한 일이라고 생각했겠지. 분명 내가 너댓 살 때였다고 기억되는데, 내가 문 앞에서 바람을 쐬고 있으려니까 형이 이런 말을 했다. 부모가 병이 들면 자식된 사람은 마땅히 자기 살을 한 조각 베어 내어 푹 고아서 잡수시게 해야 한다고. 그때 어머니는 나쁘다고 말하지 않았다. 만약 한 조각을 먹을 수 있다면 통째로도 먹을 수 있을 것이다. 하지만 그때 어머니가 울던 모습은 지금 생각해 보아도 가슴이 아프다.

정말 이상한 일이다.

12

생각을 할 수가 없다.

4천 년 동안 계속 사람을 잡아먹어 온 고장에서 내가 오랫동안 살아 왔다는 것을 오늘에서야 비로소 알게 되었다. 형이 집안 살림을 맡자 누이동생이 죽었다. 놈이 몰래 음식에 독을 섞어서 우리들에게도 먹이지 않았다고는 말할 수 없다. 나도 모르는 사이에 누이동생의 고기를 먹었을지도 모른다.

그리고 이제 내 차례가 된 것이다…….

4천 년이나 사람을 먹어 온 역사를 가진 우리. 처음엔 몰랐으나 이제는 확실히 알았다. 참다운 인간은 보기 어렵구나.

13

사람을 먹은 적이 없는 아이가 아직 남아 있을지 모른다. 아이들을 구하자…….

아Q정전

제1장 서문

내가 아Q를 위해 정전(正傳)을 쓰려고 마음먹은 것은 일이 년의 일이 아니다. 써야겠다 써야겠다 생각하면서도 막상 쓰려고 하면 자꾸 망설여지는 것이다. 그것은 내가 이 이야기를 후세에 전할 만한 위인이 못되기 때문이다. 예부터 불후의 문장이라고 하면 반드시 불후의 인물이 전하는 걸로 알고 있다. 그리하여 사람은 문장에 의해 전해지고 문장은 사람에 의해 전해지는데, 이렇게 되면 누가 누구에 의해 전해지게 되는 것인가가 점점 모호해진다. 결국 〈아Q정전〉을 쓰기로 결정하고 나니, 마치 내가 귀신에게 홀린 듯한 기분마저 든다.

어쨌든 불후의 문장은 못 되나, 막상 붓을 들고 보니 많은 어려움들이 뒤따른다. 첫째로 문장의 제목인데, 공자도 명분이 바르지 못하면 말이 순조롭지 못하다고 했다. 이는 극히 주의를 기울여야 하는 점이다. 전(傳)의 제목은 많다. 열전(列傳), 자전(自傳), 내전(內傳), 외전(外傳), 별전(別傳), 가전(家傳), 소전(小傳)…….

그러나 애석하게도 적절한 것이 없다. 열전이라고 한다면 훌륭한 사람들처럼 결코 정사(正史) 속에 실리지 못할 것이고, 자전이라고 한다 해도 내가 아Q 자신이 아니기 때문에 그럴 수도 없다.

또한 외전이라고 한다면 내전은 어디에 있느냐가 문제다. 내전이라고 한다 해도 아Q는 결코 신선이 아니므로 말이 안 된다. 그리고 별전이면 어떨까 생각해 보았으나 아Q는 대총통으로부터 국사관(國史館)에 본전을 세우라는 유시가 내려진 적도 전혀 없다. 영국 정사(正史)에 〈박도별전(博徒別傳)〉이 없음에도 불구하고 문호 디킨스가 〈박도별전〉이란 책을 저술한 적이 있다고 하지만, 그것은 대문호이기에 가능했던 것이지 나로서는 어림도 없는 일이다.*

다음은 가전인데, 나는 아Q와 동족인지 아닌지도 모르며, 또한 그의 자손으로부터 부탁을 받은 적도 없다. 혹은 소전이라고 할까 했는데, 아Q에게는 따로 대전이 있는 것도 아니다. 그러므로 결국 본전이라고 해야 하겠으나, 문장에 대한 관점에서 볼 때 문체에 품위가 없어 리어카꾼이나 행상인의 문장과 비슷하므로 감히 본전이라 칭할 수도 없다.

그래서 삼교(三校) 구류(九流)에도 못 끼는 소설가들의 이른바 "한담(閑談)은 그만두고 정전(正傳)으로 돌아가서"라는 문구 속에서 '정전' 두 글자를 발췌하여 제목으로 삼기로 했다. 비록 고인(古人)이 편찬한 〈서법정전(書法正傳)〉의 '정전'과 매우 혼동스럽기는 하겠지만 거기까지 세세히 마음을 쓸 수는 없다.

둘째, 전기의 통례로 첫머리에는 보통 "이름과 자(字)는 무엇이며, 어느 곳 사람이다."라고 쓰는데, 나는 아Q의 성이 무엇인지 전혀 모른

---

* 〈박도별전〉의 영어명은 〈Rodney Stone〉이다. 영국의 소설가 코난 도일(1859~1930)의 작품으로 루쉰은 1926년에 〈박도별전〉을 디킨스의 작품이라 한 것은 자신의 오해였다고 해명했다. - 편집자 주

다. 한번은 그의 성이 조(趙)인 것 같았으나 그 다음날 곧 모호해져 버리고 말았다.

그것은 조 나리의 아들이 수재(秀才)에 급제했을 때였다. 둥둥 하는 바라(인도에서 유래한 악기) 소리와 함께 그 소식이 온 마을에 전해졌을 때, 마침 황주(黃酒) 두어 잔을 마시고 있던 아Q는 몹시 좋아 날뛰면서 자신에게도 퍽 영광스러운 일이라고 했다. 왜냐하면 자신은 원래 조 나리와 한집안이며, 자세히 계보를 따져보면 자신이 수재에 급제한 아들보다 항렬이 셋이나 위라는 것이었다.

그때 옆에서 아Q의 이야기를 듣고 있던 사람들은 서로들 놀라며 경외감마저 느꼈다. 그런데 이튿날 지보(地保, 향촌에 토착한 치안대)가 오더니 아Q를 조 나리 댁으로 끌고 갔다. 조 나리는 아Q를 보자 얼굴을 붉히며 호통을 쳤다.

"아Q 이 발칙한 놈아, 네가 나와 한집안이라고 했다지?"

아Q는 입을 열지 못했다.

조 나리는 아Q를 볼수록 화가 치밀어 앞으로 몇 걸음 달려나가며 소리쳤다.

"괘씸한 놈, 말도 안 되는 소릴 지껄이다니! 내가 어떻게 네놈과 한집안이란 말이냐! 네놈 성이 조씨냐?"

아Q는 입을 열지 않고 계속 도망치려고만 했다. 조 나리는 아Q에게 와락 달려들어 따귀를 한 대 갈겼다.

"네놈 성이 어떻게 해서 조씨란 말이냐? 네놈이 조씨라니 당치도 않다!"

아Q는 자기 성이 확실히 조라고는 끝까지 주장할 수가 없었다. 그저 왼쪽 뺨을 문지르면서 지보와 함께 물러나왔다. 밖으로 나와서는 다시 지보의 한바탕 훈계를 듣고 술값 두 냥을 주며 사죄했다.

이 이야기를 들은 마을 사람들은 모두, "아Q가 스스로 매를 자초한 거야. 그는 아마 조씨는 아닐 거야. 설사 조씨라 해도 조 나리가 여기 있는 한 그런 쓰잘데기 없는 소리는 하지 말았어야 했어."라고 떠들어 댔다. 그 후부터는 아무도 아Q의 성씨에 대하여 거론하지 않았으므로, 나도 아Q의 성이 무엇인지 결국 모르게 되었다.

셋째로 나는 아Q의 이름을 어떻게 써야 하는지도 모른다. 그가 살아 있을 때 사람들은 모두 그를 아쿠이(阿Quei)라고 불렀으나 죽은 뒤에는 누구 하나 그를 입에 올리지 않았다. 그러니 '죽백(竹帛)에 기록되는' 일이 어찌 있을 수 있겠는가? 만약 '죽백에 기록된' 일이 있다면 이 문장이 아마 최초가 될 것이므로, 지금이 첫 난관에 부딪힌 셈이다.

나는 곰곰이 생각해 보았다. 아쿠이란 아계(阿桂)일까, 그렇지 않으면 아귀(阿貴)일까? 만약 아Q의 호(號)가 월정(月亭)이거나 혹은 8월이 생일이라면 그의 이름은 반드시 아계일 것이다. 그러나 그에게는 호가 없었고, 호가 있다 해도 그걸 아는 사람은 없었다. 또 생일 잔치에 초대장을 돌린 적도 없으므로, 아계라고 쓰는 것은 말이 안 된다. 만약 아Q에게 아부(阿富)라는 이름의 형이나 아우가 있었다면, 그 자신은 틀림없이 아귀(阿貴)일 것이다. 그렇지만 그에겐 형제가 없으므로 아귀라고 부를 근거 역시 성립되지 않는다. 그 외에 '쿠이'라고 발음하는 어려운 문자는 더욱 어울리지 않는다.

전에 조 나리의 아들인 무재(茂才) 선생에게 물어 본 적이 있으나, 그렇게 박학다식한 양반도 별수 없는 모양이었다. 그의 결론에 의하면, 진독수(陳獨秀)가 《신청년(新靑年)》을 발행하고 서양 문자를 제창한 까닭에 국수(國粹)가 파괴되었으므로 조사할 수 없다는 것이었다.*

나의 마지막 수단은 같은 고향의 어느 친구에게 부탁하여 아Q의 범죄 조서를 조사해 달라는 것이었다. 8개월 후에야 겨우 회신이 왔으나, 조서 중에 아쿠이와 비슷한 음을 가진 사람조차 없다는 것이었다. 정말로 없는지, 처음부터 조사도 해보지 않고 없다고 했는지는 모르나, 그 이상 별다른 방법이 없었다. 주음자모(注音字母)는 아직 일반적으로 통용되지 않았으므로 부득이 서양 문자를 써서 영국류의 철자법으로 아쿠이라 쓰고, 줄여서 아Q로 하는 수밖에 없었다. 이것은 《신청년》을 따르는 것 같아 나 자신도 매우 유감이기는 하나, 무재 선생도 모르는 것을 나라고 하여 뾰족한 방법이 있겠는가?

넷째는 아Q의 본적이다. 만약 그가 조씨라면, 장안의 명문이라고 으스대고 싶어하는 요즘의 예를 따라 〈군명백가성(郡名百家姓)〉의 주해(注解)대로 농서의 천수지역 사람이라고 해도 좋을 것이다. 그러나 유감스럽게도 이것도 그리 믿을 만한 게 못되므로 본적 또한 결정하기가 좀 어렵다. 그는 미장(未莊)에 오래 살았으나 다른 곳에도 전전하며 살았으므로 미장 사람이라 말할 수도 없다. 미장 사람이라 해도 법에 어긋나기는 역시 마찬가지다.

그래도 내가 위안삼을 수 있는 것은 '아(阿)'자 하나만은 지극히 정확하여 절대로 억지로 의미를 끌어다 붙이거나 음만 빌려쓰는 결점이 없으므로 어디에 내세워도 떳떳하다는 점이다.

그 밖에는 모두 얕은 학식으로써 밝힐 바가 아니다. 다만 역사벽(歷

---

*진독수가 발행한 잡지 〈신청년〉에 1918년, 전현동(錢玄同)이 '한자를 버리고 로마식 문자를 써야 한다'고 주장하는 글을 기고한 적이 있다. 이를 무재 선생이 발행인인 진독수가 주장한 것으로 오해하고 루쉰에게 말했는데 이 사실이 잘못된 것을 안 루쉰은 1931년, 이 오해는 무재 선생이 잘못 알려주어 생겼다고 해명했다. -편집자 주

史癖)과 고증벽(考證癖)이 있는 호적(胡適) 선생 같은 문인들이 새로운 단서를 찾아내지 않을까 하고 바랄 뿐이지만, 나의 이 〈아Q정전〉은 그 무렵에는 벌써 소멸되어 있을지도 모른다. 이상으로 서문을 대신한다.

제2장 우승 기록·1

아Q는 이름과 본적이 애매할 뿐만 아니라, 이전의 행적마저도 분명치 않다. 왜냐하면 미장 사람들이 아Q에게 관심을 갖는 것은 무언가 일을 부탁할 때나 그를 두고 농담할 때에만 한정돼 있었기 때문이다. 게다가 아Q 자신도 말하지 않았다. 다만 남과 싸울 때에만 이따금씩 눈을 부릅뜨고 떠들어 댔다.

"우리 집도 전에는…… 네놈보다도 훨씬 더 잘살았어! 네까짓 게 대체 뭐야."

아Q는 집도 없이 미장의 사당(祠堂) 안에 살고 있었으며 일정한 직업도 없었다. 남의 집 날품팔이꾼 노릇을 하면서 보리 베기, 쌀 찧기, 배 젓기 등 온갖 잡일을 했다. 일감이 많으면 임시로 주인집에서 묵기도 했으나 일이 끝나면 곧 돌아갔다. 그러므로 사람들은 일이 바쁠 때에만 아Q를 떠올렸고, 그것도 시킬 일이 있을 때뿐 그의 행적에는 아무런 관심조차 없었다. 한가해지면 아Q의 존재마저 잊어버리는 판국이니 행적은 더 말할 나위도 없었던 것이다.

어느 때인가, 한번은 한 노인이 아Q가 정말 일을 잘한다고 칭찬한 적이 있었다. 이때 아Q는 웃통을 벗은 채 비쩍 말라 볼품없는 풍채로 그 노인 앞에 서 있던 참이었다. 다른 사람들은 이 말이 진심인지 비꼬는 것인지 어리둥절했으나 아Q는 대단히 기뻐했다.

아Q는 또 자존심이 강해서 미장 사람 따위는 모두 안중에 없었다. 심지어는 두 사람의 문동(文童)에 대해서까지도 일말의 가치조차 없는 것처럼 여겼다.

문동이라 하면 장래에 수재가 될지도 모르는 사람이었다. 미장의 조 나리와 전 나리가 사람들의 깊은 존경을 받고 있는 것도 부자이기 때문만이 아니라 문동의 부친이기 때문이었다. 그러나 아Q는 그들에게 각별히 존경의 의사 표시를 드러내려고 하지 않았다. 자기 자식은 더 훌륭해질 수 있다고 생각했기 때문이었다. 더불어 몇 번 성 안에 들어갔던 일은 아Q의 자부심을 더욱 확고히 해 주었다.

한편 아Q는 성 안 사람들까지도 경멸하였다. 가령 길이 석 자, 폭 세 치의 널빤지로 만든 걸상을 미장에서는 '장등'이라고 하며 그 또한 장등이라고 하였으나, 성 안 사람들은 '조등'이라고 했다. 아Q는 이것이 틀린 것이며 매우 웃기는 일이라고 생각했다. 미장에서는 기름에 지진 도미에 반(半) 치 길이의 파를 썰어 얹는데, 성 안에서는 채로 썬 파를 얹었다. 이것도 아Q는 틀리다고 생각했다. 그러나 미장 사람들은 세상 돌아가는 것을 전혀 모르는 촌뜨기였고, 성 안의 도미 튀김은 본 적조차 없었다.

아Q는 옛날에는 잘살았고, 견식도 높았으며, 게다가 못하는 것도 없는 완벽한 인물이라고 칭할 만했으나 애석하게도 신체상의 흠이 있었다. 사람들이 가장 꺼림칙하게 생각하는 것은 언제 생겼는지도 모르는 머리의 '나창파(부스럼으로 생긴 대머리)'였다. 나창파도 신체의 일부임에는 틀림없으나 아Q도 이것만은 별반 자랑스러운 것이 못 된다고 생각했다.

그래서 아Q는 '나(癩)' 및 그와 비슷한 단어마저도 꺼려해 입 밖에 내지 않았다. 후에는 점점 범위가 넓어져 '광(光)', '양(亮)'도 입에 올리지 않았으며, 나중에는 '등(燈)', '촉(燭)'까지도 싫어했다. 만약 아Q 앞에서 그것을 어기는 사람이 있으면 고의건 무심코 한 짓이건 누구를 막론하고 대머리까지 빨개지도록 성을 내 상대를 당황스럽게 만들었다. 그리고 말을 더듬는 놈이면 욕을 해대고, 기운이 약한 놈이면 때려 눕혔다. 그렇지만 언제나 당하는 쪽은 아Q였다. 그리하여 아Q는 방법을 바꾸어 눈을 흘겨보기로 작정했다.

그런데 아Q가 눈 흘겨보기를 하기로 마음먹은 후부터 미장의 한량 패들은 더욱 재미있어 하며 그를 놀려 댔다. 그들은 아Q와 부딪치기만 하면 일부러 놀란 시늉을 하면서 소리쳤다.

"야, 밝아졌네!"

이럴 때면 아Q는 으레 성을 내고 눈을 흘겨보았다.

"아아, 등불이 여기 있었군!"

그들은 조금도 아Q를 두려워하지 않았다.

아Q는 어쩔 수 없이 따로 보복할 방법을 생각해 내지 않으면 안 되었다.

"네까짓 놈들은 내게 상대도 안돼……."

이때 아Q는 자신의 머리에 있는 것은 고상하고 영광된 나창파이지 결코 보통 나창파는 아니라고 생각하였다. 그러나 앞에서도 말한 것처럼 아Q는 견식이 있으므로 금기에 좀 저촉된다는 것을 알고서는 더 이상 말하려 하지 않았다.

그러나 한량패들은 그것으로 멈추지 않고 도리어 아Q를 약올리며 마침내는 두들겨 패기까지 했다. 아Q는 형식상으로는 졌다. 한량패들은 아Q의 누런 변발을 쥐어잡고 벽에 네댓 번이나 쾅쾅 처박고서는 그제서야 겨우 만족스러운 듯 승리를 자랑하며 가 버렸다. 아Q는 한참 서서 마음속으로 '재수가 없어서 이놈들에게 그냥 맞은 셈치자. 세상이 어떻게 되려고 이 모양인지 모르겠어.' 하고 생각했다. 그러고는 만족해 하며 의기양양하게 자리를 떴다.

아Q는 속으로 생각하는 것을 언제나 입 밖에 내어 말해 버리고는 했다. 그러므로 아Q를 놀리는 사람들은 거의 전부가 아Q에게 일종의 정신적 승리법이 있다는 걸 알게 되었다. 그래서 그 후로는 아Q의 누런 머리채를 처들 때 언제나 먼저 그에게 말하는 것이었다.

"아Q, 이것은 자식이 아비를 때리는 게 아니라 사람이 짐승을 때리는 거야. 네 입으로 말해 봐! 사람이 짐승을 때리는 거라고."

아Q는 양손으로 머리채 밑동을 꽉 잡고 머리를 기울이며 말했다.

"버러지를 때리는 거야, 됐지? 그래 나는 버러지야. 이제 좀 놓아 줘!"

아Q가 버러지라고 말했음에도 불구하고 한량패들은 결코 그를 놓아 주지 않았다. 여전히 가까운 곳 아무데로나 끌고 가 대여섯 번씩 쾅쾅 부딪혀 주고야 비로소 만족해 하며 가 버렸다. 그러고는 아Q란 놈이 이번에야말로 혼났겠지 하고 생각했다.

그러나 10초도 못 가서 아Q는 어깨를 우쭐댔다. 그는 자신이야말로 자경자멸(自輕自蔑)의 제1인자라고 생각했다.

'자경자멸이란 말을 뺀다면 남는 것은 제1인자이다. 장원(狀元)도 제1인자가 아닌가? 도대체 네까짓 놈들이 뭐란 말이냐?'

아Q는 이와 같은 묘법으로써 적들을 물리쳤다고 생각한 후 유쾌히 술집으로 달려가 몇 잔 들이켰다. 그리고 다른 사람들과 한바탕 시시덕거리며 말다툼을 하고는 의기양양하게 사당으로 돌아와 벌렁 드러누워 잠들어 버렸다.

어쩌다가 돈이 생기면 그는 도박을 하러 갔다. 한 무리의 사람들이 땅 위에 주저앉아 있는 사이로 아Q도 얼굴이 온통 땀에 흠뻑 젖어서는 그 속에 끼어 있었다. 목소리도 그가 가장 높았다.

"청룡(靑龍)에 4백!"

"자……, 연다!"

물주가 상자 뚜껑을 열었는데 역시 얼굴에 흠뻑 땀을 흘리며 소리쳤다.

"천문(天門)이다……. 각(角)은 돌아섰고 인(人)과 천당(穿堂)은 죽었어! 아Q의 돈은 내가 먹었어……."

"천당에 1백 50!"

아Q의 돈은 점차 이런 소리와 함께 얼굴에 흠뻑 땀을 흘리는 다른 사람의 허리춤으로 흘러들어가 버리고 말았다.

마침내 아Q는 어쩔 수 없이 사람들을 밀어 헤치고 빠져나왔다. 그러고는 뒷전에 서서 남의 승부에 괜스레 조바심내며 판이 흩어질 때까지 구경한 뒤, 미련을 안고 사당으로 돌아왔다. 이튿날은 흐릿한 눈을 하고 일하러 나갔다.

참으로 인간만사는 새옹지마다. 아Q도 불행 중 다행으로 한 번 이긴 적이 있었다. 그렇지만 거의 실패한 거나 다름없었다.

그것은 미장에서 신에게 제사드리는 날 밤이었다. 그날 밤도 으레 그렇듯이 창극이 공연되고, 무대 부근에는 전과 같이 많은 투전판이 벌어졌다. 창극의 징소리, 북소리는 아Q의 귀에 10리 밖의 소리 같기만 했고 다만 물주의 노랫소리만이 들렸다. 아Q는 따고 또 땄다. 동전은 은전으로 바뀌고 은전은 은화로 바뀌어 마침내 은화가 쌓여갔다.

아Q는 신이 났다.

"천문에 두 냥!"

아Q는 누가 누구와 무엇 때문에 싸우기 시작했는지도 알 수 없었다. 욕하는 소리, 치고받는 소리, 어지러운 걸음 소리, 무엇이 무엇인지조차 분간할 수 없는 혼란이 한참 동안 계속됐다.

그가 간신히 기어 일어났을 때는 노름판도 안 보였고 사람들도 보이지 않았다. 누군가에게 얻어맞고 채인 모양으로 몸뚱이가 지끈지끈 아프기 시작했다. 몇 사람이 놀란 표정으로 그를 쳐다보고 있었다.

아Q는 넋을 잃은 사람처럼 사당으로 돌아와 간신히 마음을 가라앉히고서야 자신의 은화가 몽땅 없어진 것을 알았다. 신제 때 벌어지는 투전판의 노름꾼들은 대부분 그 고장 사람들이 아니니 어디 가서 은화를 찾는단 말인가?

번쩍번쩍 새하얗게 빛나던 은화 더미! 바로 자기의 것이었는데…… 지금은 모두 사라진 것이다. 자식놈이 가져간 셈 쳐보았으나 역시 분한 마음을 가라앉힐 수가 없었다. "나는 버러지다."라고 크게 소리쳐 보았으나 그것도 신통치 않았다. 아Q도 이번만은 실패의 고통을 뼈저리게 맛보았다.

하지만 그는 곧 패배를 승리로 돌려 버렸다. 그리고 오른손을 들어 힘껏 자기 뺨을 두세 차례 연거푸 때렸다. 얼얼한 게 조금 아팠다. 때린 다음에는 기분이 좀 나아져 때린 것은 자기지만, 맞은 것은 다른 사람 같은 느낌이 들었다. 이윽고 자기가 다른 사람을 때린 것 같아 아직도 뺨이 얼얼하기는 했으나 의기양양한 채 잠들어 버렸다.

제3장 우승기록·2

이렇듯 아Q는 항상 이기기만 하는 사람이었지만 조 나리에게 따귀를 맞고 난 후에야 비로소 유명해졌다.

그는 지보에게 술값으로 두 냥을 빼앗기고는 투덜투덜거리며 자리에 누웠다. 지금 세상은 정말 말이 아니야. 자식이 아비를 치다니……. 그러고는 갑자기 위풍당당한 조 나리도 자신의 자식이라고 생각되었다. 그러자 의기양양해져서 벌떡 일어나 '성묘 가는 청상과부'를 부르면서 술집으로 갔다. 이때 아Q는 조 나리가 남들보다 한결 품위 있는 인물로 생각되었다.

기묘하게도 그 후부터는 사람들이 각별히 아Q를 존경하는 것 같았다. 아Q로서는 그것이 자신이 조 나리의 부친인 까닭이라고 생각했을지 모르나 실은 그렇지가 않았다. 미장의 통례로는 아칠(阿七)이 아팔(阿八)을 때렸다든가, 이사(李四)가 장삼(張三)을 때렸다든가 하는 것은 아무런 문제가 되지 않았다. 반드시 조 나리 같은 유명한 사람과 연관되어야만 비로소 사람들의 입에 오르내리는 것이다. 한번 입에 오르면 때린 사람이 유명한 사람이므로 맞은 사람 역시 그 덕으로 유명해진다. 잘못이 아Q에게 있음은 두말할 나위도 없다. 왜냐하면 조 나리는 잘못을 할 리가 없기 때문이다.

그런데 아Q에게 잘못이 있는데 어째서 사람들은 그를 각별히 존경하는가? 이것은 정말 어려운 문제다. 그러나 곰곰이 따져 보면 아Q가 조 나리와 한집안이라는 얘기가 다소 진실성도 있어 보이므로, 비록 맞았다 해도 조금 존경해 두는 게 괜찮겠다는 생각에서였는지도 모른다. 그렇지 않으면 공자묘(孔子廟)에 바친 황소처럼, 돼지나 양과 같은 짐승이면서도 성인(聖人)이 젓가락을 댔기 때문에 선유(先儒, 공자 숭배자들을 조소하는 말)들이 감히 건드리지 못하는 것과 같은 이치일 것이다.

그 뒤 여러 해 동안 아Q는 우쭐대고 다녔다.

어느 해 봄 그는 얼근해서 거리를 걷고 있었다. 그때 담장 밑 양지 쪽에 왕털보가 웃통을 벗어부치고 이를 잡고 있는 것이 눈에 띄었다. 그것을 보니까 아Q도 몸이 가려워졌다. 왕털보는 대머리에 텁석부리여서 사람들로부터 왕대머리 털보라 불렸다. 그러나 아Q만은 거기에서 대머리를 빼고 불렀다.

아Q는 왕털보를 유달리 경멸했다. 아Q의 생각으로 대머리는 별로 이상하다고 생각되지 않았지만 텁석부리 수염만은 정말 기묘해서 마음에 들지 않았다. 아Q는 그와 나란히 앉았다. 만약 다른 건달패들이었다면 아Q도 감히 마음놓고 앉을 수 없었겠지만 이 왕털보 곁이라면 무슨 두려움이 있겠는가? 정말이지 자신이 앉았다는 것은 그래도 어느 정도 왕털보를 추어올려 준 셈이 되는 것이다.

아Q도 누더기 겹옷을 벗고 뒤집어 보았으나 새로 빨아입은 지 얼마 안 되어서인지, 그렇지 않으면 대충 훑어본 때문인지, 한참 만에야 겨우 서너 마리를 잡았을 뿐이었다. 왕털보는 보니까 한 마리, 두 마리,

세 마리, 이렇게 입 속에 넣고는 툭툭 소리내어 깨물고 있었다.

아Q는 처음에는 실망했으나 나중에는 약이 올라 못마땅해졌다. 보잘것 없는 왕털보도 저렇게 많이 잡는데 자기는 이렇게밖에 잡을 수 없다니 이래 가지곤 완전히 체면 손상이었다.

그는 한두 마리 큰 놈을 잡으려고 기를 썼으나 아무리 노력해도 이가 보이지 않았다. 간신히 중간치를 한 마리 잡아 밉살스러운 듯 두툼한 입술 속에 집어 넣고 힘껏 깨물었으나 툭 하는 소리도 왕털보의 소리에는 전혀 미치지 못하였다.

아Q는 드디어 대머리까지 새빨개져서는 옷을 땅 위에 내동댕이치더니 칵 하며 침을 뱉고 말했다.

"이 버러지 같은 놈아!"

"대머리 개새끼! 누구한테 감히 욕지거리를 해!"

왕털보도 아Q가 가소롭다는 듯 눈썹을 추켜세우며 말했다.

아Q는 요즘 비교적 사람들에게 존경을 받아서 제법 으스대고 다녔으나 그래도 싸움에 익숙한 건달패들을 만나면 겁을 집어먹고 몸을 움츠리고는 했다. 그런데 이번 왕털보에 한해서는 매우 용감했다. 이 텁석부리가 감히 내게 실례되는 말을 주절거리다니!

"누구냐고? 몰라서 물어?"

아Q는 일어서서 양손을 허리에 대고 말했다.

"너 뼈마디가 근질거리냐?"

왕털보도 일어나 옷을 걸치면서 말했다.

아Q는 그가 도망가려는 줄로 알고 달려들어 주먹을 휘둘렀으나, 주먹이 아직 왕털보의 몸에 닿기도 전에 그의 손에 잡히고 말았다. 왕털보가 잡아채는 바람에 아Q는 비틀비틀 거꾸러져 즉각 왕털보에게 머리채를 잡혀 담으로 끌려가 그전처럼 머리를 박히게 되었다.

"군자는 말로 하지, 주먹질을 쓰지 않는 거야!"

아Q는 고개를 비틀며 소리쳤다.

왕털보는 군자건 아니건 전혀 상관하지 않고 연거푸 다섯 번이나 아Q의 머리를 벽에 박고는 힘껏 밀어 아Q가 여섯 자나 멀리 나가 자빠진 것을 보고서야 겨우 만족해 하며 가 버렸다.

아Q로서는 난생 처음 당하는 굴욕적인 사건이었다. 왕털보는 텁석부리라는 결점 때문에 아Q에게 놀림을 받았으면 받았지 아Q를 놀린 적은 없었다. 더욱이 손찌검 따위는 말도 안 되는 소리였다. 그런데 왕털보가 마침내 아Q에게 손찌검을 했다. 이건 정말 뜻밖의 일이었다. 설마 세간의 소문처럼 황제가 과거를 폐지해서 수재도 거인(擧人)도 쓸데없으므로, 그 때문에 조(趙)씨의 위풍이 땅에 떨어지고 따라서 그들도 아Q를 얕보게 된 것은 아니겠지!

아Q는 어찌할 줄을 모르고 서 있었다.

멀리서 누군가 오고 있었다. 그의 적이 또 나타난 것이다. 아Q가 가장 미워하는 인간, 즉 전 나리의 장남이었다. 그는 얼마 전 성 안의 서양 학교에 들어갔으나 무슨 까닭인지 곧 일본으로 갔다. 반 년 후 집에 돌아왔을 때는 다리도 곧아졌고 변발도 없어졌다.

그의 모친은 십여 차례나 울며 법석을 떨었고 그의 아내는 세 차례나 우물에 뛰어들었다. 얼마 안 되어 그의 모친은 어디를 가나 이렇게 떠들고 다녔다.

"변발은 술에 취했을 때 나쁜 놈들에게 잘리고 말았대요. 본래 훌륭한 관리가 될 수 있었는데 이젠 머리가 자랄 때까지 기다리는 수밖에 없어요."

그러나 아Q는 믿지 않았다. 악착같이 그를 가짜 양놈이라 부르고 또 양놈의 앞잡이라고도 불렀으며 그를 만나면 반드시 속으로 욕을 해댔다.

아Q가 더욱 극단적으로 전 나리의 장남을 증오하는 까닭은 그의 가발로 된 변발 때문이었다. 변발이 가발이어서는 사람으로서의 존재 가치를 잃은 것이라고 아Q는 생각했다. 그의 아내 또한 네 번째로 우물에 뛰어들지 않는 점으로 보아 훌륭한 여인이라고는 할 수 없었다.

"중대가리, 당나귀……."

이전 같으면 아Q는 속으로만 욕을 하고 입 밖에 내지 않았을 테지만 이번에는 때마침 화가 나 있었고 앙갚음을 하려던 참이었으므로 자신도 모르는 사이에 나지막한 소리를 내고 말았다.

뜻밖에 이 중대가리는 그 소리를 듣더니 누런 옻칠을 한 지팡이를 들고 성큼성큼 다가왔다. 아Q는 순간 맞을 것을 각오하고 전신의 근육을 움츠리며 어깨를 솟구고 기다리고 있었는데, 과연 딱 하는 소리가 났다. 확실히 자기 머리에 맞은 것 같다고 아Q는 생각했다.

"나는 저 아이 보고 말한 거야!"

아Q는 곁에 있던 아이를 가리키며 변명했다.

"딱 딱 딱!"

아Q의 기억으로는 이것이 평생 두 번째 당하는 굴욕적인 사건이리라.

다행히도 딱딱 하는 소리가 난 후에는 그것으로써 사건이 일단락된 듯싶어 도리어 마음이 후련해짐을 느꼈다. 게다가 망각이라는 예로부터의 보물이 효과를 발휘했다. 그가 천천히 걸어 술집 문간까지 왔을 때는 벌써 기분이 유쾌해지고 있었다.

그런데 저쪽에서 정수암(靜修庵)의 젊은 여승이 걸어왔다. 아Q는 평소에도 그 여승을 보면 반드시 침을 뱉고 싶어졌는데 하물며 굴욕을 당한 후에랴? 그는 굴욕의 기억이 되살아나 적개심마저 일어났다.

'오늘 어째서 이렇게 재수가 없나 했더니 역시 너를 만나려고 그랬구나.'

그는 앞을 막아 서서 여승에게 큰 소리로 침을 뱉었다.

"칵! 퉤!"

그러나 젊은 여승은 거들떠보지도 않고 머리를 숙인 채 걸어갔다. 아Q는 여승 곁으로 가까이 걸어가더니 별안간 손을 뻗어 그녀의 막 깎은 머리를 쓰다듬으며 낄낄 웃으면서 말했다.

"중대가리야, 빨리 돌아가. 중이 기다리고 있어……."

"왜 집적거리는 거야!"

여승은 얼굴을 붉히며 소리를 버럭 지르고는 걸음을 재촉했다.

술집 안에 있던 패거리들이 그 모습을 쳐다보며 와 하고 웃었다. 아Q는 자기의 공로를 인정받은 것 같아 더욱 흥이 나서 의기양양해졌다.

"중은 집적거려도 되고, 나는 집적거리면 안 되나?"

그는 다시 여승의 뺨을 꼬집었다.

술집 안에 있던 패거리들이 큰 소리로 또 웃었다. 아Q는 더욱 신이 나서 그 구경꾼들을 만족시키기 위해 다시 한 번 여승의 뺨을 힘껏 꼬집고서야 겨우 손을 놓았다.

그는 이 일전(一戰)으로 벌써 왕털보의 일도 잊어버렸고 가짜 양놈 일도 잊어버렸다.

오늘의 모든 악운에 대해서도 완전히 앙갚음을 한 것 같은 기분이 들었다.

게다가 이상한 것이, 전신을 딱딱 맞았는데도 몸이 더욱 경쾌해져

둥실둥실 날아갈 것만 같았다.

"이 씨도 못 받을 아Q 놈!"

멀리서 젊은 여승의 울음 섞인 소리가 들려 왔다.

"하하하!"

술집 안에 있던 패거리들도 신이 나서 실컷 웃어 댔다.

제4장 연애의 비극

어떤 사람은 적수가 호랑이나 매와 같아야 비로소 이긴 자로서의 승리감을 맛볼 수 있다고 했다. 만약 적수가 양이나 병아리 같다면 도리어 승리에 무료를 느낀다는 것이다.

또 어떤 승리자는 모든 것을 정복한 후 사람들이 죽고, 남은 사람들이 항복하여 "신, 침으로 황공 또 황공하옵나니 죽어 마땅하옵나이다." 하는 것을 보면 자신에게는 적도 상대도 친구도 없고, 오로지 자기만이 윗자리에 있어 홀로 고독과 적막에 빠져 오히려 승리의 비애를 느낀다고 했다.

그런데 우리들의 아Q는 그런 약기(弱氣)가 없었다. 그는 영원히 우쭐해 하는 것이다. 이건 어쩌면 중국의 정신 문명이 세계에서 가장 뛰어나다는 하나의 증거일지도 모른다.

보라! 그는 훌훌 날 듯하지 않은가?

그러나 이번의 승리는 좀 이상했다. 그래서 훌훌 반나절 동안이나 돌아다니다가 홀연히 사당으로 돌아왔다. 전 같으면 드러눕자마자 곧 코를 골 텐데 어찌된 일인지 이날 밤만은 쉽게 잠을 이룰 수가 없었다. 그는 자신의 엄지손가락과 집게손가락이 보통 때보다도 매끄럽다는 것을 느꼈다. 젊은 여승의 얼굴에 무엇인가 매끄러운 것이 있어 그것이 자신의 손가락에 묻었는지 그렇지 않으면 자신의 손가락이 매끈매끈할 정도로 여승의 얼굴을 쓰다듬어서 그런 것인지 종잡을 수가 없었다.

'씨도 못 받을 아Q 놈!'

아Q의 귓전에 또 이 말이 들려 왔다. 그는 생각했다.

'그렇다. 여자가 필요하다. 자식이 없으면 죽어도 밥 한 그릇 바칠 사람이 없으니…… 여자가 있어야 한다. 무릇 '불효에는 세 가지가 있으니 자식이 없는 것이 가장 큰 죄며, 게다가 약오씨(若敖氏)의 영혼처럼 죽어서까지 굶고는 견디지 못한다' 하니, 이렇게 된다면 또한 인생의 크나큰 비애가 아닐 수 없다.'

그의 이런 생각은 모두 성현의 말씀과 일치하는 것이었지만 애석하게도 그는 마음을 가다듬을 수 없었다.

'여인, 여인……'

그는 자꾸 생각했다.

'……중놈이면 건드릴 수가 있다……. 여인, 여인……여인!'

그날 밤 아Q가 언제쯤 코를 골기 시작했는지는 알 수 없다. 그러나 아마도 이때부터 아Q는 손가락이 매끈거림을 느꼈고, 그래서 마음이 달떠 여인을 생각하게 된 것 같았다. 이 한 가지 일로도 우리는 여자가 해로운 존재임을 알 수 있다.

중국의 남성은 원래 대부분 성현이 될 소질을 갖고 있었으나 안타깝게도 모두 여자로 인해서 망쳐 버렸던 것이다. 상(商)은 달기 때문에 망했고, 주(周)는 포사로 인하여 망했으며, 진(秦)은…… 기록된 자료는 없으나 그것도 여자 때문이라고 추측해도 틀림없을 것 같다. 그리고 한(漢)의 동탁은 확실히 초선에게 살해되었다.

아Q도 원래는 바른 사람이었다. 그가 전에 어느 훌륭한 스승의 가르침을 받았는지는 모르지만 아Q는 남녀 유별에 대해서만은 지극히 엄격했다. 또 이단(異端), 즉 젊은 여승이라든가 가짜 양놈 따위를 배척하는 정의감과 신념도 충분히 가지고 있었다. 그는 무릇 여승이란 반드시 중놈과 상통하는 것이고, 여자가 혼자 밖으로 쏘다니는 것은 반드시 남자를 유혹하기 위해서이며, 남녀가 단둘이서 이야기하는 것은 반드시 수상한 관계라고 생각했다. 그래서 그는 그들을 응징하기 위해 종종 눈을 흘겨보기도 하고 혹은 큰 소리로 아픈 곳을 찌르는 것 같은 책망도 하며, 혹 후미진 곳이라면 뒤에서 돌을 던지기도 하는 것이었다.

아Q는 바야흐로 30세가 다 되어서야 비로소 젊은 여승으로 인해 마음이 달뜰 줄은 생각지도 못했다. 이 달뜬 정신을 그는 예의도덕으로 허용할 수 없었다. 그러므로 여자란 정말 나쁜 존재다. 만약 젊은 여승의 얼굴이 매끈매끈하지만 않았더라면, 또 젊은 여승의 얼굴이 헝겊이나 그 무엇에라도 가리워졌다면 아Q가 매혹되진 않았을 것이다. 오륙 년 전 그는 무대 아래 관중 속에서 여인의 볼기짝을 꼬집은 적이 있었으나 그때는 바지 위로 꼬집었으므로 마음이 결코 달뜨지는 않았었다. 그런데 이상하게도 젊은 여승은 그렇지 않았다. 이것 역시 이단이 얼마나 나쁜 것인지 증명하는 것이다.

'여인……'

그는 남자를 유혹하는 여자에 대해서는 언제나 주의깊게 보았다. 그러나 여승은 전혀 추파를 던져오지 않았다. 그는 남자와 이야기를 하고 싶어하는 여자들에 대해서도 늘 유심히 관심을 기울였으나, 여자들은 별 그럴듯한 말조차 아Q에게는 걸어오지 않았다. 아아! 이것 역시 여인의 미워할 만한 일면이다. 그 여인들은 모두 얌전한 척 가면을 뒤집어쓰고 있는 것이다.

이날 아Q는 조 나리 댁에서 하루 종일 쌀방아를 찧었다. 저녁을 먹은 뒤 그는 부엌에 앉아 담배를 한 대 피워 물고 있었다. 다른 집 같으면 저녁을 먹은 후 돌아갈 것이지만 조씨 댁에서는 저녁이 일렀다. 평소에는 호롱불을 켜는 것이 금지되어 저녁을 먹고 나면 곧 자 버렸으나 때론 예외도 있었다. 한번은 조 나리 아들이 아직 수재에 합격되지 않았을 무렵, 호롱불을 켜고 글을 읽는 것이 허용되었다. 그 다음은 아Q가 날품으로 일할 때, 호롱불을 켜고 쌀을 찧는 것이 허용되었다. 이 예외 때문에 아Q는 쌀 찧기를 시작하기 전에 부엌에 앉아 담배를 피우고 있었다.

오마는 조 나리 댁의 단 하나밖에 없는 식모였다. 설거지를 마치고는 그녀도 걸상에 걸터앉아 아Q와 한담을 나누고 있었다.

"마나님은 이틀 동안이나 꼬박 진지를 안 잡수셨어. 나리가 작은 마님을 들인다고 해서······."

'여인······ 오마······ 이 청상 과부······.'

아Q는 생각했다.

"우리 작은 마님은 8월에 아기를 낳으신대······."

'여인······.' 하고 아Q는 또 생각했다.

아Q는 담뱃대를 놓고 일어섰다.

"우리 작은 마님은······."

오마는 또 중언부언 지껄여 댔다.

"너, 나하고 자자, 나하고 자!"

아Q는 별안간 달려들어 그녀 앞에 무릎을 꿇었다.

"어머나!"

오마는 질겁을 하며 떨기 시작하더니 큰 소리를 지르면서 밖으로 뛰어나갔다. 뛰면서 고래고래 소리를 질렀는데 나중에는 우는 것 같았다.

아Q는 벽을 향해 꿇어앉은 채 멍하니 있다가 두 손으로 빈 걸상을 짚고 천천히 일어났다. 좀 서둘렀다고 생각되었다. 그는 덜컥 겁이 났다. 그래서 담뱃대를 허리에 꽂고는 곧 쌀을 찧으러 가려고 했다. 순간 딱 소리와 함께 머리에 무언가 굵은 것이 떨어졌다. 급히 돌아다보니 수재가 굵은 대나무 몽둥이를 들고 서 있었다.

"너 이놈, 엉뚱한 짓을 했겠다……. 못된 놈!"

굵은 대나무 몽둥이가 그를 내리쳤다. 아Q는 두 손으로 머리를 감쌌다. 딱 하더니 바로 손가락에 맞았는데 이번에는 정말 아팠다. 그는 재빨리 부엌 문을 튀어나왔다. 등에 또 한 대 얻어맞은 것 같았다.

"파렴치한!"

수재는 등 뒤에서 표준어로 욕설을 퍼부었다.

아Q는 쌀 찧는 곳으로 피해 들어가 혼자 서 있었다. 아직도 손가락이 얼얼했다. '파렴치한'이란 말이 귀에 생생했다. 이런 말은 본래 미장의 시골뜨기들은 쓰지 않았다. 오로지 관청의 높은 사람들만이 쓰는 말이므로 이 말이 각별히 두려웠고 인상도 무척 깊었다. 그 바람에 여자 생각은 사라져 버렸다. 더구나 매를 맞고 욕을 먹고 나서는 사건이 그것으로 결말이 난 것 같아 도리어 마음이 후련해져 곧 쌀 찧기에 착수했다. 한참 찧고 있으려니 더워져서 일손을 놓고 윗옷을 벗었다.

옷을 벗는데 밖에서 왁자지껄하는 소리가 들렸다. 천성적으로 구경을 좋아하는 아Q는 곧 소리나는 곳으로 뛰어나갔다. 소리나는 곳을 찾아가다 보니 어느 틈에 조 나리 댁 안마당까지 오고야 말았다. 어둑어둑할 무렵이기는 했으나 그래도 사람들을 분간할 수는 있었다. 조씨 댁 사람들이 모두 모여 있었는데 그중에는 이틀 동안 밥을 먹지 않은 큰 마나님까지도 끼어 있었다. 그 밖에 이웃의 추칠수 부인도 있고 친척인 조백안, 조사신도 있었다.

"너, 이리 나와……. 제 방에 숨어 있다니……."

"네 행실이 바르다는 걸 누가 모르니……. 절대로 속 좁은 짓을 해서는 안돼!"

추칠수도 곁에서 말참견을 했다.

오마는 울며 무엇인가 지껄였으나 정확히 알아들을 수가 없었다.

아Q는 생각했다.

'홍, 재미있네. 이 청상 과부가 대체 무슨 짓을 했을까?'

그는 물어보려고 조사신 곁으로 가까이 갔다. 이때 그는 갑자기 조 나리가 자기 쪽으로 달려오는 것을 보았다. 더구나 손에 굵은 대나무 몽둥이까지 들고 있었다. 대나무 몽둥이를 보자 아Q는 돌연 조금 전에 자기가 맞은 게 지금의 소동과 관련 있음을 깨달았다. 그는 몸을 돌려 달아났다. 쌀 찧는 곳으로 도망쳐 돌아가려고 했으나 대나무 몽둥이가 그의 가는 길을 가로막았다. 그래서 그는 또 몸을 돌려 자기도 모르는 사이에 뒷문으로 빠져나와 단숨에 사당까지 올 수 있었다.

그리고 한참 앉아 있으려니까 온몸에 소름이 끼치며 한기가 났다. 봄이라고는 하나 밤이 되면 아직도 추웠다. 벌거벗고 있기에는 무리였다. 그는 윗옷을 조씨 댁에 두고 온 생각이 났으나 가지러 가자니 수재의 대나무 몽둥이가 떠올라 무서워졌다. 그러고 있는데 지보가 들이닥

쳤다.

"아Q 이 바보 녀석! 조씨 댁 식모에게까지 손을 댔다지. 역적 같은 놈아! 덕분에 나까지 밤잠을 못 잔다. 야, 이 개새끼야……."

이러쿵저러쿵 한바탕 지보에게 설교를 들었으나 아Q는 물론 한마디도 안 했다. 끝내는 지보에게 술값 넉 냥을 줘야 했으나 마침 현금이 없었으므로 털모자를 잡히고, 게다가 다섯 조항의 서약까지 했다.

1. 내일 무게 한 근짜리 홍초 두 개와 향(香) 한 봉을 가지고 조씨 댁에 가서 사죄할 것.
2. 조씨 댁에서 목맨 귀신을 떼 버리려고 굿을 하는데 그 비용은 아Q가 부담할 것.
3. 아Q는 앞으로 조씨 댁 출입을 금할 것.
4. 오마에게 앞으로 무슨 일이라도 생기면 모두 아Q의 책임으로 할 것.
5. 아Q는 품삯과 윗옷을 달라는 요구를 하지 말 것.

아Q는 물론 전부 승낙했으나 유감스럽게도 돈이 없었다. 다행히 이제는 봄이므로 솜이불은 없어도 될 것 같았다. 그래서 20냥에 잡혀 가지고는 조약을 이행했다. 벗은 채로 머리를 조아려 사죄하고 나니 몇 푼인가 돈이 남았다. 그는 지보에게 잡힌 털모자를 찾지도 않고 몽땅 술을 마셔 버렸다. 조씨 댁에서는 향을 피우거나 초를 켜지 않고, 마나님이 불공드릴 때 쓸 셈으로 간직해 두었다. 누더기 윗옷은 거의가 작은 마님이 8월에 낳을 아기의 기저귀가 되었고, 나머지는 오마의 신발 창이 되었다.

제5장 생계 문제

아Q는 사죄식이 끝나자 전처럼 사당으로 돌아왔다. 해질 무렵이 되자 점점 세상이 이상하게 느껴졌다. 그래서 곰곰이 생각해 본 결과 마침내 그 원인이 자기가 벗고 있는 데 있음을 깨달았다. 그는 누더기 겹옷이 또 있음을 생각해 내고 그걸 걸쳐 덮고 드러누웠다.

다시 눈을 떴을 때는 해가 벌써 서쪽 담 위에 모습을 드러내고 있었다. 그는 몸을 일으키면서 '염병할' 하고 투덜댔다. 그리고 평소처럼 거리를 쏘다녔다. 벗고 있을 때처럼 살을 에는 듯한 추위는 없었으나 어쩐지 세상이 좀 변한 듯한 기분이 들었다.

이날부터 미장의 여인들은 갑자기 부끄럼을 타는 모양인지 아Q를 보면 저마다 대문 안으로 몸을 숨겼다. 심지어 50이 가까운 추칠수마저도 남들처럼 숨어 버렸으며, 또한 열한 살 난 계집애까지 집 안으로 불러들이는 것이었다. 아Q에게는 퍽 이상스러웠다. 그래서 이렇게 생각했다.

'이것들이 갑자기 규중 처녀 흉내를 내기 시작했나? 화냥년들······.'

그러나 그가 더욱 세상이 이상해졌다고 느낀 것은 그로부터 여러 날이 지난 뒤였다. 첫째, 술집에서 외상을 거절하는 것이었다. 둘째, 사당을 관리하는 늙은이가 이러쿵저러쿵 쓸데없는 말을 하는 품이 그를 내쫓으려는 것 같았다. 셋째, 며칠이나 되었는지 기억할 수는 없으나 하여튼 꽤 여러 날 아무도 그에게 날품을 주지 않는 것이었다. 술집에서 외상을 안 주면 참으면 그만이고, 늙은이가 내쫓으려 해도 투덜대는 대로 내버려두면 그뿐이었다. 하지만 아무도 날품을 얻으러 오지 않았기 때문에 아Q는 배를 곯을 수밖에 없었다. 이것만은 정말 '염병할' 일대 사건이었다.

아Q는 더 이상 참을 수 없어서 단골집들을 찾아다니며 물어보았다. 조씨 댁은 제하고서 말이다. 그런데 사태는 일변했다. 반드시 남자가 나와서 귀찮다는 듯한 얼굴로 거지라도 쫓아 버리듯 손을 내저으며 아Q에게 말하는 것이었다.

"없어, 없어! 나가!"

아Q는 더욱 이상한 기분이 들었다. 단골집들마다 지금까지 일을 주지 않은 적이 없었다. 그렇다고 이제 와서 갑자기 일이 없어질 리도 없다. 여기에는 반드시 무언가 곡절이 있음에 틀림없다고 아Q는 생각했다.

그래서 주의해서 살펴보니 그들은 모두 소D(小Don)에게 일을 시키는 것이었다. 이 소D는 가난뱅이에 힘도 없는 말라깽이였으므로 아Q의 눈에는 왕털보보다도 그 위치가 아래였다. 그런데 뜻밖에도 이 애송이에게 자신의 밥그릇을 빼앗긴 것이다. 그래서 아Q의 이번 분노는 평상시와는 아주 달랐다. 너무나 성이 나서 길을 걸어가다가 별안간 손을 쳐들고 노래를 다 불렀다.

"손에 쇠로 된 채찍을 들고 네놈을 치리……."

며칠 뒤 그는 전씨 댁 담 앞에서 소D와 부딪쳤다. 원수는 외나무 다리에서 만난다고 아Q가 다짜고짜 다가서니까 소D도 멈춰 섰다.

"개새끼!"

아Q는 눈을 부릅뜨고 말했다. 입에서 침이 튀었다.

"그래, 난 버러지야. 이렇게 말하면 네 직성이 좀 풀리니?"

소D가 말했다.

이 겸손이 도리어 아Q의 비위를 건드렸다. 아Q는 소D의 손에 쇠채찍이 없었으므로 그냥 덤벼들어 그의 머리채를 움켜잡았다. 그리고 놀고 있는 한쪽 손으로 자기의 머리채 밑을 눌렀다. 그전의 아Q 같았으면 소D쯤은 상대도 안 되었다. 그러나 요즘 배를 주려 소D의 힘과 엇비슷한 상태가 되었다. 네 개의 손이 두 개의 머리를 서로 움켜잡고 허리를 구부리며 전씨 댁 흰 벽에 하나의 푸른 무지개를 그렸다. 그게 반시간 남짓이나 계속되었다.

"이젠 됐다, 됐어!"

구경군들이 여기저기서 소리쳤다. 필경 싸움을 말리려는 심산이겠지.

"됐다, 됐어!"

구경꾼들이 다시 말했다. 대체 싸움을 말리려는 건지, 그렇지 않으면 부추기는 건지 알 수가 없었다.

그러나 둘 다 들은 척도 하지 않았다. 아Q가 세 발짝 나서면 소D는 세 발짝 물러나 섰고 소D가 세 발짝 나서면 아Q가 세 발짝 물러나 또 섰다. 대략 반 시간, 미장에는 시계가 흔하지 않았으므로 정확히 말하기는 어려워도 20분쯤 지났을 것이다. 그들의 머리에서는 김이 모락모락 나고,

이마에서는 땀이 흘러내렸다. 아Q의 손이 늦춰지자 동시에 소D의 손도 늦춰졌다. 둘은 동시에 허리를 펴고 물러나 군중 속을 헤쳐 나갔다.

"두고 보자, 개새끼……."

아Q가 돌아보며 말했다.

"개새끼, 두고 보자……."

소D도 돌아보며 말했다.

이 '용호(龍虎)의 싸움'은 승부가 없는 것 같았다. 구경꾼들이 만족했는지 못했는지는 모르나 아무도 거기에 대해 말하는 사람은 없었다. 그러나 아Q에게는 여전히 일감이 없었다.

어느 따뜻한 날이었다. 산들바람이 불어 제법 여름다운 기운이 감돌았으나 아Q만은 으스스 추위를 느꼈다. 그런데 추위는 견딜 수 있다 해도 배가 고파 큰일이었다. 솜이불, 털모자, 홑옷은 벌써 없어졌고, 그 다음으로 솜옷도 팔아먹었다. 이제는 바지만 남아 있으나 이것만은 팔 수가 없었다. 누더기 겹옷도 있기는 하나 남에게 주어 신발창이나 하라고 하면 모를까 팔아서 돈이 될 것은 못 되었다. 그는 길에서 돈이라도 주웠으면 하고 생각하였으나 동전 한 푼 눈에 띄지 않았다. 다 쓰러져가는 누추한 집 안에 혹시 동전이라도 떨어져 있지 않나 하고 황망히 사방을 두리번거려 보았으나 역시 아무것도 없었다. 그래서 밖으로 나가 구걸을 하기로 결심했다.

아Q는 길을 걸으면서 구걸할 작정이었다. 낯익은 술집이 눈에 띄었고 만두집도 보였으나 모두 그냥 지나쳐 버리고 말았다. 발걸음도 멈추지 않았고, 더욱이 구걸은 하려고도 하지 않았다. 그가 구하려는 것은 이런 것이 아니었다. 그가 구하려는 것은 무엇인가? 그것은 아Q 자신도 잘 알지 못했다.

미장은 본래 큰 마을이 아니었으므로 어느새 그는 동구 밖을 빠져나갔다. 마을을 나서니 모두 논이었다. 눈에 보이는 것마다 파릇파릇한 못자리였고 그 사이에 끼어 원형으로 움직이고 있는 검은 점들은 논을 매고 있는 농부들이었다. 아Q는 이러한 전원 풍경도 감상하지 않고 그저 걷기만 했다. 순간 그는 직감적으로 구걸하는 길과는 퍽 먼 거리임을 깨달았다. 어느 순간 그는 정수암의 담 밖에까지 오고 말았다.

암자 주위도 온통 논이었다. 신록 사이로 흰 담장이 불쑥 나와 있고, 뒤쪽의 얕은 토담 안은 채마밭이었다. 아Q는 한참 망설이다가 사방을 둘러보았으나 개미새끼 한 마리 보이지 않았다. 그는 곧 낮은 담으로 기어올라 하수오(何首烏, 새박뿌리) 덩굴을 붙잡았다. 담흙이 부석부석 떨어져내려 아Q의 발도 후들후들 떨렸으나 간신히 뽕나무 가지를 휘어잡고 안으로 뛰어내렸다.

안은 참으로 푸릇푸릇 무성해 있었으나 황주(黃酒)나 만두, 그 밖에 먹을 만한 것은 아무것도 보이지 않았다. 서쪽 담을 끼고 대밭이 있고 그 속에 많은 죽순이 자라고 있었지만 유감스럽게도 삶아 익힌 것이 아니므로 먹을 수가 없었다. 유채(油菜)도 벌써 씨가 들었고, 갓은 이미 꽃이 피어 있었으며, 봄배추도 장다리가 돋아 있었다.

아Q는 마치 문동(文童)이 과거에 낙방이라도 한 것처럼 기대가 어긋나 실망했다. 그는 채마밭 쪽으로 천천히 걸어갔다. 그러자 갑자기 가슴이 뛰었다. 여기는 분명히 무밭이다. 그는 주저앉아 무를 뽑기 시작했다. 그때 돌연 문 안에서 동그란 머리가 힐끔 내다보는 것 같더니 바로 사라져 버렸다. 틀림없이 젊은 여승이었다. 하지만 젊은 여승 따위는 아Q의 눈에 본래 먼지나 쓰레기 같은 존재였다. 세상 일이란 한 발짝 물러서서 생각해야 하므로 그는 급히 무 네 개를 뽑아 푸른 잎사귀를 뜯어버리곤 옷섶 안에 쑤셔 넣었다. 그런데 늙은 여승이 벌써 눈앞에 나타나 있었다.

"나무아미타불, 아Q! 어째서 채마밭에 몰래 들어와 무를 훔치는 거야! 아아, 벌을 받아 싸지. 나무아미타불!"

"내가 언제 당신 밭에 들어가 무를 훔쳤어?"

아Q는 재빨리 달아나며 돌아보고 또 돌아보면서 말했다.

"지금...... 그건 뭐냐?"

늙은 여승은 아Q의 품속을 가리켰다.

"이게 당신 거라고? 당신이 무에게 물어볼 수 있어?"

아Q는 말을 끝내지도 않고 급하게 뛰기 시작했다. 커다란 검정개가 쫓아왔기 때문이었다. 본래 정문에 있는 개인데 어찌된 일인지 뒤꼍 밭에까지 와 있었다.

검정개는 으르렁대며 쫓아와 아Q의 발을 막 물려는 참이었는데 다행히 품에서 무 한 개가 굴러 떨어지면서 개가 깜짝 놀라 주춤 멈추어 섰다. 그 틈에 아Q는 벌써 뽕나무로 기어올라 토담을 넘어 무와 함께 담 밖으로 굴러 떨어졌다. 뒤에선 아직도 검정개가 뽕나무를 향해 짖어 대고, 늙은 여승은 중얼중얼 염불을 외워 댔다.

아Q는 늙은 여승이 또 검정개를 풀어 내보내지나 않을까 두려워 무를 주워 가지고 걸음아 나 살려라 하고 달렸다. 달려가면서 돌을 몇 개 주웠으나 검정개는 다시 나타나지 않았다.

그래서 아Q는 돌을 버리고 걸어가며 무를 먹었다. 그러면서 생각했다.

'여기는 구할 것이 아무것도 없다. 역시 성 안으로 가자......'

무 세 개를 다 먹었을 때 그는 벌써 성 안으로 갈 결심을 하고 있었다.

제6장 중흥에서 말로까지

아Q가 다시 미장에 모습을 나타낸 것은 그해 중추절 바로 뒤였다. 사람들은 모두 놀라 아Q가 다시 돌아왔다고 말했다. 그러고는 새삼스럽게 그가 어디에 가 있었을까 하고 쑤군댔다.

아Q는 전에도 몇 번 성 안에 갔었다. 그때는 대개 신이 나서 미리 사람들에게 자랑하곤 했는데 이번만은 그렇게 하지 않고 조용히 있었다. 그러나 사람들은 아무도 그를 염두에 두지 않았다. 그가 혹 사당을 관리하는 노인에게만은 말했을지도 모르나, 미장의 관례로 보아 조 나리, 전 나리 혹은 수재 나리가 성 안에 들어간다면 굉장한 사건이 되겠지만 '가짜 양놈'조차도 아직 그 축에 끼지 못할 정도이니 하물며 아Q 정도가 성 안에 들어갔다 온 것쯤이랴. 그러므로 노인이 그를 위해서 떠들었을 리도 없겠고 미장 사람들도 알 리가 없었던 것이다.

그렇지만 아Q가 이번에 돌아왔을 때는 전과는 딴판으로 달랐다. 날이 저물 무렵 그는 몽롱한 눈으로 술집 문전에 나타났다. 그리고 술청으로 가까이 걸어가 허리춤에서 손을 빼더니 한 움큼의 은전과 동전을 술청 위로 내던지고 말했다.

"현금이오! 술 좀 주슈!"

아Q가 입고 있는 것도 새 겹옷이었다. 또 허리에는 커다란 주머니를 차고 있었는데 상당히 묵직해서 주머니 찬 자리의 허리띠가 축 늘어져 있었다. 미장의 관례로 좀 주목을 끄는 인물을 보면 경멸은커녕 존경의 대상이 되곤 했다. 사람들은 지금 그가 확실히 아Q라는 것은 알고 있었지만 누더기를 입은 아Q와는 좀 다르다고 생각했다. 옛 사람들이 말하기를 "선비란 사흘만 떨어져 있어도 다시 크게 눈을 뜨고 보아야 한다."라고 했기 때문에 술집 안의 모든 사람들은 자연 일종의 의심을 품으면서도 아Q에게 존경의 태도를 표시했다. 주인은 우선 머리를 꾸벅하고는 이어서 말을 걸었다.

"오 아Q, 자네 돌아왔군!"

"돌아왔지!"

"돈을 벌었군 벌었어. 어디에서……."

"성 안에 갔었지!"

아Q의 소식은 이튿날에 벌써 온 미장에 퍼졌다. 사람들은 모두 현금을 두둑히 갖고 새 옷까지 입은 아Q의 놀라운 사연을 알고 싶어했다. 그래서 술집이라든가 찻집, 절간의 처마밑 등 아Q가 나타나는 곳마다 따라다니며 염탐을 했다. 그 결과 아Q는 새로운 존경을 받게 되었다.

아Q의 말인즉 자신은 거인(擧人) 나리 댁에서 일을 거들어 주었다는 것이다. 이 한 마디에 듣는 사람들은 모두 숙연해졌다. 거인 나리는 본래 백(白) 씨지만 성 안에 오직 하나뿐인 거인이므로, 성을 붙이지 않아도 그저 거인이라 하면 곧 그라는 것을 알 수 있었다. 이것은 비단 미장에서뿐 아니라 백 리 사방 안은 모두 그러하였다. 그래서 사람들은 거의 대부분 그의 성명이 거인 나리라고 알았다. 그러므로 그 유명한 거인 나리 댁의 일을 거들어 주었다는 것은 당연히 존경을 받을 만했다.

그러나 아Q는 다시 이 거인 나리 댁에 일을 해 주러 가고 싶지는 않다고 생각했다. 왜냐하면 이 거인 나리는 정말 '개새끼' 같은 자였기 때문이다. 이 한마디에 듣는 사람들 모두 탄식하고 또 통쾌해 했다. 이유인즉 아Q 따위는 거인 나리 댁에서 일을 거들 만한 위인도 못 되지만, 막상 일을 거들러 가지 않는다고 하니 아까운 생각이 들었기 때문이다.

아Q의 말에 의하면 자신이 돌아온 것은 성 안 사람들에 대한 불만 때문이라고도 했다. 그것은 즉 성 안 사람들이 장등을 조등이라 부르고, 생선 튀김에 채로 썬 파를 얹는 것 따위, 게다가 최근의 관찰로 찾아낸 결점으로 여인들이 엉덩이를 실룩거리며 걷는 게 그다지 좋지 않다는 것 등이었다.

그러나 더러는 감복할 만한 점도 있다고 했다. 즉 미장의 촌놈들은 32장의 죽패(竹牌)밖에는 할 줄 모르고 오직 가짜 양놈만이 마작을 할 줄 아는데, 성 안에서는 조무래기들도 모두 마작에 익숙하다는 것이었다. 그래서 가짜 양놈 따위는 성 안의 여남은 살짜리 조무래기 속에 놓아두면 금방 염라대왕 앞에 나간 바보처럼 돼 버린다는 것이었다. 이 한마디에 듣는 사람들 모두 얼굴이 붉어졌다.

"너희들, 목 자르는 것 본 일 있어?"

아Q가 말했다.

"흥, 볼 만하지. 혁명당을 목 잘라 죽이는 거야. 볼 만하지, 볼 만해……"

그는 머리를 흔들며 바로 앞에 있는 조사신의 얼굴에 침을 튀겼다. 이 한마디에 듣는 사람들은 모두 섬뜩해졌다.

그런데 아Q는 사방을 한 바퀴 둘러보더니 별안간 오른손을 들어, 목을 길게 빼고는 정신없이 듣고 있는 왕털보의 뒷덜미를 향해 곧장 내리쳤다.

"찰싹!"

왕털보는 놀라 벌떡 일어났으나 눈깜짝할 사이에 재빨리 목을 움츠렸다. 듣고 있던 사람들도 모두 깜짝 놀랐으나 재미있어 하기도 했다. 그 후 왕털보는 며칠 동안 머리가 띵했다. 그래서 다시는 감히 아Q 곁에 가까이 가려 하지 않았고 다른 사람들도 마찬가지였다.

이때 미장 사람들의 눈에 비친 아Q의 지위는 조 나리 이상이라고는 감히 말할 수 없지만 거의 동등하다고 해도 과언이 아닐 정도였다.

오래지 않아 이 아Q의 명성은 온 미장의 규중에까지 퍼졌다. 미장에서는 조씨와 전씨 일족만이 규중이 있는 대저택에 살고 있었고, 그 밖엔 대개가 별볼일 없는 가문들이었지만 규중은 역시 규중이라고 할 수 있었다.

보통의 규중 여인들은 만나기만 하면 꼭 아Q 이야기를 했다. 추칠수가 아Q에게서 남색 비단 치마를 샀는데 헌 것이긴 하지만 단돈 90전이라는 둥, 그리고 조백안의 모친도 아이들에게 입힐 빨간 모슬린 홑옷 신품을 샀는데 단돈 30전도 안 된다는 둥……. 그래서 여인들은 눈이 휘둥그레 가지고 아Q를 만나고 싶어했다. 비단 치마가 없는 사람은 그에게 물어 비단 치마를 사고 싶어했고, 모슬린 홑옷이 필요한 사람은 모슬린 홑옷을 사고 싶어했다. 이제는 아Q의 얼굴을 보아도 달아나지 않을 뿐 아니라 때로는 아Q가 지나간 뒤를 쫓아가서 그를 불러 세우고 묻는 것이었다.

"아Q, 비단 치마는 아직도 있어? 없다고? 모슬린 홑옷도 필요한데,

있겠지?"

 후에 이것이 마침내 보잘 것 없는 집안의 규중에서 조씨와 전씨 가문의 규중에까지 전달되었다. 그도 그럴 것이 추칠수가 너무도 기쁜 나머지 자신의 비단 치마를 조 부인에게 자랑하러 갔고, 조 부인은 또 그것을 조 나리에게 말하여 대단한 것이라고 칭찬했기 때문이었다. 조 나리는 저녁을 먹는 자리에서 수재 나리와 토론한 끝에 아Q에게 어쩐지 수상한 점이 있으니 우리도 좀 문단속을 하는 게 좋을 거라고 말했다. 그러나 아Q의 물건 중엔 아직 살 만한 무언가가 더 있을지도 모른다고 덧붙였다. 이때 조 부인은 마침 값싸고 질 좋은 모피 배자를 사고 싶어하던 참이었다. 그래서 가족의 결의로 추칠수에게 부탁하여 즉각 아Q를 찾으러 보냈고, 또 이 때문에 특례를 베풀어 이날 밤은 등불을 켤 것을 특별히 허락했다.

 등잔 기름이 제법 졸아들었는데도 아Q는 좀처럼 나타나지 않았다. 조씨 댁 온 가족은 모두 조급해져서 하품을 하며 아Q가 너무 뽐낸다고 투덜거렸고 한편으로는 추칠수가 약삭빠르지 못하다고 원망도 했다. 조 부인은 또 예의 조건(출입 금지) 때문에 아Q가 오지 못하는 것이 아닌가 하고 근심했다. 그러나 조 나리는, "내가 부르러 보냈으니까 걱정할 거 없어!" 하고 큰소리쳤다. 과연 조 나리의 생각이 옳았다. 아Q가 드디어 추칠수의 뒤를 따라 들어왔다.

 "아Q는 그저 없다, 없다고만 말하는군요. 그러면 네 자신이 직접 가서 말하라고 해도 자꾸만 그러기에, 제가……."

 추칠수가 헐레벌떡 들어오며 말했다.

 "나리!"

 아Q는 웃는 듯 마는 듯한 표정을 짓더니 처마 밑에 멈추어 섰다.

"아Q, 타관에 가서 좀 벌었다고."

조 나리는 천천히 아Q에게로 걸어오더니 그의 전신을 아래위로 훑어보며 말했다.

"잘했어, 그거 참 잘했어. 그런데 뭐 물건이 좀 있다고……. 전부 가져와서 내게 보여 주지 않으려나……. 다름이 아니고 나도 좀 필요해서……."

"추칠수에게 말했지마는 벌써 다 없어졌습죠."

"없어졌어?"

조 나리는 부지중에 큰 소리로 물었다.

"그렇게 빨리 없어질 리가 없을 텐데?"

"원래 친구 것으로, 별로 많지 않았는데 사람들이 모두 사 갔으니까요……."

"그래도 아직 조금은 남아 있겠지?"

"문에 다는 발 하나가 남아 있을 뿐입죠."

"그럼 그거라도 갖다 보여 주게."

조 부인이 황망히 말했다.

"그렇다면, 내일 가져오면 돼."

조 나리는 그다지 마음이 내키지는 않았으나 한마디 했다.

"아Q, 너 이제부터 무슨 물건이라도 생기거든 제일 먼저 우리에게 갖다 보여 주렴……."

"값은 결코 딴 집들보다 떨어지게 쳐 주지는 않을 테니까."

수재가 말했다. 수재 부인은 아Q의 얼굴을 한번 힐끔 쳐다보더니 그가 감동했는지 안 했는지 얼굴 표정을 살폈다.

"나는 모피 배자가 필요한데."

조 부인이 말했다.

아Q가 대답은 했으나 꺼림칙한 모습으로 가 버렸으므로 그가 정말 마음에 새겨둔 것인지 조씨 댁 식구들은 알 수가 없었다. 이 일은 조 나리를 매우 실망케 했고, 더불어 화를 돋우고 근심시켜 하품까지도 잊어버리게 했다.

수재도 아Q의 태도에 대해 대단히 불만스러웠다.

"은혜를 모르는 저런 놈은 조심하지 않으면 안 돼. 할 수만 있다면 지보에게 일러서 미장에서 살지 못하게 하는 것이 상책이야!"

그러나 조 나리는 이렇게 말했다.

"그렇지 않아. 그런 짓을 하면 원한을 사게 돼. 하물며 그런 장사를 하는 놈이란, 대개 매가 둥지 밑의 먹이를 먹지 않는 것과 같으니 우리 마을은 근심할 필요가 없고, 다만 각자가 밤중에 경계만 잘하면 돼."

수재는 훈계를 듣고 그럴듯하게 생각되어 아Q 추방 제의를 즉각 철회했다. 그러고서 추칠수에게도 이 이야기는 절대로 남에게 지껄이지 말라고 간곡히 이르고, 여자들에게도 입조심을 시키라고 하였다.

그런데 이튿날 추칠수는 남색 치마를 검게 물들이러 나갔다가 아Q가 수상하다는 이야기를 퍼뜨렸다. 그러나 수재가 아Q를 추방하려 했던 사실만은 말하지 않았다. 그럼에도 불구하고 아Q는 벌써 불리한 입장이 되었다. 제일 먼저 지보가 찾아와 아Q의 문발을 가져갔다. 아Q가 조 부인이 보겠다고 한 거라고 말했으나 막무가내였을 뿐 아니라, 또한 다달이 상납금을 내라고 위협했다. 그 후 마을 사람들의 아Q에 대한 외경의 태도가 갑자기 변하였다. 함부로 굴지는 않았으나 어딘지 그를 멀리 피하려는 눈치였다. 이전에 아Q에게 찰싹 맞을까 조심하던 때와는 다르게 이번에는 경원시하는 눈치가 역력했다.

다만 일부 건달패들만이 더욱 자세히 아Q의 내막을 알고 싶어 꼬치꼬치 캐물었다. 아Q도 별로 숨기려 하지 않고 으쓱거리며 자신의 경험을 이야기했다. 이때부터 그들은 비로소 알게 되었다. 아Q가 일개 단역에 지나지 않아 담도 넘어가지 못했을 뿐 아니라, 문밖에 섰다가 물건을 받는 좀도둑에 불과했다는 사실을 말이다. 어느 날 밤 그가 막 보퉁이 하나를 전해 받고 두목이 다시 안으로 들어간 지 오래지 않아 안에서 왁자지껄하는 소리가 들렸다. 그는 황망히 도망쳐 밤중에 성을 기어나와 미장으로 돌아왔는데 다신 갈 마음이 없어졌다는 것이다.

이 이야기는 아Q에게 더욱 불리했다. 마을 사람들이 아Q를 경원시한 것도 실은 원한을 살까 두려워했기 때문이었는데, 이제 보니 그는 다시는 도둑질을 하려고도 않는 좀도둑에 불과하지 않은가? 아Q야말로 두려워할 가치도 못 되는 존재가 아닌가?

제7장 혁 명

선통(宣統) 3년 9월 14일, 즉 아Q가 전대를 조백안에게 팔아 먹은 날, 커다란 검은 배 한 척이 조씨 댁 나루터에 닿았다. 이 배는 캄캄한 어둠을 타고 노를 저어 왔다. 마을 사람들은 깊이 잠들어 아무것도 알지 못했다. 그러나 나갈 때는 날이 밝을 무렵이었기 때문에 본 사람이 몇 있었다. 몰래 조사한 결과 그것이 거인 나리의 배임을 알게 되었다.

그 배는 미장 사람들 모두에게 불안감을 안겨 주었다. 정오도 되기 전에 온 마을이 매우 술렁거렸다. 배의 임무에 대하여 조씨 댁에서는 물론 극비에 붙이고 있었으나, 찻집이나 선술집에서는 모두 혁명당이 입성할 기미이므로 거인 나리께서 우리 마을로 피난해 온 것이라고 말했다.

추칠수만이 그렇지 않다고 했다. 거인 나리가 헌 옷 상자를 몇 개 맡기려 했는데 조 나리에게 거절당해 도로 가져갔다는 것이었다. 사실 거인 나리와 조 수재는 평소부터 사이가 좋지 않았고, 이치로 따져도 환난(患難)을 함께 할 만큼 정의가 두텁지 않았다. 게다가 추칠수는 조씨 댁과 이웃 간이라서 보고 듣는 것이 비교적 믿을 만했으므로 대개 그녀의 말을 믿었다.

　낭설은 매우 자자했다. 소문인즉, 아마 거인 나리가 직접 오지는 않은 모양이나 장문의 서신을 보냈고, 조 나리는 자기로서는 손해될 일이 없으므로 그대로 상자를 들여놓았다가 지금은 그것을 마누라 침대 밑에 처박아 놓았다는 것이었다. 어떤 사람은 말하기를, 혁명당이 그 밤으로 성 안에 들어왔는데 저마다 흰 투구에다 흰 갑옷을 입고 있었고 그것은 명조(明朝) 숭정 황제의 상복을 입은 것이라고 했다.

　아Q도 혁명당이란 말은 벌써부터 듣고 있었고, 금년엔 자기 눈으로 혁명당이 살해되는 것까지 보았다. 어디다 근거를 둔 것인지는 모르지만, 혁명당은 모반이고 모반은 자신을 곤란케 하는 것이라는 일종의 확신을 가지고 있었다. 그래서 지금까지 심각하게 증오해 왔었다. 그런데 뜻밖에도 백 리 사방에 이름이 알려진 거인 나리마저 혁명당을 이렇게 두려워하는 것을 보니 그도 어쩐지 마음이 끌리지 않을 수 없었다. 하물며 미장의 어중이떠중이들마저 당황하는 꼴은 아Q를 더욱 유쾌하게 했다. '그래서 혁명도 괜찮은 거구나.' 하고 생각했다.

　'개새끼들은 죽여 버려라, 더러운 개새끼들은! 미운 놈들은……. 나도 항복해서 혁명당이 되어야지.'

　아Q는 근래 용돈이 궁색하여 하루하루가 불편했다. 불편한 마음에 대낮부터 빈 속에다 술 두 사발을 마셔서인지 더욱 빨리 취기가 올랐다. 걷는 동안에 그는 또 마음이 들뜨기 시작했다. 어찌된 셈인지 갑자기 혁명당은 자신이고 미장 사람들은 모두 자신의 포로가 된 듯한 기분이 들었다. 그는 너무나 기쁜 나머지 무심결에 큰 소리로 떠들어 댔다.

　"모반이다! 모반!"

미장 사람들은 모두 놀란 눈초리로 그를 바라보았다. 아Q로서는 지금까지 전혀 보지 못하던 가련한 눈초리였다. 그걸 보자 그는 한여름에 빙수를 마신 것처럼 속이 후련해졌다. 그래서 점점 더 신이 나 걸으면서 고함을 질렀다.

"자! 탐나는 것은 모두가 내 것. 맘에 드는 계집도 모두가 내 것. 둥둥, 장장! 후회해도 소용없다. 술에 취해 잘못 벤 정현제(鄭賢弟). 후회해도 소용없다. 아, 아, 아⋯⋯ 두둥, 장장 둥, 자리장! 내 손에 잡은 철편, 네놈을 치리!"

조씨 댁의 두 나리와 두 친척이 때마침 대문 앞에 서서 혁명 이야기를 하고 있었다. 아Q는 거들떠보지도 않은 채 머리를 쳐들고 곧장 노래를 부르며 지나갔다.

"둥둥⋯⋯."

"아Q 씨!"

조 나리가 겁먹은 표정을 지으며 작은 소리로 불렀다.

"장장!"

아Q는 자기 이름에 씨 자가 붙으리라고는 생각지 않았으므로 자기와는 관계없는 말이라 생각하고 그저 노래만 불렀다.

"둥, 장, 자리장, 장!"

"아Q 씨."

"후회해도 소용없다⋯⋯."

"아Q!"

수재는 하는 수 없이 '씨'를 빼고 이름을 불렀다.

아Q는 그제야 멈춰서서 고개를 돌리며 물었다.

"뭐야?"

"아Q 씨…… 요사이……."

조 나리는 막상 할 말이 없었다.

"요사이…… 돈 잘 버나?"

"벌어? 아무렴. 필요한 것은 모두가 내 것……."

"아……Q 형, 우리 같은 가난뱅이 동지는 상관없겠지……."

조백안은 마치 혁명당의 말투를 흉내내어 속셈을 떠보려는 듯이 조심조심 말했다.

"가난뱅이 동지라고? 당신은 아무래도 나보다는 부자지."

아Q는 그렇게 말하고는 가 버렸다.

모두들 실망해서 말이 없었다. 조 나리 부자는 집에 돌아와 저녁 무렵이 되어 불을 켤 때까지 머리를 맞대고 의논했다. 조백안은 집에 돌아오자 허리춤에서 전대를 끌러 아내에게 주며 상자 밑에 감춰 두라고 하였다.

아Q가 마음이 들떠 돌아다니다가 사당에 돌아오니 술은 어느 정도 깨 버렸다. 이날 밤은 사당지기 노인도 뜻밖에 부드럽고 친절하게 아Q에게 차를 권했다. 아Q는 그에게 떡 두 개를 달래서 먹은 후, 쓰다 남은 40돈쭝 양초와 촛대를 달라고 했다. 그러고는 초에 불을 켜고 조그만 자기 방에 홀로 드러누웠다.

말할 수 없이 기분이 상쾌하고 유쾌했다. 촛불은 마치 정월 대보름달 밤처럼 번쩍번쩍 빛났고, 그의 상상의 나래도 하늘을 날기 시작했다.

'모반? 재미있다……. 흰 갑옷에 흰 투구의 혁명당이 쳐들어온다. 저마다 청룡도며 철편, 폭탄, 통, 삼첨양인도(三尖兩刃刀), 구겸창을 들고서 사당 앞을 지나가며 아Q! 함께 가세! 하고 부른다. 그래서 함께 간다.

이때 미장의 어중이떠중이들은 아주 볼 만할 거다. 무릎을 꿇고, 아Q 목숨만은 살려 줘! 그러나 누가 들어 준담!

맨 먼저 죽일 놈은 소D와 조 나리다. 그리고 수재, 이어 가짜 양놈……. 몇 놈이나 남겨 둘까? 왕털보는 남겨 둬도 상관없지만, 아냐 그놈도 없애 버려…….

그리고 물건은……곧장 뛰어 들어가 상자를 열면 은덩어리, 은화, 모슬린 홑옷……. 수재 마누라의 침대를 우선 사당으로 운반해 오자. 그러고서 전가의 탁자와 의자를 벌여 놓고 아니면 조가의 것을 쓸까. 난 손 하나 까딱하지 않고 소D에게 운반시켜야지. 빨리 날라! 꾸물대면 갈겨 줄 테다…….

조사신의 누이동생은 정말 못생겼지. 추칠수의 딸은 아직 젖비린내 나고, 가짜 양놈의 마누라는 머리채 없는 사내와 동침했으니 홍, 좋은 물건은 못 돼! 수재 마누라는 눈두덩이 위에 흉터가 있고……오마는 오랫동안 못 만나서 어디 있는지 모른다……. 그런데 유감스럽게도 발이 너무 커.'

아Q는 공상이 끝나기도 전에 벌써 코를 골았다. 40돈쭝 양초는 아직도 반 치밖에 닳지 않았고 흔들흔들하는 빨간 불빛이 그의 헤벌어진 입을 비추고 있었다.

"어어!"

아Q는 별안간 큰 소리를 지르면서 벌떡 일어났다. 그러고는 머리를 들고 사방을 두리번거리더니, 40돈쭝 양초가 눈에 띄자 또 머리를 숙이고 잠들어 버렸다.

다음날 아Q는 퍽 늦게 일어났다. 거리에 나가 보니 모든 것이 그대로였다. 그는 여전히 배가 고팠다. 아무리 머리를 굴려봐도 좋은 생각이 떠오르지 않았다. 그러나 별안간 생각이 떠올랐는지 천천히 걷기 시작하여 자신도 모르는 사이에 정수암에 이르렀다.

정수암은 봄철과 마찬가지로 조용했다. 흰 벽에 검은 문도 그대로였다. 그는 한참 생각하고 문을 두드렸다. 개 한 마리가 안에서 짖어 댔다. 그는 급히 벽돌 조각을 몇 개 집어들고 힘들여 문을 두드렸다. 검은 문에 많은 흠집이 났을 무렵에야 비로소 누군가 문을 열러 나오는 소리가 들렸다.

아Q는 급히 벽돌 조각을 힘주어 쥐고 발을 딱 벌리고 검정개와 싸울 준비를 했다. 암자의 문이 빠끔히 열렸는데 안에서 검정개는 뛰어나오지 않았다. 들여다보니 늙은 여승의 얼굴뿐이었다.

"너 또 무엇 하러 왔어?"

늙은 여승이 깜짝 놀라며 말했다.

"혁명이야……. 알고 있어?"

아Q는 매우 애매한 투로 말했다.

"혁명, 혁명이라고? 혁명은 벌써 끝났어……. 혁명을 했으면 우리더러 어쩌라고?"

늙은 여승은 두 눈이 새빨개진 채 말했다.

"뭐라고?"

아Q는 이해할 수 없었다.

"넌 모르고 있니? 그 사람들은 벌써 혁명했는데!"

"누가?"

아Q는 더욱 이해가 가지 않았다.

"저 수재와 가짜 양놈이!"

아Q는 너무도 뜻밖이라 부지중에 얼떨떨해졌다. 늙은 여승은 그의 기가 꺾인 것을 보자 잽싸게 문을 닫아 버렸다. 아Q가 재차 밀었으나 문은 꼼짝도 하지 않았다. 다시 두드려 보았으나 전혀 대답이 없었다.

그것은 오전 중의 일이었다. 조 수재는 소식이 빨라 혁명당이 밤새 성 안에 들어온 것을 알자 재빨리 머리채를 머리 꼭대기로 말아 올렸다. 그리고 일어나는 길로 이제껏 사이가 안 좋았던 가짜 양놈을 방문했다. 바야흐로 '어유신(御維新)'의 때였으므로 그들은 금방 의기상통하는 동지가 되어 혁명으로 매진할 것을 약속했다. 그들은 생각하고 또 생각한 끝에 간신히 정수암에 있는 '황제 만세! 만만세'라는 용패(龍牌)야말로 빨리 개혁해서 파기해야 할 것이라고 결정했다. 늙은 여승이 나와 방해했으므로 그들은 두서너 마디 억지 심문을 한 끝에 그 여인을 만주 정부로 간주하고 단장과 주먹으로 실컷 때려주었다.

그들이 가 버린 뒤 늙은 여승이 정신을 차리고 살펴보았더니 용패는 벌써 땅 위에 산산조각으로 부서져 있었고, 관음상의 보좌 앞에 있던 선덕(宣德) 향로가 보이지 않았다.

이 일을 아Q는 나중에야 알았다. 그는 자기가 늦잠 잔 것을 무척 후회했다. 또한 그들이 자신을 부르러 오지 않은 것을 괘씸하게 생각했다. 그는 또 한 발짝 물러나서 생각해 보았다.

'설마 놈들이 내가 혁명당에 투항했다는 것을 아직 모르지는 않을 테지?'

제8장 혁명 금지

　미장의 인심은 나날이 안정돼 갔다. 전해 오는 소식에 의하면 혁명당은 성 안에 들어오긴 했으나 아직 큰 변동은 없다는 것이었다. 지사(知事) 나리도 여전히 건재하며, 다만 관명을 조금 바꾸었다고 한다. 거인 나리 또한 무슨 관직에 나아갔고, 군대의 장도 역시 이전의 파총(把總)이었다. 다만 한 가지 무서운 것은 몇 사람의 좋지 않은 혁명당이 그 속에 끼어 혼란을 일으킨다는 것이었다. 이튿날 벌써 그들은 변발을 잘라 버리는 짓을 했다고 한다. 듣자니 이웃 마을의 뱃사공 칠근이가 잡혀 사람꼴이 말이 아니라고도 했다.
　그러나 이것은 공포라고도 할 수 없었다. 미장 사람들은 본래 성 안에 들어가는 일이 적었고, 더러 성 안에 들어가려고 해도 즉시 그 계획을 변경하면 이런 위험에 부딪히지 않아도 되었기 때문이다. 아Q는 성 안에 들어가 친구를 방문할 작정이었으나 이 소식을 듣고는 중지해 버리고 말았다.
　그러나 미장에도 개혁이 아주 없었다고는 말할 수 없었다. 며칠 뒤에는 머리 꼭대기로 머리채를 감아올리는 사람들이 점차 늘어갔다.

앞서 말한 대로 제일 첫째는 물론 조가의 수재 나리였지만 그 다음은 조사신과 조백안, 그 뒤가 아Q였다. 만약 여름철이었다면 사람들이 머리채를 머리 꼭대기로 감아올리거나 묶거나 해도 조금도 이상할 게 없었다. 하지만 지금은 벌써 늦가을이므로 이 가을에 여름에나 할 일을 한다는 것은 머리채를 감아올리는 사람들로서는 대단한 결단이라 아니할 수 없었다. 이렇듯 미장도 개혁에 무관했다고는 말할 수 없는 것이다.

조사신이 뒤통수를 휑하니 비운 채(머리채를 늘이지 않았으므로) 걸어오는 것을 본 사람들은 와글와글 떠들어 댔다.

"야아, 혁명당이 오셨다!"

아Q는 이를 듣고 무척 부러워했다. 그는 수재가 머리를 감아올렸다는 소식은 벌써부터 알고 있었으나, 자기도 그대로 할 수 있으리라고는 생각지도 못했다. 그런데 이제 조사신도 이와 같이 하고 있는 것을 보고 비로소 흉내낼 기분이 되어 실행할 결심을 굳혔다. 그는 대젓가락으로 머리채를 머리 꼭대기에 감아 붙이고 한참 망설이다가 간신히 용단을 내려 거리로 걸어나갔다.

사람들은 그를 보았으나 별다른 반응을 보이지 않았다. 아Q는 처음에는 약간 불쾌했으나 나중에는 대단히 불만스러웠다. 그는 요사이 툭하면 짜증을 냈다. 그렇다고 그의 생활이 혁명 전보다 곤란한 것은 아니었다. 사람들은 그를 보아도 여전히 공손했고, 상점에서도 현금이어야 한다는 둥 말하지 않았으나, 아Q는 아무리 생각해도 자신이 너무 쓸모없이 느껴졌다. 혁명을 한 이상 전과는 달라져야 했다.

더구나 소D를 한번 보고 나자 그는 더욱 배알이 뒤틀렸다. 소D도 머리채를 머리 꼭대기에다 감아 붙인 데다가 대젓가락까지 꽂고 있었다.

아Q는 설마 소D까지 감히 이렇게 할 줄은 몰랐다. 자기로서도 소D가 이 따위로 하는 것을 가만 둘 수는 없었다. 소D 따위가 대체 뭐야? 그는 즉각 놈을 붙잡아 놈의 대젓가락을 두 동강으로 꺾어 머리채를 풀어내리고 뺨을 몇 대 때려, 소D가 제 분수를 잊고 감히 혁명당이 되려고 한 죄를 징벌하려고 생각했다. 그러나 결국 용서해 주고 다만 노한 눈으로 흘겨보며 퉤 하고 침을 뱉었다.

요 며칠 새에 성 안에 들어간 사람은 가짜 양놈뿐이었다. 조 수재는 상자를 맡아 준 인연으로 친히 거인 나리를 방문할 작정이었으나 머리채를 잘릴 위험이 있어 중지하고 말았다. 그는 황산식(黃傘式, 상대방을 존경하기 위해 호칭 등을 별행으로 잡은 서식)의 편지를 한 통 써 가짜 양놈에게 부탁하여 성 안으로 가지고 가게 해서 그에게 자기를 소개하여 자유당에 들어가게 해 달라고 당부했다.

가짜 양놈은 돌아오더니 수재에게 은화 4원을 갚으라고 하였다. 그리고 수재는 한 개의 온제 복숭아(자유당 휘장)를 옷섶 위에 달게 되었다. 미장 사람들은 모두 놀라 감복하고, 이것은 시유당(柿油黨, 농민들은 자유당의 뜻을 몰라서 음이 비슷한 시유당으로 알고 있었다)의 휘장으로 한림(翰林)에 상당하는 것이라고들 말했다. 조 나리는 이 때문에 갑자기 우쭐해졌는데 그것은 아들이 처음 수재에 급제했을 때보다도 더한 기쁨이요 영광이었다. 그래서 눈에 뵈는 것이 없었고 아Q를 만나도 안중에 두지 않았다.

아Q는 불평을 하고 있는 동안에 시시각각 열등감을 느꼈다. 그는 은제 복숭아 얘기를 듣는 순간 즉각 자기가 몰락한 원인을 깨달았다. 진짜 혁명을 하려면 그냥 항복했다고만 말해서는 안 된다. 머리채를 말아 올린 것만으로도 안 되고, 첫째로 역시 혁명당과 교제를 맺어 놓지 않으면 안 된다. 자신이 평소에 알고 있는 혁명당은 두 사람뿐인데 성 안의 한 사람은 벌써 싹둑 잘렸고, 현재로는 가짜 양놈만이 남아 있을 뿐이다. 그는 재빨리 가짜 양놈을 찾아가 의논하는 수밖에 다른 길이 없었다.

전씨 댁 대문은 마침 활짝 열려 있었다. 아Q는 겁이 나 살금살금 들어갔다. 그는 안으로 들어서자 깜짝 놀랐다. 가짜 양놈은 안마당 한가운데 서 있었는데, 아마도 양복 탓인지 전신이 까맣게 보였다. 옷에는 은제 복숭아를 하나 달고, 손에는 아Q가 고통을 맛본 단장을 들고 있었다. 이미 한 자 남짓 자란 머리채를 풀어 어깨 위에 늘어뜨려 봉두난발한 꼴은 마치 그림에서 본 유해 선인(劉海仙人) 같았다. 조백안과 세 사람의 건달들은 직립 부동 자세로 그 맞은편에 서서 공손히 연설을 듣고 있는 참이었다.

아Q는 가만가만 걸어 들어가서 조백안의 뒤에서 인사를 하려고 생각했으나, 어떻게 부르면 좋을지를 몰랐다. 가짜 양놈이라 부르면 물론 안 되고, 외국인이라 해도 적절하지 않았다. 혁명당이라 하기도 부적당하니 양(洋) 선생 정도면 무난하지 않을까 생각했다.

양 선생은 좀처럼 그를 보지 않았다. 눈을 허옇게 해서는 강연에 열중하고 있었으니까.

"나는 성미가 급해. 그래서 우리는 만나기만 하면 늘 말하지. 홍(위안홍) 형! 우리 착수합시다. 그런데 그는 늘 '노'라고 하거든. 이건 서양 말인데 너희들은 무슨 소린지 모를 거야. 그렇지 않았다면 벌써 성공했을 거야. 그러나 이것이야말로 그가 일을 함에 조심성이 있다는 증거야. 그는 여러 번 되풀이하여 나보고 호북으로 가라고 부탁했으나, 나는 아직 승낙을 안했어. 누가 그런 자그마한 현성(懸城)에서 일하기를 원하겠어?"

"에에…… 저어."

아Q는 그가 잠시 멈추기를 기다려 마침내 용기를 내어 입을 열었으나 어찌된 셈인지 양 선생 하고 부르지를 못했다.

연설을 듣고 있던 네 사람은 모두 깜짝 놀라 그를 돌아보았다. 양 선생도 그제야 간신히 아Q를 보았다.

"뭐야?"

"저어……."

"나가!"

"저도 항복하려고……."

"나가!"

양 선생은 상장 막대를 쳐들었다.

조백안과 하인들도 모두 야단을 쳤다.

"선생님이 너보고 나가라고 말씀하시는데 안 들려!"

아Q는 손으로 머리를 감싸고는 얼떨결에 문밖으로 뛰어나왔다. 양 선생은 더는 쫓아오지 않았다. 그는 60보쯤 뛰어가서야 간신히 걸음을 늦췄다. 갑자기 가슴속에서 깊은 우수가 끓어올랐다. 만약 양 선생이 혁명을 허락하지 않는다면 그에게는 다른 길이 없다. 이제부터는 결코 흰 투구, 흰 갑옷의 사람이 그를 부르러 올 가망도 없다. 그의 모든 포부, 의지, 희망, 전도는 전부 물거품이 되고 말았다. 건달패들이 말을 퍼뜨려 소D나 왕털보 따위에게까지 웃음거리가 될 것은 다음 문제였다.

아Q는 이제까지 이런 안타까움을 경험해 본 적이 없는 것 같았다. 그는 자신의 머리채를 말아 올린 것조차도 무의미하다는 생각에 모욕

감마저 느꼈다. 앙갚음하기 위해 금방이라도 머리채를 풀어 내리려고 생각했으나 결국 풀지도 못했다. 그는 밤중까지 마음을 잡지 못해 서성대다가 술 두 사발을 외상으로 들이켰다. 뱃속에 술이 들어가자 점점 기분이 좋아져서 어느샌가 또 흰 투구, 흰 갑옷의 환상이 떠올랐다.

어느 날 그는 언제나처럼 하릴없이 밤중까지 쏘다니다가 선술집이 문을 닫을 때쯤 되어서야 간신히 터덜터덜 사당으로 돌아왔다.

"딱, 펑!"

아Q는 돌연 이상한 소리를 들었으나 폭죽 소리는 아니었다. 그는 본래 구경을 즐기고 쓸데없는 일에 참견하기를 좋아했으므로 곧 어둠 속을 쏜살같이 달려나갔다. 앞에서 사람 발자국 소리가 나는 것 같았다. 그러더니 돌연 한 사람이 맞은편으로부터 도망쳐 오는 것이 보였다. 아Q는 그것을 보자 그와 마찬가지로 재빨리 몸을 돌려 뒤따라 도망쳤다. 그 사람이 방향을 바꾸면 아Q도 방향을 바꿨다. 그 사람이 골목을 돌아 방향을 바꾸면서 멈추었으므로 아Q도 멈춰 섰다. 아Q는 뒤를 돌아다보았으나 아무것도 없었다. 그제서야 그 사람을 자세히 보니 바로 샤오D였다.

"뭐야?"

아Q는 약이 올랐다.

"조…… 조씨 댁이 약탈당했어!"

샤오D는 숨을 헐떡이며 말했다.

아Q의 가슴은 두근두근 떨려왔다. 샤오D는 그렇게 말하고는 가 버렸다. 아Q는 도망가다가는 쉬고, 또 도망가다가는 쉬곤 했다. 그러나 그는 이 짓을 여러 번 겪었기 때문에 남달리 담력은 세었다. 그래서 길모퉁이로 나가 자세히 들어보니 온 마을이 시끌벅적 떠들썩했다. 자세히 보았더니 흰 투구에 흰 갑옷을 입은 많은 사람들이 연달아 궤짝과 가구를 메어 내오고, 수재 마누라의 침대도 메고 나오는 모양이었으나 확실히는 알 수 없었다. 그는 더 앞으로 나가 보려 했으나 두 발이 움직여지지 않았다.

이날 밤은 달이 없었다. 미장은 어둠 속에서 매우 고요했다. 고요하기가 복희씨(伏羲氏) 시대의 태평성대 같았다. 아Q는 서서 싫증이 나도록 구경했다. 앞서처럼 사람들이 계속해 왔다갔다하면서 나르고 있는 모양이었다. 궤짝과 가구가 나오고 수재 마누라의 침대도 나오……. 너무 내오는 바람에 그는 자신의 눈을 믿을 수가 없었다. 그러나 그는 더 이상 앞으로 나가지 않기로 결심하고 거처로 돌아왔다.

사당 안은 더욱 깜깜했다. 그는 문을 닫고 자기 방으로 더듬어 들어왔다. 한참 누워 있으려니까 그제야 기분이 가라앉아 자신의 일을 생각할 수 있었다. 흰 투구에 흰 갑옷을 입은 사람들은 분명히 왔으나, 그를 부르러 오지는 않았다. 좋은 물건을 많이 날라냈으나 자신의 몫은 없다. 이것은 저 꼴도 보기 싫은 가짜 양놈이 나에게 모반을 허락하지 않은 때문이다. 그렇지 않다면 어째서 내 몫은 없단 말인가? 아Q는 생각하면 생각할수록 화가 치밀고 나중에는 마음 가득한 통분을 참을 수 없어 세차게 머리를 흔들며 지껄였다.

"나에게는 혁명을 허락하지 않고 네놈만 혁명할 셈이지? 개돼지 같은 가짜 양놈! 어디 두고 보자. 네놈이 혁명을 했겠다! 혁명은 목이 잘리는 죄야. 내 어떻게 해서든지 고소해서 네놈이 관청으로 잡혀 들어가 목이 댕강 잘리는 걸 보고 말 테니……. 온 집안의 목을 자를 것이다……. 댕강, 댕강."

제9장 대단원

조씨 댁이 약탈당하고 난 후 미장 사람들은 대개 통쾌해 하면서도 한편으로 두려워했다. 아Q 역시 그것은 마찬가지였다. 그러던 중 나흘 후 아Q는 밤중에 갑자기 체포되어 현성으로 연행되었다. 그때는 마침 캄캄한 밤이었다. 일대의 병사, 일대의 자위대원, 일대의 경찰, 그리고 다섯 사람의 탐정이 몰래 미장에 들어와 밤의 어둠을 이용해 사당을 포위하고 문 정면에 기관총을 걸어 놓았다.

그러나 아Q는 금방 튀어나오지 않았다. 한참 동안 아무런 동정도 없었다. 대장이 조급해져 20냥의 상금을 걸었더니 그제서야 자위대원 두 사람이 위험을 무릅쓰고 담을 넘어 들어갔다. 그리고 일거에 쳐들어가 아Q를 잡아냈다. 사당 밖에 걸어 놓은 기관총 곁으로 잡혀 나왔을 때에야 아Q는 겨우 정신이 좀 들었다.

성 안에 도착했을 때는 벌써 정오 무렵이었다. 아Q는 자기가 어느 허름한 관청으로 끌려 들어가 대여섯 번 모퉁이를 돌고 나서 조그만 방에 처박혀졌음을 알았다. 그가 비틀비틀하는 찰나에 통나무로 만든 목책문이 그의 발꿈치를 따라오듯 닫혔다. 목책 이외의 삼면은 모두

벽인데 자세히 보니 방 귀퉁이에 두 사람이 더 있었다.

아Q는 좀 두려웠으나 그렇게 불편하지는 않았다. 그의 사당 잠자리도 이 방보다 더 편안하지는 않았기 때문이다. 그 두 사람도 시골뜨기인 모양인데 차차 그들과 친하게 되었다. 한 사람은 조부 대에 체납한 묵은 소작료를 지불하라고 거인 나리에게 고소당했고, 또 한 사람은 무슨 일 때문인지도 모른다고 했다.

그들도 아Q에게 왜 잡혀왔는지 물었다.

"나는 혁명하려 했기 때문이오."

아Q는 분명하게 대답했다.

그는 오후에 목책문 밖으로 끌려 나갔다. 대청에 가 보니 상좌에 머리를 빡빡 깎은 노인 한 사람이 앉아 있었다. 아Q는 그가 중인가 의심했으나 아래쪽을 보니 11개 소대의 병대가 서 있고, 상좌 옆에도 긴 두루마기를 입은 사람이 10여 명 서 있는데 노인처럼 머리를 빡빡 깎은 사람도 있고, 한 자 남짓한 긴 머리를 가짜 양놈처럼 뒤로 늘어뜨린 사람도 있었다. 모두 무서운 얼굴에 성난 눈으로 그를 노려보고 있었다. 그는 이 사람들이 반드시 내력이 있는 사람들이라고 생각되자 별안간 무릎의 힘이 저절로 빠져 곧 꿇어앉고 말았다.

"서서 말씀드려! 어서 일어나!"

긴 두루마기를 입은 사람들이 아Q를 향해 일제히 꾸짖었다.

아Q는 그 말뜻을 알아듣기는 했으나 암만 해도 서 있을 수가 없었다. 몸이 저절로 움츠러들어 다시 꿇어 엎드리고 말았다.

"노예 근성!"

긴 두루마기를 입은 사람이 경멸하듯 한마디 던졌으나 또 일어서라고는 하지 않았다.

"사실대로 말해라. 다 알고 있으니까. 똑바로 낱낱이 말하면 석방해 줄 테다!"

까까머리 노인이 아Q의 얼굴을 뚫어지게 바라보며 침착하게 말했다.

"빨리 말해!"

긴 두루마기를 입은 사람도 큰 소리로 아Q를 다그쳤다.

"사실 전 여기 와서 투항하려고……."

아Q는 멍하니 생각하다가 겨우 떠듬거리며 말했다.

"그러면 왜 오지 않았지?"

노인이 부드럽게 물었다.

"가짜 양놈이 허락하질 않았습죠!"

"허튼 소리 하지 마! 이제 와서 말해도 늦었어. 지금 너희 패거리는 어디 있지?"

"무슨 말씀인지?"

"그날 밤 조씨 댁을 약탈했던 놈들 말야."

"그놈들은 저를 부르러 오지 않았습죠. 제 놈들끼리 멋대로 날라냈습죠."

아Q는 이렇게 말하고는 툴툴댔다.

"어디로 달아났지? 말하면 너를 풀어 주겠다."

노인은 더욱 부드럽게 말했다.

"전 정말 모르는뎁쇼. 그놈들이 저를 부르러 오지 않았으니까요……."

노인이 한 번 눈짓을 하자 아Q는 또다시 목책문 안에 갇혔다. 그가 두 번째로 목책문으로부터 끌려 나온 것은 이튿날 오전이었다.

대청의 광경은 어제와 다름없었다. 상좌에는 여전히 까까머리 노인이 앉아 있었다. 아Q도 역시 어제처럼 꿇어앉았다.
노인은 부드럽게 물었다.
"무슨 더 할 말은 없는가?"
아Q는 생각해 보았으나 별달리 할 말도 없었으므로 "없습니다." 하고 짧게 대답했다.

그러자 긴 두루마기를 입은 한 사람이 종이 한 장과 붓 한 자루를 가지고 와서 아Q 앞에 놓고, 붓을 그의 손에 쥐어 주려고 했다. 아Q는 이때 혼비백산하도록 깜짝 놀랐다. 붓을 쥐어 보기는 이번이 처음이기 때문이었다. 그는 어떻게 붓을 쥐는 것인지 정말 몰랐다. 그랬더니 그 사람은 또 한군데를 가리키며 그에게 서명하라고 했다.
"저는…… 저는…… 글을 쓸 줄 모르는뎁쇼."
아Q는 붓을 덥석 움켜잡고는 황송하고 부끄러운 듯이 말했다.
"그러면 너 좋을 대로 동그라미 하나를 그려라!"

아Q는 동그라미를 그리려고 애를 썼으나 붓을 잡고 있는 손이 떨리기만 했다. 그러자 그 사람은 아Q가 동그라미를 잘 그릴 수 있도록 종이를 땅 위에 펴 주었다. 아Q는 엎드려 혼신의 힘을 다해서 동그라미를 그렸다. 그는 남들에게 웃음거리가 될까 두려워 동그랗게 그리려고 마음먹었으나 밉살스런 붓이 지나치게 무거운 데다 또 말을 잘 듣지 않았다. 떨면서 간신히 동그라미를 마무리하려 할 때 붓이 위로 솟구쳐 그만 수박씨 모양이 되고 말았다.

아Q는 자기가 동그랗게 그리지 못한 것을 부끄럽게 생각했으나, 두루마기 입은 사람은 전혀 상관없다는 듯 재빨리 종이와 붓을 챙겨서 가 버렸다. 여러 사람이 또 그를 재차 목책문 안에 처넣었다.

그는 다시 목책문 안에 들어갔으나 그리 고민하지는 않았다. 사람이 세상에 태어난 이상 때로는 감옥에 들어가는 일도 있을 게고, 또 때로는 종이 위에 동그라미를 그려야 할 때도 있을 것이라고 생각했다. 다만 동그라미가 동그랗게 그려지지 않은 것만은 자신의 행적상의 하나의 오점이라고 생각했다.

그러나 오래지 않아 곧 마음이 편안해졌다. 아무짝에도 쓸모없는 놈이라야만 동그란 동그라미를 그릴 것이라고 생각했다. 그러더니 곧 잠들고 말았다.

한편 이날 밤 거인 나리는 잠을 이룰 수가 없었다. 그는 대장과 시비를 했다. 거인 나리는 장물의 반환이 급선무라고 주장했고, 대장은 본보기로 징계하는 것이 우선이라고 주장했다. 대장은 요즘 거인 나리를 그다지 대수롭지 않게 여겼으므로 책상을 두드리고 걸상을 치면서 큰 소리로 말했다.

"일벌백계(一罰百戒)입니다. 보시오! 내가 혁명당이 된 지 20일도 안 되는데 약탈 사건은 10여 건인 데다 범인은 모두 짐작도 못하겠으니, 내 체면은 무엇이 된단 말이오? 기껏 잡아 놓으면 당신은 또 엉뚱한 소리나 지껄이고, 안돼요. 이건 내 권한이니까!"

거인 나리는 입장이 매우 곤란했으나 그래도 자기 주장을 끝까지 고수하고 만약 장물을 돌려주지 않으면 자기는 즉각 민정에 협조하는 직무를 사임하겠다고 말했다. 그러나 대장은 "마음대로 하슈!" 하고 말했다. 그래서 거인 나리는 그날 밤 한잠도 못 잔 것이다. 그렇지만 다행히 다음날도 사임하지는 않았다.

아Q가 세 번째로 목책문을 끌려 나온 것은 거인 나리가 한잠도 눈을 붙이지 못한 날 밤의 다음날 오전이었다. 그가 대청에 와 보니 상좌에는 역시 그 까까머리 노인이 앉아 있었다. 아Q도 역시 전처럼 꿇어앉았다.

노인은 아주 부드럽게 물었다.

"무슨 할 말은 더 없는가?"

아Q는 생각해 보았으나 뾰족히 할 말도 없었다. 그러므로 곧 "없습니다." 하고 대답했다.

그러자 긴 두루마기를 입은 여러 사람과 짧은 옷을 입은 사람들이 별안간 달려들어 아Q에게 무명으로 된 흰 등거리를 입혔다. 거기에는 무슨 검은 글자가 박혀 있었다.

아Q는 대단히 기분이 나빴다. 왜냐하면 그것은 마치 상복을 입는 느낌이었으며, 상복을 입는다는 것은 매우 유감스러운 일이기 때문이었다. 동시에 그의 양손은 뒤로 묶여졌고 곧장 관청 밖으로 끌려 나왔다.

아Q는 포장 없는 달구지에 매어 올려졌다. 짧은 옷을 입은 몇 사람이 그와 함께 올라탔다. 달구지는 곧 움직이기 시작했다. 앞엔 총을 멘 병대와 자위대원이 있었고, 양쪽엔 멍하니 입을 벌리고 신기해 하는 많은 구경꾼이 있었다. 뒤는 어떤가? 아Q는 한 번도 돌아보지 않았다.

그러나 그는 갑자기 깨달았다. 내가 혹 목이 잘리려 가는 것은 아닌가? 그렇게 생각하니 순간 눈앞이 캄캄해지고 귓속이 멍해져 정신을 차릴 수가 없었다. 하지만 그는 조금씩 정신을 차렸다. 때로는 조급해지기도 했으나 때로는 도리어 태연해졌다. 그는 사람이 천지간에 태어난 바에야 때에 따라서는 목을 잘리는 일도 없으란 법은 없다고 생각했다.

아Q는 달구지가 향하는 길만은 알 수 있었다. 그런데 어쩐지 좀 이상했다. 어째서 형장 쪽으로 가지 않는 것일까? 그는 이것이 조리돌림임은 짐작도 못했다. 알았다 해도 뾰족한 수는 없었지만 말이다. 사람이 천지간에 태어난 이상 때로는 조리돌림을 당할 수도 있다고 생각했을 테니까.

아Q는 깨달았다. 이것은 멀리 돌아서 형장으로 가는 길이다. 결국 댕강 하고 목을 잘리는 것이다. 그는 경황없이 좌우를 둘러보았다. 그때 수많은 인파 속에서 오마의 모습이 보였다. 정말 오래간만이었다. 그녀는 성 안에서 일하고 있었던 것이다.

아Q는 갑자기 자기가 배짱도 없이 창(唱) 한 수도 뽑지 못한 것이 퍽 부끄러워졌다. 그 생각은 마치 회오리바람처럼 뇌리를 스치고 지나갔다. '청상 과부의 성묘'는 당당치가 못하고 '용호상쟁' 중의 '후회해도 소용없다'도 힘차지 않다. 역시 '손에 잡은 고들개 철편, 네놈을 치리'로 하자. 그는 동시에 손을 쳐들려고 했으나 비로소 자신의 손이 꽁꽁 묶여 있음을 상기했다. 그래서 '손에 잡은 고들개 철편'도 부르지 않았다.

"20년이 지나면 다시 태어나……."

정신이 황망하던 중에도 아Q의 입에서는 이제까지 한 번도 입에 담아본 적이 없는 틀에 박힌 사형수의 문구가 절로 튀어나왔다.

"잘한다!"

군중 속에서 이리의 울부짖음 같은 소리가 들려 왔다.

달구지는 쉬지 않고 전진했다. 아Q는 갈채소리 가운데서도 눈알을 굴려 오마를 보았으나, 그녀는 조금도 그에게는 신경을 쓰지 않는 듯 그저 병정들이 메고 있는 총만을 정신없이 바라보고 있었다.

아Q는 그래서 재차 갈채하는 사람들을 주욱 휘둘러 보았다. 이 찰나 그의 머리를 스치고 지나가는 하나의 상념이 떠올랐다. 4년 전, 그는 산기슭에서 주린 이리 한 마리를 만났었다. 이리는 가까이 오지도 않고 멀리 떨어지지도 않은 채 일정한 간격을 두고 그의 뒤를 쫓아와 아Q를 잡아먹으려고 했다. 그는 그때 무서워서 죽을 것만 같았다. 다행히 손에 도끼 한 자루를 들고 있었으므로 그것을 믿고 마음이 든든해져 간신히 미장까지 올 수 있었다. 그러나 그 이리의 눈빛은 영원히 기억에 남았다. 그것은 불길하고도 무서웠으며, 반짝반짝 도깨비불처럼 빛나던 두 눈은 멀리까지 쫓아와 그의 육체를 꿰뚫을 것만 같았다. 그런데 이번에 여태껏 보지 못했던 더욱 두려운 눈을 본 것이다. 그것은 둔하고 또 날카로워 벌써 그의 말을 씹어 먹었을 뿐 아니라 또 그의 육체 이외의 무언가를 씹어 먹으려는 듯 언제까지고 멀지도 가깝지도 않게 그의 뒤를 따라왔다. 이런 눈들이 하나로 합해졌나 싶더니 그에게 달려들어 그의 영혼을 물어뜯고 있었다.

'사람 살류!'

그러나 아Q는 그것을 입 밖에 내서 말하지는 않았다. 그는 벌써부터 누 눈이 캄캄해지고 귓속이 멍해져 마치 온몸이 먼지처럼 날아서 흩어지는 기분을 느꼈다.

당시 가장 큰 타격을 입은 사람은 오히려 거인 나리였다. 끝내 장물이 반환되지 않았으므로 온 집안이 난리였다. 그 다음은 조씨 댁이었다. 수재가 성 안으로 고소하러 갔다가 악질 혁명당에게 잡혀 머리채를 잘렸을 뿐 아니라 또 20냥의 포상금을 뜯겼기 때문에 온 집안이 또 난리도 아니었다. 이날부터 그들은 점점 전조(前朝)의 유신(遺臣)다운 냄새를 풍기게 되었다.

여론에 의하면 아Q의 죽음은 미장에서는 별로 이의가 없었으므로 자연 모두들 아Q를 나쁜 놈이라고 말했다.

"총살당한 것은 곧 그가 나쁘다는 증거야! 나쁘지 않았다면 무엇 때문에 총살을 당한단 말인가?"

그러나 성 안의 여론은 반대로 좋지 않았다. 그들 대부분은 총살에 불만이었다. 총살은 참수(斬首)만큼 볼 게 못 되더군. 더구나 그렇게 변변찮은 사형수가 어딨겠는가! 그렇게 오랜 시간 거리를 끌려 돌아다니면서 마지막에 가서는 창 한 수 안 부르다니, 구경꾼들은 모두 한바탕 헛걸음만 했어!

약

1

 어느 가을날 새벽, 아직 해가 뜨지 않아 모두가 잠자리에 있을 때였다. 화노전(華老栓)은 벌떡 일어나 성냥을 그어 등잔에 불을 붙였다. 찻집의 두 칸짜리 방에 푸르스름한 빛이 가득 찼다.
 "소전(小栓) 아버지, 지금 가실 거죠?"
 나이 먹은 여인의 목소리였다. 안쪽 작은 방에서는 한바탕 기침소리가 들려왔다.
 "그래."
 노전은 작은 방의 기침소리를 들으며 그렇게 대답하고는 옷의 단추를 끼웠다. 그리고 손을 내밀어 화대마(華大媽)가 주는, 베개 밑의 은화 한 꾸러미를 받았다. 노전은 그것을 주머니에 넣고는 겉으로 두어 번 어루만져 보았다. 그러고는 초롱에 불을 붙여 안쪽 방으로 갔다. 그 방에서는 바스락거리는 소리에 이어 기침소리가 났다. 노전은 기침소리가 가라앉기를 기다렸다가 낮은 소리로 말했다.
 "소전아…… 너는 일어나지 말거라……. 가게의 물건은 너의 어머니가 차려 놓을 테니까."
 노전은 아들이 아무 말도 하지 않았으므로 안심하고 잠든 것이라고 생각했다. 그래서 문을 열고 거리로 나왔다.

거리는 캄캄하고 아무것도 보이지 않았다. 초롱불빛이 한 발짝 한 발짝 걷는 그의 두 발을 비추고 있었다. 가다가 몇 마리의 개를 만났으나 어느 한 마리도 그를 보고 짖지 않았다.

제법 추운 날이었다. 노전에게는 그것이 도리어 상쾌했다. 마치 자기가 갑자기 젊어져서 신통력을 부려 사람에게 생명을 주는 능력을 갖기라도 한 것처럼 걸음걸이가 가뿐했다. 게다가 길도 걸을수록 뚜렷해 보이고 하늘도 밝아 왔다.

노전은 부지런히 길을 걷다가 갑자기 놀라 멈칫했다. 멀리 보이는 한 가닥 정(丁)자 모양의 길이 가로 막혀 있었다. 그는 몇 발짝 뒤로 물러나 문이 닫혀 있는 어느 가게의 처마 밑으로 비스듬히 들어가 문을 의지하고 서 있기로 했다. 한참 있자니 몸이 오슬오슬해짐을 느꼈다.

"흥, 영감쟁이구먼!"

"오히려 더 잘됐지……."

노전은 다시 한 번 깜짝 놀랐다. 눈을 부릅뜨고 보니 몇 사람인가가 그의 앞을 지나가고 있었다. 한 사람이 그를 돌아다보았는데 모습은 그리 확실하지 않았으나 오랫동안 굶주린 사람이 먹을 것을 찾는 것처럼 눈빛이 번뜩였다.

노전이 들고 있던 초롱을 보니 불은 벌써 꺼져 있었다. 주머니를 만져 보니 아직도 딱딱한 게 만져졌다. 머리를 들어 양쪽을 보니까 괴상한 사람들이 삼삼오오 유령처럼 그곳을 배회하였다. 그런데 찬찬히 다시 보니까 별로 이상한 것은 보이지 않았다.

잠시 후 또 이번에는 군인 몇 사람이 그곳에서 서성거리고 있는 것이 보였다. 군복의 앞뒤에 붙어 있는 커다랗고 흰 동그라미가 멀리서도 똑똑히 보였다. 가까운 곳의 군인은 군복 소매 끝에 두른 검붉은 선까지 보일 정도였다. 한바탕 발자국 소리가 나는가 싶더니 눈 깜짝할 새에 한 떼의 사람들이 서로 밀치며 지나갔다. 삼삼오오 흩어져 있던 사람들도 갑자기 한 무더기가 되어 조수(潮水)처럼 앞으로 달려가 정자 길 모퉁이까지 이르더니 갑자기 멈춰 서서 반원형으로 둘러섰다.

노전도 그쪽을 보았으나 한 무더기 사람들의 등만 보였다. 목들을 길게 늘어뜨린 것이 마치 오리떼가 눈에 보이지 않는 손에 잡혀 대롱거리고 있는 것 같았다. 순간 조용하다 다시 소란해지고 동요되는가 싶더니 '쾅!' 소리가 나며 모두 뒤로 물러나 흩어졌다. 그중엔 노전이 서 있는 곳까지 튀어와 하마터면 그와 부딪칠 뻔한 사람도 있었다.

"어이, 돈 내고 물건을 가져가!"

온몸이 새까만 사람이 노전 앞에 서 있었다. 눈빛이 마치 두 자루의 칼처럼 날카롭게 찌르는 것 같아 노전의 몸은 반으로 움츠러들었다. 그 사람은 노전에게 한 손을 벌리고 있었다. 다른 손에는 새빨간 만두를 쥐고 있었는데, 거기서는 아직도 빨간 방울이 뚝뚝 떨어졌다.

노전은 당황해 하며 은화를 꺼내어 떨리는 손으로 그에게 내주려고 했으나 만두는 감히 받으려고 하지 않았다.

그 사람은 조바심 나는 듯 소리질렀다.

"뭐가 무서워? 왜 받지 않아?"

노전이 그래도 주저하자 그 시커먼 사람은 초롱을 빼앗아 북 찢은 종이에 만두를 싸 가지고 노전에게 안겨 주었다. 그러고는 한 손으로 은화를 움켜쥐고 만져 보더니 입속으로 "이 늙은이가……." 하고 중얼거리면서 몸을 돌려 가 버렸다.

"그것으로 누구 병을 고치겠다는 거야?"

노전은 누군가가 그렇게 묻는 것을 들은 듯했지만 대답하지 않았다.

그의 정신은 지금 한 개의 꾸러미에만 집중되었다. 마치 10대 독자인 갓난아이를 안고 있는 것처럼 다른 일은 이미 염두에도 없었다. 그는 지금 이 꾸러미 속의 새로운 생명을 그의 집으로 가지고 가 많은 행복을 거둬들이려는 생각뿐이었다.

이제는 해도 떴다. 그의 앞에는 한 가닥 큰길이 나타나 그의 집 앞까지 쭉 이어져 있고, 뒤쪽 정자길 모퉁이에 세워진 낡은 액자에는 '고×정구(古×亭口)'라는 네 개의 거무스름한 금박 문자가 비쳐 보였다.

2

노전이 집에 돌아와 보니 가게는 벌써 깨끗이 정돈되어 있었고 가지런히 질서있게 놓여진 탁자는 반들반들 윤이 나게 닦여져 있었다. 그러나 손님은 없었다. 다만 소진이 안쪽에 놓인 탁자 앞에서 밥을 먹고 있을 뿐이었다. 굵은 땀방울이 이마에서 흘렀고 겹저고리도 땀에 젖어 등에 척 달라붙어, 툭 불거져 나온 두 개의 어깻죽지 뼈가 여덟 팔자 모양을 그리고 있었다.

노전은 이 모양을 보고 미간을 저도 모르게 다시 찌푸렸다. 아내가 부엌에서 바쁘게 나오더니 눈을 부릅뜨고 입술을 조금 떨었다.

"구했어요?"

"구했어."

두 사람은 같이 부엌으로 들어가 한참 동안을 의논했다. 화대마는 나가더니 얼마 안 있어 시들은 연잎 하나를 가지고 돌아와 탁자 위에 펴 놓았다. 노전도 초롱 종이로 싼 것을 풀어 연잎으로 그 빨간 만두를 다시 쌌다.

소전이 밥을 다 먹자 어머니는 당황해 하며 말했다.

"소전, 넌 거기 앉아 있어. 이리 오면 안돼."

그러면서 아궁이 속의 불을 일구었다. 노전은 초록빛 꾸러미와 빨갛고 하얀 찢어진 초롱 종이를 함께 아궁이 안으로 처넣었다. 훨훨 검붉은 불꽃이 타 오르자 가게 안에서는 이상한 냄새가 가득 났다.

"거 냄새 좋다! 뭔데 이렇게 냄새가 좋소?"

곱사등이 오소야(五小爺)가 왔다. 그는 매일 이 찻집에서 시간을 보내는데 제일 일찍 와서 제일 늦게 갔다. 이때 마침 그가 들어와 거리 쪽의 벽에 놓인 탁자에 앉으면서 물었다. 그러나 아무도 그에게 대답하는 사람이 없었다. 노전은 재빨리 걸어가 그에게 차를 따라 주었다.

"소전, 들어와라!"

화대마는 소전을 안방으로 불러들여 한가운데다 걸상 하나를 놓고 소전을 앉게 했다. 그녀는 동그랗고 새까만 것을 접시에 담아들고 와서 나직이 말했다.

"먹어라. 그럼 병이 낫는단다."

소전은 그 까만 것을 집어 한참을 바라보았다. 자기 생명을 손에 쥐고 있는 것 같은, 무어라 말할 수 없는 괴상한 기분이 들었다. 아주 조심스럽게 갈랐더니 그을린 껍데기 속에서 흰 김이 났으며 흰 김이 사라지자 두 조각으로 잘라진 밀가루 만두였다. 잠시 후 모두 먹었으나 맛이 어땠는지는 이미 다 잊었고 눈앞에는 빈 접시 하나만이 남아 있었다.

그의 곁에는 아버지와 어머니가 서 있었다. 두 사람의 시선은 마치 그의 몸에 무언가를 부어 놓고 또 무언가를 끄집어 내려는 것만 같았다.

그는 걷잡을 수 없이 심장이 뛰기 시작하여 가슴을 누르고 또 한바탕 기침을 했다.

"한잠 자거라. 곧 나을 테니."

소전은 어머니 말대로 콜록거리며 잤다.

화대마는 숨찬 기운이 가라앉기를 기다려 너무 기워 누더기 같은 겹이불을 살며시 그에게 덮어 주었다.

3

· 가게 안에는 많은 손님들이 앉아 있었다. 노전도 바빠져서 커다란 주전자를 들고 왔다갔다하며 차례로 손님에게 차를 따랐다. 두 눈자위가 거무스름했다.

"노전, 자네 어디 불편한가? 병이라도 났나?"

희끗희끗한 수염을 한 사람이 말했다.

"아니."

"아니라고? 히죽히죽 웃기에 그렇지 않으리라고는 생각했지만……."

희끗희끗한 수염은 금방 자기 말을 취소했다.

"노전도 바빠서 야단이야. 만약 그 아들만……."

곱사등이 오소야의 말이 채 끝나기도 전에 돌연 얼굴에 군살투성이를 한 사람이 성큼성큼 들어왔다. 검은 상의를 단추도 끼우지 않은 채 걸치고 검정 허리띠를 아무렇게나 허리에 두르고 있었다. 문으로 들어서자마자 그는 노전에게 말했다.

"먹었소? 나았소? 노전, 자네는 운이 좋았어! 자네 운이야. 만약 내 소식이 늦었으면……."

노전은 한 손에 차주전자를 들고 한 손은 공손히 내리며 싱글싱글 웃으면서 듣고 있었다. 가게에 가득 앉아 있던 사람들도 모두 조용히 듣고 있었다.

화대마도 역시 거무스름한 눈자위를 해서는 생글생글 웃으며 찻잔과 차를 날라다 놓고 거기에 감람나무 열매를 곁들여 손님들에게 내놓았다. 노전이 끓는 물을 부었다.

"그건 보증하지! 그것은 보통 것과는 다르다니까. 생각해 봐. 따뜻할 동안에 가져다가 식기 전에 먹는 거니까."

군살투성이 사나이가 줄창 떠들었다.

"정말입니다. 강대숙(康大叔)께서 돌봐 주지 않으셨으면 어떻게 이처럼……."

화대마도 퍽 감격해서 그에게 인사를 했다.

"보증하지, 보증해! 그렇게 따뜻할 동안에 먹었으니까. 그런 인혈(人血) 만두라면 어떤 폐병이라도 낫지!"

화대마는 폐병이란 말을 듣고 안색이 약간 변하는 게 그리 유쾌하지 않은 모양이었다. 그러나 곧 다시 웃음을 짓고는 천천히 걸어갔다.

강대숙은 그것도 깨닫지 못하고 여전히 목청을 높여 떠들어 댔다. 떠드는 소리에 안에서 자고 있던 소전도 함께 콜록거리기 시작했다.

"그렇군. 소전이 그런 좋은 운수를 만난 게군. 병은 물론 틀림없이 나을 거요. 어쩐지 노전이 온종일 웃고 있더라니."

희끗희끗한 수염의 사나이는 그렇게 말하면서 강대숙의 앞으로 와 소리를 낮추고 물었다.

"강대숙⋯⋯ 들자니 오늘 처형당한 죄수는 하(夏)씨 집 아들이라는데, 대체 누구 아들이지? 무슨 일이야?"

"누구 아들이냐고? 바로 하사내내(夏四乃乃) 아들이지 누군 누구야! 그 좀팽이!"

강대숙은 여러 사람이 귀가 쫑긋해서 듣고 있는 것을 보고는 기분이 더욱 좋아져 얼굴의 군살을 흔들어 대며 더욱더 큰 소리로 떠들었다.

"그 좀팽이, 목숨도 필요 없다는 거야. 필요 없다면 그만이지. 그러나 이번에는 조금도 좋을 것이 없었어. 그나마 뺏은 옷마저 옥사쟁이인 눈빨갱이 아의(阿義)에게 빼앗겨 버렸지⋯⋯. 제일 덕 본 것은 노전 아저씨일 거야. 그 다음은 하삼야(夏三爺)지. 스물닷 냥의 새하얀 은전을 상으로 받아 가지고 한 푼도 쓰지 않았으니까."

소전이 골방에서 어슬렁어슬렁 나왔다. 두 손으로 가슴을 누르고 쉴 새 없이 기침을 해댔다. 그러더니 부엌으로 가서 찬 밥을 한 그릇 담아 더운 물을 부어 가지고 와서 먹었다.

화대마는 그를 따라와서 나직이 물었다.

"소전, 너 좀 나았니? 또 배가 고픈 모양이구나⋯⋯."

"틀림없이 나을 테니, 두고 봐!"

강대숙은 소전을 한번 힐끗 보더니 여러 사람 쪽으로 얼굴을 돌리며 말했다.

"하삼야는 정말 약은 놈이야. 만약 그놈이 앞질러 관에 고하지 않았으면 그놈마저 전 재산 몰수에다 목이 잘릴 판이었는데, 지금은 어떻지? 은전 스물닷 냥의 상까지 받고⋯⋯. 그 좀팽이 녀석, 정말 돼먹지 않은 놈이지! 옥에 갇히고도 옥사장에게 모반을 권했으니."

"거 정말 지독한데!"

뒷줄에 앉아 있던 스무 살 남짓한 젊은이가 분개한 투로 말했다.

"들어 보게나. 눈빨갱이 아의가 내탐을 하러 갔더니 그놈이 도리어 그에게 말을 거는 거야. 그놈 하는 말이 대청(大淸)의 천하는 자기들 것이라는 거야. 생각해 보게. 이게 제정신 가진 사람의 말인가? 눈빨갱이가 그놈의 집에 늙은 어머니 하나뿐이라는 것은 알고 있었지만 그놈이 그렇게 가난한 줄은 몰랐나봐. 아무리 쥐어짜야 기름 한 방울 짜낼 수 없으니 그것만 해도 뱃가죽이 찢어질 만큼 화가 치미는 판에 그놈이 또 호랑이 머리를 긁어 놓았으니 따귀를 두 대나 갈겼다지 뭔가."

"아의 형은 권법의 명수이니 두 대 정도 맞았으면 그놈 틀림없이 뻗었을걸."

벽 구석의 곱사등이가 갑자기 유쾌해 했다.

"그런데 그 바보놈은 맞아도 두려워하지 않고 오히려 이쪽이 불쌍하다는 거야."

희끗희끗한 텁석부리가 말했다.

"그 따위 놈을 때리는데 불쌍하긴 뭐가 불쌍해?"

강대숙은 그를 멸시하는 기색을 보이더니 갑자기 냉소하듯 말했다.

"자네는 내 말을 뭘로 듣는 거야? 그놈 딴에는 아의가 불쌍하다는 거야!"

듣고 있던 사람들의 눈빛이 순간 어리둥절해졌다. 그러자 말소리도 잦아들었다.

그 사이 소전은 밥을 다 먹었다. 그는 밥을 먹느라 온몸에 땀을 흘리고 머리에서도 김이 나고 있었다.

"아의가 불쌍하다고? 미친 소리지, 완전히 미쳤어."

희끗희끗한 텁석부리가 갑자기 깨달았다는 듯이 말했다.

"미친 거야."

스무 살 남짓한 젊은이도 갑자기 깨달았다는 듯이 말했다.

가게 안에 앉아 있던 손님들은 곧 또 활기를 띠며 담소를 나누기 시작했다. 소전도 주위가 시끄러워지자 더 심하게 기침을 했다. 강대숙은 앞으로 다가와 그의 어깨를 두드리며 말했다.

"꼭 낫는다. 소전…… 그렇게 기침하면 못쓰지. 꼭 낫는다."

"미친 거야."

곱사등이 오소야가 머리를 끄덕이며 말했다.

4

서문(西門) 밖 성벽 바깥의 빈터는 본래 관 소유다. 그 한복판에 난 한줄기 구불구불한 좁은 길은 사람의 신발로 다져진 지름길인데, 그것이 자연스럽게 양쪽의 경계를 이루었다. 길 왼쪽에는 사형수와 감옥 안에서 죽은 사람이 묻혀 있고, 오른쪽은 가난한 사람들의 공동묘지가 있었다. 양쪽 다 지금은 무덤들로 가득 차서 마치 부잣집 생일 잔칫상의 만두처럼 보였다.

올 청명절(清明節)은 유난히 추워 버들이 겨우 좁쌀만한 새싹을 내밀었다.

날이 밝자 화대마는 아침 일찍 길 오른쪽의 새 무덤 앞에 네 접시의 반찬과 밥 한 사발을 차려놓고 한바탕 울었다. 종이돈을 불사르고는 넋을 잃고 멍하니 앉아 무엇을 기다리고 있는 것처럼 보였으나, 무엇을 기다리는지는 자신도 알지 못하는 것 같았다.

산들바람이 불어와 화대마의 짧은 머리를 날렸다. 작년보다 흰머리가 부쩍 늘어 있었다.

오솔길을 걸어 또 한 여인이 왔다. 역시 반백의 머리에 남루한 옷을 걸치고 있었다. 빨간 칠을 한 낡은 바구니에 종이돈을 한 줄 걸고 아장거리며 걸어왔다. 그녀는 화대마가 땅바닥에 앉아 자신을 바라보고 있는 것을 보자 약간 주저하며 창백한 얼굴에 부끄러운 기색을 드러냈다. 그러나 마침내 결심을 하고 왼쪽 무덤 앞으로 가 바구니를 내려 놓았다. 그 무덤은 소전의 무덤과 일자로 줄지어 있었고, 그 사이로 중간에 한 가닥 오솔길이 나 있었다.

화대마는 노파가 네 접시의 반찬과 밥 한 사발을 차려 놓고 선 채로 한바탕 운 뒤 종이돈을 불사르는 것을 보고 '저 무덤도 역시 아들 무덤이로구나' 하고 마음속으로 생각했다.

노파는 한참 그 근처를 오락가락하며 바라보다가 갑자기 팔다리를 떨더니 비틀비틀 몇 발짝 물러나 눈을 부릅뜬 채 멍하니 서 있었다.

화대마는 그 모습을 보고 노파가 상심한 나머지 당장 미쳐 버리지나 않을까 하고 걱정했다. 보다 못해 일어서서 오솔길을 걸어가 낮은 소리로 노파에게 말했다.

"할머니, 너무 상심하지 마세요……. 우리 돌아갑시다."

노파는 고개를 끄덕였으나 눈은 여전히 위를 향해 치뜨고 있었다. 그리고 낮은 소리로 떠듬떠듬 말했다.

"보우……. 저게 무얼까요?"

화대마는 노파가 손가락으로 가리키는 곳을 보다, 시선이 절로 앞의 무덤 위로 떨어졌다. 그 무덤은 떼가 아직 다 입혀지지 않아 황토가 여기저기 드러나 보기 흉했다. 그런데 다시 시선을 위쪽으로 돌리다가 깜짝 놀랐다. 선명하게 희고 붉은 꽃들이 그 원추형의 무덤 꼭대기를 둘러싸고 있었다. 꽃은 그리 많지 않았으나 둥그렇게 원형을 이루고 있었고, 싱싱하지는 않았지만 소담스럽게 피어 있었다.

화대마는 바삐 자신의 아들과 다른 사람의 무덤을 바라보았다. 아들의 무덤에는 추위를 견디는 푸르고 흰 작은 꽃이 드문드문 피어 있을 뿐이었다. 화대마는 갑자기 일종의 불만스러움과 허전함을 느껴 그 까닭을 알아볼 마음조차 나지 않았다.

노파는 몇 발짝 걸어나가 자세히 보더니 혼잣말처럼 지껄였다.

"뿌리가 없군. 저절로 핀 것 같지는 않은데. 이런 곳에 누가 온담? 아이들이 놀러 올 리도 없고…… 일가 친척도 벌써부터 오진 않을 텐데…… 이게 도대체 어찌된 일일까?"

노파는 이것저것 생각하더니 별안간 주르르 눈물을 흘리며 큰 소리로 말했다.

"유아(瑜兒)야, 그놈들이 너에게 억울한 죄를 뒤집어 씌웠다. 너는 아직도 울분을 견디지 못하고 오늘 이 영험(靈驗)을 보이며 내게 알리려는 거지?"

그녀는 사방을 둘러보았다. 까마귀 한 마리가 잎 없는 나무 위에 앉아 있는 것을 보고 계속해서 말했다.

"나는 안다……. 유아야, 그놈들이 불쌍하게도 너를 몹쓸 함정에 빠뜨리고 말았으니 언젠가는 꼭 앙갚음을 받을 거다. 하느님이 알고 계시니 안심하고 눈을 감아라……. 네가 만약 정말로 여기 있어 내 말이 들리거든…… 저 까마귀를 네 무덤 위에 날게 하여 내게 보여다오."

산들바람은 벌써 그쳤다. 시들은 풀이 철사처럼 하나하나 빳빳하게 서서 서로 부딪치는 소리를 내더니 그것마저 사라져 주위는 온통 죽음과 같은 정적뿐이었다. 두 사람은 마른 풀더미 속에 서서 그 까마귀를 쳐다보고 있었다. 그 까마귀도 곧은 나뭇가지 사이에서 목을 움츠리고 쇠붙이처럼 앉아 있었다.

오랜 시간이 지났다. 성묘 오는 사람들이 점점 많아져 늙은이와 애들이 몇몇 무덤 사이에 나타났다 사라졌다 했다.

화대마는 웬일인지 무거운 짐을 내려놓은 것 같아 집에 가기로 마음을 먹고 노파에게 돌아가자고 권했다.

노파는 한숨을 쉬더니 기운 없이 제물을 거두어 담기 시작했다. 그러고는 또 한참 우물쭈물하다가 마침내 천천히 걸어갔다. 입속으로는 혼잣말처럼 "도대체 어떻게 된 일일까?" 하고 중얼거리면서······.

그들이 아직 이삼십 보도 못 갔을 때 별안간 뒤에서 "까악!" 하는 커다란 울음소리가 들렸다. 두 사람이 놀라 돌아다보았더니 아까 그 까마귀가 두 날개를 펴고 몸을 움츠리는 것 같더니 곧장 먼 하늘을 향해 화살처럼 날아가는 것이었다.

공을기

　노진(魯鎭)에 있는 선술집은 다른 곳과 구조가 달랐다. 대개 선술집은 길 쪽으로 기역자 모양의 큼직한 술청이 나 있고, 술청 안쪽에는 끓는 물이 항상 준비되어 있었다.
　막벌이꾼들은 점심 때나 저녁 나절, 일이 끝나는 대로 가끔 각자 동전 네 푼씩을 털어 술 한 잔을 사서―이것은 20년 전의 일이고 지금은 한 잔에 열 푼으로 올랐을 것이다―술청에 기대선 채 따끈한 술을 들이켜고는 잠시 쉬는 것이었다. 만약 한 푼을 더 쓴다면 삶은 죽순이나 회향두(茴香豆)를 먹을 수 있고, 열몇 푼만 더 쓴다면 고기 요리도 한 접시 먹을 수 있었다. 그러나 이 집에 오는 손님들 대부분은 대개 그렇듯 옷차림도 변변치 못한 사람들로 호화로운 씀씀이꾼은 전혀 못 되었다. 다만 긴 두루마기를 입은 사람들만이 자신 있게 들어와 술청 옆방에서 술과 안주를 청해서 마셨다.
　나는 열두 살 때부터 노진에 있는 함형(咸亨) 술집에서 급사로 일했다. 주인은 내가 너무나 둔해서 단골 손님들을 잘 대접하지 못할까 걱정했는지 밖에서만 일을 하라고 했다.
　밖의 허수룩한 손님들은 대접하기가 쉬웠다. 그러나 그중에는 가끔 내가 독에서 황주(黃酒)를 뜰 때 직접 감시를 하기도 하고 술병에 물이 들어 있지 않은가 살피기도 하며, 또 술병을 더운 물에 넣는 걸 직접 보아야만 마음을 놓는 까다로운 사람들도 적지 않았다.

그들의 감시를 받으며 술에 물을 탄다는 것은 그리 쉬운 일이 아니었다. 그래서 며칠 뒤 주인은 또다시 내가 이 일에 수완이 없다고 말하며, 다행히 나를 소개한 분이 상당한 분이었으므로 내쫓지는 못한 채 술만 전문으로 데우는 무료한 직무를 맡겼다.

나는 그때부터 하루 온종일 술청 안에서 술만 데웠다. 별로 실수할 일도 없고, 일이 너무 단조롭고 지루해서 심심하기까지 했다. 그런데다 주인은 무섭게 얼굴을 찡그리고 있었고 단골 손님들도 별로 쾌활한 맛이 없었으므로 나는 늘 기가 죽어 있었다. 다만 공을기(孔乙己)라는 손님이 술집에 나타나면 비로소 웃음소리가 터져 나오곤 해서 나는 아직 그를 기억하고 있다.

공을기는 선술 먹는 축으로서는 유일하게 긴 두루마기를 입고 있는 사람이었다. 그는 키가 훤칠했으며 희끗희끗한 반백의 턱수염이 있었고, 창백하고 주름진 얼굴에는 상처가 가실 날이 없었다. 그의 긴 두루마기는 10년 이상 기워 본 일도 빨아 본 일도 없는 것처럼 낡고 지저분했다.

그가 하는 말은 전부가 문자이고 또 그의 성이 공(孔)이라서, 사람들은 습자책에 씌어 있는 '상대인공을기(上大人孔乙己)'라는 문구에서 별명을 따붙여 그를 '공을기'라고 부르게 되었다.

공을기가 술집에 오기만 하면 술 마시던 사람들은 모두 그를 놀린다. 어떤 사람은 큰 소리로, "공을기, 자네 얼굴에 또 새 상처가 생겼군." 하고 놀려 댄다. 그러나 그는 콧방귀도 뀌지 않고 동전 아홉 푼을 늘어놓은 뒤 술청 안에 대고 말한다.

"술 두 잔만 데워 줘! 그리고 회향두 한 접시도."

그러면 술꾼들은 일부러 큰 소리로, "자네 또 남의 것을 훔쳤구먼!"

하고 떠든다. 그 소리를 들은 공을기는 두 눈을 휘둥그레 뜨고는 "당신은 왜 터무니없는 누명을 씌우려는 거요?"라며 대든다.

"뭐 누명을 씌워? 그저께 네가 하(何)씨네 책을 훔치다가 붙들려 매맞는 것을 이 두 눈으로 똑똑히 봤는걸!" 하며 소리친다.

그러면 공을기는 얼굴이 새빨개져 이마의 힘줄을 한 가닥 한 가닥 세우면서 소리지른다.

"책을 훔치는 것은 도둑질이 아니야……. 책을 훔치는 것은…… 독서하는 사람의 일이야. 도둑질이 아니라고."

그러면서 이내 알아듣기 힘든 말로 무슨 '군자고궁(君子固窮)'이니, '자호(者乎)'니 하는 바람에 술청에 모인 사람들은 제각기 "와아!" 하고 웃음을 터뜨린다. 그러면 술청 안팎은 어느새 쾌활한 분위기가 된다.

사람들이 뒤에서 하는 말을 들어보면 공을기는 본래 글줄깨나 읽는 선비였다고 한다. 그런데 어찌 된 일인지 끝내 과거에는 급제를 못하고 설상가상으로 집안마저 가난해져, 급기야는 밥을 빌어먹을 지경에 이르렀다는 것이다. 다행히 글줄이나 쓸 줄 아는 덕택으로 남의 책을 베껴 주고 입에 풀칠을 하기는 하나, 불행히도 그에게는 나쁜 버릇이 하나 있었다. 그것은 술 마시기만 좋아하고 게으르다는 것이다. 일을 시작한 지 며칠 못 가서 사람은 물론 책, 종이, 붓, 벼루까지 함께 행방불명이 되곤 했다.

이런 일이 몇 차례 되풀이되자, 그에게 책을 베껴 달라는 사람도 점차 줄어들고 말았다. 그러자 공을기는 하는 수 없이 가끔 도둑질을 하게 되었다. 하지만 우리 술집에서는 다른 사람들보다 품행이 점잖아서 외상값을 질질 끄는 일이 없었다. 간혹 외상을 하기도 하지만 불과 한 달이 못 가서 반드시 청산하고 외상 장부에서 자신의 이름을 지워 버렸다.

그는 술 반 잔을 마시는 동안 빨개졌던 얼굴이 점차 본래 얼굴색으로 돌아간다. 그러면 옆사람이 또 묻는다.

"공을기, 자넨 정말 글자를 아나?"

공을기는 묻는 사람에게 대꾸하는 것조차 귀찮다는 듯한 표정을 짓는다. 그러면 그들은 곧 재차 묻는다.

"자넨 왜 과거에 급제 못했지?"

그러면 공을기는 별안간 불안한 표정을 지으며 얼굴이 창백해지고 어쩔 줄을 몰라한다. 그러고는 무슨 소린지 중얼거리는데, 이번에야말로 순 문자투성이라서 조금도 알아들을 수가 없다. 그러면 술청 사람들의 폭소가 다시 터져 나와 술집 안팎은 활달한 공기로 가득 찬다.

이럴 때에는 내가 따라 웃어도 주인은 결코 나무라지 않았다. 오히려 주인은 공을기를 볼 때마다 언제나 그런 말들을 해서 사람들에게 즐거움을 주는 것을 반가워했다.

공을기는 자기 자신이 그 사람들과는 이야기 상대가 안 된다는 것을 알았기 때문에 아이들에게 말을 걸었다.

한번은 공을기가 나보고 "너 글 좀 읽어 봤냐?"고 하기에 나는 고개만 끄떡해 보였다. 그러자 그는, "글을 읽었다고? 그럼, 시험을 좀 해볼까? 회향두의 회(茴)자를 어떻게 쓰지?" 하고 물었다. 나는 이런 거지 같은 사람도 나를 시험할 자격이 있는가 싶어 기분이 나빠 곧 얼굴을 돌려 버렸으나, 공을기는 한참을 기다리다가 매우 친절하게 말했다.

"쓸 줄 모르니? 내가 가르쳐 줄 테니…… 기억해 둬! 이런 글자는 알아 둬야지. 다음에 네가 주인이 되었을 때 장부 기록에 필요하니까!"

나는 곰곰이 생각해 보았다. 내가 주인과 같은 위치가 되려면 아직 멀지 않았는가? 그리고 우리 주인이 지금까지 회향두를 장부에 올린 것을 본 적이 없으려니와, 그의 말이 우습기도 하고 귀찮기도 해서 짜증이 났지만, 그대로 참고 대답해 주었다.

"누가 당신 보고 가르쳐 달랬소? 초두 밑에 돌아올 회자잖아요!"

공을기는 매우 기분이 좋은 듯이 두 손가락의 길게 자란 손톱으로 술청을 두들기며 고개를 끄덕이고 말했다.

"그래! 맞았어······. 그런데 회(茴)자도 쓰는 방법이 네 가지가 있는데 그것도 아는가?"

나는 더욱 귀찮아져서 입을 삐쭉이 내보이고는 멀리 가 버렸다. 공을기는 손톱으로 술을 찍어서 술청 위에다 글자를 쓰려다가 내가 조금도 관심을 보이지 않자 한숨을 내쉬며 대단히 애석한 표정을 짓는 것이었다.

몇 번인가 이웃집 애들이 술청에서 나는 유쾌한 웃음소리를 듣고 우르르 몰려와서 공을기를 둘러싸고 구경한 일이 있었다. 그는 한 아이에 한 알씩 골고루 회향두를 나누어 주었는데, 애들은 다 먹고 나서도 가지 않고 모두들 접시를 기웃거렸다. 그러자 공을기는 당황해서 다섯 손가락을 펴 접시를 덮고는 허리를 구부리며 말했다.

"이젠 없어. 얼마 남지 않았단 말이야!"

그리고 허리를 펴면서 슬쩍 접시를 보곤 다시 고개를 흔들며 말했다.

"이젠 없다! 없어! 많지도 않아."

그제서야 아이들은 모두 깔깔대며 뿔뿔이 흩어졌다. 공을기는 이와 같이 여러 사람을 유쾌하게 해 주었다. 그러나 그가 없다고 해서 다른 사람이 불편을 느끼는 것도 아니었다.

추석 이삼 일 전인가, 주인은 천천히 장부의 셈을 맞추다가 갑자기 칠판을 치면서 말했다.

"공을기가 오랫동안 오지 않는구나. 아직도 열아홉 푼이나 외상값이 남았는데!"

나는 그제서야 비로소 정말 그가 오랫동안 오지 않았다는 사실을 깨달았다. 그러자 술을 먹던 어떤 사람이, "그놈은 다리가 부러졌는데, 어떻게 올 수가 있나?" 하고 대꾸했다.

주인은, "허! 그래요?" 했다.

"그는 여전히 도둑질을 하고 있어요. 이번엔 미쳤지. 글쎄, 정 거인(丁擧人) 집에 도둑질하러 들어갔지 뭐요. 그 집 물건을 어떻게 훔칠 수가 있었겠어요?"

"그래서 어떻게 되었소?"

"다리가 부러졌다니까요."

"다리가 부러지곤 어떻게 됐소?"

"어떻게 됐느냐고요?…… 누가 안답디까? 어쩌면 죽었을지도 모르죠."

주인도 더 이상 묻지 않고 다시 천천히 장부의 셈 맞추는 일을 했다.

추석이 지난 뒤부터는 나날이 쌀쌀해지고 점차 겨울이 다가왔다. 나는 온종일 불 옆에 있는데도 꼭꼭 속옷을 챙겨 입지 않으면 안 되었다.

어느 날 오후, 손님도 없고 해서 눈을 감고 앉아 있는데 갑자기 "술 한 잔 데워 줘!" 하는 아주 귀에 익은 소리가 들렸다. 눈을 뜨고 보았으나 아무도 없었다. 벌떡 일어나서 밖을 내다보았더니 공을기가 술청 아래 문턱을 향해서 앉아 있었다. 그의 얼굴은 까맣고 말라서 모양새가 엉망이었다. 너덜너덜한 겹옷에 두 다리를 모아 가마니 쪽을 깔고 앉아 있었는데 가마니를 새끼로 꿰어 어깨 위에 걸고 있었다.

나를 보더니 다시, "술 한 잔 데워 줘!" 하고 말했다.

주인도 머리를 내밀고는 한마디 했다.

"공을기 자넨가? 자넨 아직 열아홉 푼의 외상이 있네!"

공을기는 처량한 듯 힘없이 위를 쳐다보며 대답했다.

"그건…… 다음에 갚을게요. 하지만 오늘은 현금입니다. 좋은 술로 주세요!"

주인은 그전이나 다름없이 웃으면서 그에게 말했다.

"공을기, 자네 또 도둑질을 했구먼!"

그러나 공을기는 이번에는 별로 변명도 않고 농담 말라고 한마디 했을 뿐이었다.

"농담이라니! 도둑질을 안 했으면 다리는 왜 부러졌나?"

공을기는 작은 소리로 "넘어졌어요. 넘어져서……." 했으나 그의 얼굴 표정은 주인이 더 묻지 않기를 바라는 듯하였다. 그때쯤 이미 여러 사람들이 와자지껄 모여들어 주인과 함께 웃어 대기 시작했다.

나는 술을 데워 문턱 위에 놓아 주었다. 그는 해진 주머니를 뒤적이더니 동전 네 푼을 꺼내 내 손에 놓았다. 그의 손은 온통 진흙투성이였다. 그는 손으로 기어왔던 것이다. 잠깐 동안 그는 술을 마시고 주위 사람들이 웃고 떠들고 하는 사이에 앉은 채 그 손으로 또 천천히 기어서 사라져 버렸다.

그로부터 오랫동안 공을기는 술청에 모습을 드러내지 않았다. 연말이 되자 주인은 칠판을 떼어내며, "공을기가 아직 열아홉 푼의 외상이 남았는데!" 하고 말했다.

그 다음해 단오에도 또 "공을기가 아직 열아홉 푼의 외상이 남았는데!" 하고 중얼거렸다. 그러나 추석이 되어서는 아무 소리도 하지 않았고 다시 또 연말이 와도 공을기의 모습을 전혀 볼 수가 없었다.

나는 지금까지도 그를 보지 못했다. 아마도 공을기는 죽은 것 같다.

내일

"아무 소리도 없어! 어린것이 어디 아픈가?"

빨간코 노공(老拱)은 황주 한 잔을 들고 그렇게 말하면서 옆집 쪽 벽을 향해 턱짓을 했다. 얼굴빛이 푸른 아오(阿五)는 술잔을 놓고 그의 등을 힘껏 한 차례 때리고는 탁한 목소리로 떠들었다.

"자네…… 자네 또 고약한 생각을 하고 있군그래……."

노진(魯鎭)은 본래 외진 곳이라서 아직도 옛 풍습대로 초저녁 7시도 되기 전에 모두 문을 닫고 자 버린다. 밤이 깊어가도 불을 밝히는 곳은 두 집뿐인데, 한 집은 함형(咸亨) 주점으로 몇 사람의 술친구가 술청을 둘러싸고 유쾌히 먹고 마시고 있었다.

또 한 집은 바로 벽 건너의 선사(禪四) 부인 댁이다. 그녀는 재작년에 홀로 된 후로는 무명 길쌈을 하며 세 살 난 아들을 돌봐야 했기 때문에 밤늦게까지 일하는 것이다.

요 며칠 동안 확실히 물레질하는 소리가 안 났다. 밤이 깊어도 자지 않는 것은 이 두 집뿐이므로 선사 부인의 집에서 소리가 나면 자연 노공만이 들을 수 있고 소리가 나지 않아도 노공만 아는 것이다.

노공은 한 대 맞더니 퍽 기분이 좋아졌는지 쭈욱 한 잔 들이켜고는 고래고래 노래를 부르기 시작했다.

이때 선사 부인은 세 살 난 보아(寶兒)를 안고 침대가에 앉아 있었다. 물레는 방에 얌전히 놓여 있었고, 어두침침한 등불이 보아의 얼굴을 비추고 있었다. 열이 오른 얼굴에 푸른 기가 돌았다. 선사 부인은 마음속으로 곰곰이 생각해 보았다. 신에게도 빌어 보았고 불공도 드려 보았으며 간단한 처방약도 먹여 보았다. 그래도 효험을 보지 못했으니 어떻게 하면 좋을까? 이제는 하소선(何小仙)에게 진찰하러 가는 수밖에 없다. 그러나 보아가 낮엔 괜찮다가 밤에는 심해지는 걸로 봐서, 하룻밤 자고 해가 뜨면 열도 식고 가쁜 숨도 가라앉을지 모른다. 사실 병자에게는 이런 일이 흔히 있으니까.

선사 부인은 무지했으므로 이런 상황이 초래할 두려움을 몰랐다. 궂은 일은 그것이 있음으로써 요행히 좋아지는 수도 있으나, 그보다는 좋은 일이 있음으로써 모두 실패할 경우도 있다.

여름밤은 짧아 노공이 노래를 부르고 난 지 얼마 안 되어 동녘이 벌써 환해지더니 오래지 않아 창 틈으로 은백색의 새벽빛이 스며들어 왔다.

선사 부인은 날이 밝기를 기다렸기 때문인지 다른 사람들과 달리 해 뜨는 것이 몹시도 더디게 느껴졌다. 보아의 숨결 하나하나가 1년처럼 긴 것 같았다.

이제 겨우 날이 밝아왔다. 주위의 밝음이 등불빛을 압도하는가 싶더니, 보아의 콧방울이 벌써 열렸다 닫혔다 벌름거리는 것이 보였다.

선사 부인은 심상치 않음을 느끼고는 자신도 모르게 "어머나!" 하고 소리를 지르고 마음속으로 다시 생각해 보았다. 어떻게 하면 좋을까? 하소선에게 진찰하러 가는 길밖엔 방법이 없다.

선사 부인은 우매한 여인이기는 했으나 결단력은 있었다. 벌떡 일어나 나무궤짝 속에서 저축했던 열세 닢의 은화와 80푼의 동전을 꺼내 주머니 속에 넣었다. 그리고 문을 잠그고 보아를 안고서 하(何)씨 집으로 곧장 달려갔다.

아직 이른 아침인데도 하씨 집에는 벌써 네 사람의 환자가 앉아 있었다. 그녀는 은화 40전을 내고 진찰권을 샀다. 다섯 번째가 보아의 차례였다. 하소선은 손가락 두 개로 진맥을 보는데, 손톱이 네 치 이상이나 긴 것을 선사 부인은 이상스럽게 여겼다. 어쨌든 보아의 목숨은 건질 수 있을 것이라고 생각했다. 부인은 조급해져 묻지 않고는 아무래도 견딜 수 없었으므로 조마조마해 하며 말을 건넸다.

"선생님……. 우리 보아는 무슨 병인가요?"

"중초(中焦, 염통과 배꼽의 중간)가 막혀 있습니다."

"아무 일 없을까요?"

"우선 약을 두어 첩 먹여 보시오."

"숨도 가쁘고 콧방울도 벌름거리는데요."

"이것은 화(火, 간을 말함)가 금(金, 폐를 말함)을 이기고 있기 때문으로……."

하소선은 말을 하다 말고 눈을 감았다. 선사 부인은 더 묻기도 뭣하였다. 이때 하소선 맞은편에 앉아 있던 서른 남짓한 사람이 벌써 처방을 다 쓰고 종이에 쓰인 글자를 가리키며 말했다.

"이 첫째 번 보영활명환(保嬰活命丸)은 가(賈)씨 집의 제세노점(濟世老店)밖에 없어요!"

선사 부인은 처방을 받아 들고 걸어가며 생각했다. 별로 똑똑한 편은 아니었으나 그녀는 하씨 집과 제세노점과 자기 집은 꼭 삼각점이므로 당연히 약을 사 가지고 돌아가는 것이 편리하다고 생각했다. 그래서 곧장 제세노점을 향해 달려갔다. 긴 손톱을 한 약국의 점원이 처방을 보고 천천히 약을 썼다.

선사 부인은 보아를 안고 기다리고 있었다. 별안간 보아가 작은 손을 들어 그녀의 헝클어진 머리털을 한 움큼 힘껏 잡아 당겼다. 이건 지금까지 없었던 행동이었다. 선사 부인은 별안간 섬뜩한 기분을 느꼈다.

해는 벌써 얼굴을 드러내고 있었다. 어린애를 안고 약 꾸러미를 들은 선사 부인은 걸을수록 힘들어졌다. 아이는 끊임없이 보채고 길도 더 먼 것 같이 여겨졌다. 하는 수 없이 길가의 어느 집 문턱에 앉아 한참 쉬고 있으려니까, 살갗에 닿는 옷이 점점 차갑게 느껴져서야 비로소 자기 몸이 흠뻑 땀에 젖어 있음을 알았다.

보아는 잠든 모양이었다. 그녀는 다시 일어나 천천히 걸었으나 역시 걷기가 힘들었다. 그때 갑자기 귓가에 누군가가 이렇게 말하는 것이 들렸다.

"선사 부인, 내가 좀 안아 줄까요?"

얼굴빛이 푸른 아오 목소리 같았다. 얼굴을 들어 보니 아니나다를까 아오가 졸린 눈을 몽롱하게 해서는 그녀를 따라오고 있었다.

선사 부인은 천사라도 하늘에서 내려와 도와주었으면 하고 간절히 바라던 참이었지만, 아오는 전혀 반갑지 않았다. 그러나 아오는 의협심이 강해 기어이 도와주겠다고 우겼으므로 한참을 사양하다가 결국 승낙했다.

아오는 곧 팔을 뻗어 선사 부인의 가슴과 아이 사이로 손을 디밀어 아이를 안았다. 선사 부인은 가슴이 화끈해지면서 순간 얼굴과 귀밑이 뜨거워짐을 느꼈다.

그들 두 사람은 두 자 반 가량 떨어져 함께 걸었다. 아오가 말을 걸었으나 선사 부인은 제대로 대답도 하지 않았다. 얼마 안 가서 아오는 아이를 그녀에게 돌려주며 어제 친구와 약속한 식사 시간이 되었다고 말했다. 선사 부인은 아이를 받아 안았다. 다행히 집도 이제 멀지 않아 벌써 앞집의 왕구마(王九媽)가 길가에 앉아 있는 것이 보였다. 그녀는 멀리서 말을 걸어왔다.

"선사 부인, 어린애는 어때요? 의원님에게 가 봤어요?"

"보이기는 보였지만……. 왕구마, 당신은 오래 사셨으니 보신 것도 많겠죠. 차라리 당신이 봐 주는 게 훨씬 낫겠어요. 어때요, 애는?"

"글쎄……."

"어때요?"

"흠……."

왕구마는 아이의 얼굴을 먼저 자세히 살피더니 머리를 두 번 끄덕이고 두 번 흔들었다.

보아가 약을 먹은 것은 오후가 돼서였다. 선사 부인은 유심히 아이의 안색을 살펴보았는데, 많이 평온해진 것 같았다. 오후가 되더니 보아는 별안간 눈을 뜨고 "엄마!" 하고 한 번 부르고는 다시 눈을 감았다. 잠이 든 것 같았다.

잠이 들고 한참 있다가 보니 아이의 이마와 코끝에 방울방울 구슬땀이 맺혀 있었다. 선사 부인이 가만히 만져 보니 땀이 풀처럼 끈적거렸다. 당황해서 가슴을 문질러 주다가 부인은 참을 수 없어 목놓아 울기 시작했다.

평온하던 보아의 호흡은 아주 사라져 버리고 선사 부인의 울음소리도 통곡으로 변했다. 이때 많은 사람들이 몰려들었다.

문 안에는 왕구마와 푸른 얼굴의 아오 등이 있었고, 문 밖에는 함형(咸亨) 주인과 빨간코 노공 등이 있었다.

왕구마가 일어서서 종이돈 한 묶음을 불살랐다. 또 선사 부인을 위해 걸상 두 개와 옷 다섯 벌을 잡히고 은화 2원을 구해 일을 거들어 주는 사람들의 식사를 준비했다.

관이 첫째 문제였다. 선사 부인은 은귀걸이 한 쌍과 도금한 은비녀 한 개를 함형 주인에게 주면서 증인이 되어 달라고 했다. 그리고 반만 현금을 주고 나머지는 외상으로 관을 하나 사 달라고 부탁했다.

푸른 얼굴의 아오가 나서더니 자기가 사 오겠다고 했으나 왕구마가 허락하지 않고 내일 관이나 메고 가 달라고 하였다. 그러자 아오는 "제기랄!" 하고 한마디 욕을 퍼붓고는 못마땅한 듯 입을 삐죽였다.

함형 주인은 나갔다가 저녁 때가 되어서야 돌아오더니 관은 지금 만들고 있으므로 밤중이면 다 된다고 말했다.

주인이 돌아왔을 때 일 보는 사람들은 벌써 저녁 식사를 끝마치고 있었다. 그도 그럴 것이 노진에는 옛 풍습이 남아 있었으므로 7시도 안 되어 모두들 집에 돌아가 자 버리는 것이다. 단지 아오만이 아직 함형의 술청에 기대어 술을 마시고 노공이 큰 소리로 노래 부르고 있을 뿐이었다.

그때 선사 부인은 침대가에 앉아서 울고 있었다. 보아는 침대 위에 뉘어져 있었고 물레도 조용히 방 위에 놓여 있었다.

긴 시간이 지나 선사 부인도 눈물을 거두었다. 눈을 크게 뜨고 사방을 둘러보니 모든 것이 이상하고 다 있을 수 없는 일처럼만 생각되었다. 그녀는 마음속으로 생각했다. 이것은 모두가 꿈이다. 모두 꿈이겠지. 내일 아침 일어나면 자기는 침대에 누워 있고, 보아도 자기 곁에서 잠자고 있을 것이다. 그리고 잠이 깨면 "엄마!" 하고 부르며 살아 있는 용이나 호랑이처럼 뛰어나가 놀 것이다.

노공의 노랫소리도 벌써 그쳤고 함형도 불을 껐다. 선사 부인은 뜬 눈으로 밤을 지새웠다. 아무리 생각해도 모든 일이 믿어지지 않았다. 닭이 새벽을 알렸다. 동녘 하늘이 점점 환해지더니 창 틈으로 은백색의 새벽빛이 스며 들어왔다.
　은백색의 새벽빛은 서서히 붉은 빛으로 변하고 이어서 햇빛이 지붕을 비쳤다. 선사 부인은 눈을 뜨고 멍하니 앉아 있었다. 문 두드리는 소리에 비로소 깜짝 놀라 뛰어나가 문을 열었다. 문밖에는 모르는 사람이 무엇인가를 짊어지고 있었고, 뒤에는 왕구마가 서 있었다.
　아아, 그들은 관을 짊어지고 온 것이다.
　오후에야 겨우 관 뚜껑을 닫았다. 선사 부인이 울다가는 들여다보고, 울다가는 들여다보며 한사코 덮지 못하게 했기 때문이었다. 왕구마가 기다리다 더 이상 참을 수 없었는지 툴툴거리며 그녀를 끌어냈기 때문에 간신히 여럿이 달려들어 관 뚜껑을 덮을 수 있었다.
　선사 부인은 보아에게 정성을 다했으므로 더 이상 아무것도 걸리는 것이 없었다. 어제는 종이돈을 한 묶음 불살랐고 오전에는 또 47권의 대비주(大悲呪)를 불살랐다. 입관할 때에는 딸에게 새 옷을 입혀 주었고 평소에 좋아하던 장난감 — 흙으로 만든 인형 하나, 나무 그릇 두 개, 유리병 두 개 — 을 머리맡에 놓아 주었다. 뒤에 왕구마가 손가락을 꼽으며 자세히 확인해 보았으나 무엇 하나 빠진 것이 없었다.
　이날 푸른 얼굴의 아오는 온종일 나타나지 않았다. 함형 주인은 선사 부인을 위하여 한 사람에 2백 10푼씩 인부 두 사람을 사서 관을 공동 묘지까지 메고 가게 하였다.
　왕구마는 또 그녀를 도와 손을 움직였거나 입을 열어 슬퍼했던 사람들에게 모두 밥을 먹게 해 주었다. 마침내 해가 차차 서산으로 넘어가려고 하자 밥을 먹은 사람들은 모두 집으로 돌아가고 싶어했고, 결국은 모두들 집으로 돌아갔다.

선사 부인은 몹시 현기증을 느껴 잠깐 쉬었다. 그러나 좀처럼 기분이 나아지질 않았다. 그녀 평생 처음으로 당한 일이었고 있을 것 같지 않았던 일이 일어났다. 그녀는 생각할수록 이상한 기분을 느꼈다. 방이 너무나 조용해진 것이다.

그녀는 일어나 불을 켰다. 그러자 방은 더욱 고요해졌다. 그녀는 비틀비틀 문을 닫으러 갔다가 돌아와서 침대가에 앉았다. 물레는 소리 없이 방 구석에 놓여 있었다. 그녀는 정신을 가다듬고 사방을 둘러보더니 더욱더 안절부절못했다. 방이 너무 고요할 뿐 아니라 또한 컸다. 가구 역시 휑뎅그렁하니 놓여 있었다. 커다란 방이 사방에서 그녀를 에워싸고 압박하여 숨도 못 쉬게끔 했다.

선사 부인은 지금에서야 보아가 죽었음을 깨달았다. 방을 보는 것도 싫어져서 그녀는 불을 끄고 누웠다. 그리고 울면서 생각했다. 언젠가 자기가 무명실을 잣고 있을 때 보아가 곁에 앉아 회향두를 먹으며 조그맣고 까만 눈을 부릅뜨고 잠깐 생각하더니 이렇게 말했다.

"엄마…… 아빠가 경단 팔았지. 나도 크면 경단 장사 할래. 많이 많이 팔아서, 돈 많이 벌어서…… 모두 엄마 줄래."

그러나 지금은 어떤가? 선사 부인은 이젠 아무런 생각도 나지 않았다. 이미 말하였듯이 그녀는 어리석은 여인이었으니 무엇을 생각해 낼 수 있겠는가? 다만 방이 너무 조용하고 텅 비었음을 느낄 뿐이었다.

선사 부인은 한번 떠난 혼은 돌아오지 않으며 보아도 다시는 만날 수 없다는 것을 알고 있었다. 그녀는 깊은 한숨을 쉬며 혼잣말처럼 중얼거렸다.

"보아야, 넌 아직 여기에 있으니 꿈속에라도 제발 나타나다오."

그리고 눈을 감았다. 빨리 잠들어 보아를 만나 보고 싶었기에…….
괴로운 숨소리가 고요하고 텅 빈 공간 사이를 지나는 것이 귀에 똑똑히 들렸다.

어느덧 선사 부인은 꿈나라로 들어가 온 방 안이 아주 고요해졌다. 이때 빨간코 노공이 노래를 마치고 비틀비틀 함형을 나오더니 또 목청을 높여 노래했다.

"원수 같은 당신이지만…… 너무 사랑스러워…… 나홀로 외로이……."

푸른 얼굴의 아오가 노공의 어깨를 움켜쥐자, 두 사람은 기우뚱기우뚱 비틀거리며 걸어갔다.

선사 부인은 깊이 잠들어 버렸다. 노공도 가 버리고 함형도 문을 닫았다. 이때의 노진은 완전히 정적 속에 떨어졌다. 다만 저 어두운 밤만이 내일을 향해 정적 속을 달리고 있었다. 그 외에는 몇 마리 개가 어둠 속에서 멍멍 짖고 있을 뿐이었다.

작은 사건

　내가 시골에서 북경으로 나온 지도 어느새 6년이 되었다. 그동안 귀로 듣고 눈으로 목격한 나라의 큰일들을 헤아려 보면 무척이나 많다. 그러나 그것들은 내 마음에 이렇다 할 흔적조차 남기고 있지 않다. 만약 그 사건들이 미친 영향을 찾아내 보라고 한다면, 그저 내 신경을 자극할 뿐이다. 솔직히 말해서 나도 모르게 날이 갈수록 사람을 업신여기게 되었던 것이다.

　그런데 한 가지 작은 사건만은 도리어 내게 의미있는 일이었고, 내 성질을 부드럽고 온화하게 해 주었다. 나는 지금도 그것을 잊을 수가 없다.

　중화민국 6년 겨울, 심한 북풍이 몰아치던 날의 일이었다. 나는 먹고 살기 위해 아침 일찍 집을 나서지 않으면 안 되었다. 거리에는 개미새끼 한 마리 보이지 않았다. 겨우 인력거를 한 대 붙들어 S문까지 가자고 했다.

　조금 지나자 북풍이 얼마쯤 수그러들었다. 거리의 먼지는 바람에 완전히 씻겨져 날아가 버려 한 줄기 깨끗한 큰길만이 보였다. 인력거꾼의 발걸음도 한결 가벼워졌다. 곧 S문 앞에 닿으려는 순간 갑자기 인력거 채에 누군가가 걸려 넘어졌다.

　넘어진 사람은 백발이 희끗희끗하고 누더기 옷을 입은 노파였다. 그녀는 길가에서 갑자기 인력거 앞을 가로지르려 했다. 인력거꾼은 순간 방향을 돌렸으나 단추가 채워져 있지 않은 노파의 조끼 저고리가 바람에 펄럭거려 인력거 채에 걸렸던 것이다. 이미 인력거꾼이 걸음을 늦추고 있었기에 망정이지 그렇지 않았으면 그녀는 틀림없이 거꾸로 넘어져 머리가 깨지고 피를 흘렸을지도 모른다.

그녀가 땅에 쓰러지자 인력거꾼은 걸음을 멈추고 말았다. 노파는 다친 것 같지는 않았다. 게다가 보고 있는 사람도 없었다. 그래서 나는 왜 인력거꾼이 공연한 일을 만드나 하고 생각했다. 어쩌면 내 일정을 틀어지게 할지도 모르는 일이지 않은가.

그래서 나는 그에게 말했다.

"아무것도 아니야. 자, 가세."

그러나 인력거꾼은 내 말을 들은 척도 않고—어쩌면 듣지 못했는지도 모른다—인력거째 내려놓으며 노파에게 손을 내밀어 천천히 팔을 잡고 일어서게 해 주었다.

"어떠세요?"

"넘어져서 다쳤단 말이야."

나는 '천천히 넘어지는 것을 내 눈으로 확실히 보았는데 다칠 까닭이 없잖아. 정말 얄미운 노파로군. 인력거꾼은 인력거꾼대로 공연히 사서 고생을 하고 싶어하니, 뭐 멋대로 하라지.' 하고 생각했다.

인력거꾼은 노파의 말을 듣자, 조금도 주저하지 않고 그녀를 부축하며 한 발 한 발 길 옆으로 걸어가기 시작했다. 이상하다 생각하고 그쪽을 보니 거기에는 파출소가 있었다. 세찬 바람이 분 뒤라 밖에는 아무도 서 있지 않았다. 인력거꾼은 노파를 부축하면서 파출소 정면을 향해 걸어갔다.

나는 이때 돌연 일종의 야릇한 감동에 휩싸였다. 먼지투성이가 된 그의 뒷모습이 갑자기 거대하게 느껴졌다. 그리고 멀어지면 멀어질수록 점점 커져 우러러보지 않으면 안 될 것만 같았다. 그는 점점 나에게 위압감으로 변해갔다. 그리하여 털가죽으로 안을 댄 내 상의 속에 감춰져 있는 나의 '보잘 것 없음'을 들춰내는 것 같았다.

나는 순간 얼어붙었다. 인력거에 탄 채 꼼짝도 못하고 무언가를 생각할 수도 없었다.

파출소에서 한 명의 순경이 나오는 것을 보고 나는 비로소 인력거에서 내렸다.

순경은 내가 있는 곳까지 오자 이렇게 말했다.

"다른 인력거를 타시죠. 저 인력거꾼은 끌지 못하게 되었으니까요."

나는 생각할 겨를도 없이 외투 주머니에서 동전을 한 움큼 집어내어 순경에게 건네주며 말했다.

"이걸 인력거꾼에게……."

바람은 완전히 그쳐 있었다. 거리는 여전히 조용했다. 나는 걸으면서 생각했다. 그러나 생각이 내 자신에게로 미치자 몹시 두려워졌다. 그전 일은 덮어 둔다 해도, 도대체 그 한 움큼의 동전은 무슨 뜻이었을까. 그에 대한 표창? 내가 과연 인력거꾼을 심사할 수 있을까? 나는 내 자신에게 대답할 수가 없었다.

이 사건은 지금에 와서도 끊임없이 머리에 떠오른다. 이 일로 인해 나는 계속 고통을 받았고, 내 자신의 일을 진지하게 생각해 보게끔 되었다.

오랜 세월 익혀온 '문치(文治)'나 '무력(武力)'은 어릴 때 읽은 '자(子) 가라사대, 시(詩)에 이르기를…….'처럼 어느 한 구절 내 기억에 남아 있지 않다. 그러나 오직 이 사건만이 언제나 뇌리에 떠올랐고, 때로는 전보다도 더 선명하게 기억되어 나를 부끄러움에 떨게 만들기도 하고, 한편으로는 용기와 희망을 북돋아 주곤 한다.

두발의 고사

일요일 아침 나는 어제 날짜의 달력을 찢고 새로운 한 장을 보면서 말했다.

"응, 10월 10일…… 오늘이 쌍십절(雙十節)이군. 그런데 여기엔 아무것도 안 쓰여 있어!"

마침 그때 선배인 N씨가 내 집에 놀러 왔다가 이 말을 듣더니 아주 불쾌한 듯이 내게 말했다.

"어쨌다는 거야! 그들이 기억하지 못했다 해서 자네가 어쩔 테야? 또 자네가 그걸 기억한들 그게 무슨 소용인가?"

N씨는 원래 성격이 좀 괴팍해서 늘 하찮은 일에 화를 내고 보통 사람들과 통하지 않는 말을 했다. 그럴 때면 나는 대개 혼자 지껄이게 내버려 두고 한마디도 대꾸하지 않는다. 그러면 그는 혼자 실컷 지껄이고 나서 그치는 것이다.

그는 말했다.

"내가 가장 가슴 깊이 느끼는 것은 북경의 쌍십절 광경이야. 아침에 순경이 집 앞에 와서 '기를 꽂아!' 하고 명령하면, '네, 꽂지요!' 하며 모든 집마다 한 명씩 귀찮다는 듯 어슬렁거리며 걸어 나와 깃발을 내걸지. 그러다가 밤이 되면 기를 걷고 문을 닫는데 그중에는 간혹 잊어먹고 여전히 이튿날 오전까지 그대로 두는 집도 있다네. 그들은 기념일을 잊고, 기념일도 그들을 잊은 거지. 나도 기념일을 잊어버린 사람

중 하나지. 만약 기념을 하게 되면 최초의 쌍십절 전후의 일이 마음에 걸려 안절부절 못하게 될걸세.

여러 사람의 얼굴이 눈앞에 어른거리는군. 몇몇 젊은이는 10여 년을 고군분투하다가 어둠 속에서 날아온 한 방의 총알을 맞고 목숨을 잃었지. 한편 암살당하지 않은 청년들은 대신 감옥에서 한 달 이상이나 고문을 당했어. 또 어떤 청년들은 큰 뜻을 품었다가 어느 날 행방불명이 되어 시체마저 찾지 못한 일도 있다네. 그들은 모두 세상의 냉소, 조소, 박해, 함정 속에서 평생을 보냈다네. 지금은 그들의 무덤도 망각 속에 사라져 가고 있는 형편일세. 나는 이런 일을 기념한다는 걸 견딜 수가 없어. 그보다는 좀 더 유쾌한 이야기를 하세."

N은 갑자기 미소를 띠더니 손으로 얼굴을 문지르면서 큰 소리로 말했다.

"나에게 가장 즐거운 것은 최초의 쌍십절 이후로는 길을 걸어도 사람들에게 조소를 받지 않게 된 일이지. 자네도 알고 있겠지만 두발은 우리 중국 사람의 보물인 동시에 원수이기도 하다네. 옛날부터 지금까지 수많은 사람이 머리 때문에 가치도 없는 고통을 당해 왔는지 몰라.

옛 중국인들은 머리털 같은 것은 그다지 중하게 여기지 않았던 모양이야. 형법상 머리를 가장 중요한 것으로 여겼으니까. 대벽(사형)이 최고의 극형이었고, 다음에 중요한 게 생식기니까 궁형(음경을 자르는 형)이나 유폐(자궁을 폐색하는 형)가 무서운 형벌이었지. 곤(머리털을 자르는 형) 같은 것은 아주 가벼운 거였어. 그런 걸 생각해볼 때, 왜 그렇게 많은 사람들이 머리카락이 없다는 이유로 평생 동안 세상 사람들에게 배척을 당해 왔는지 모르겠단 말이야.

우리들이 혁명을 이야기할 때는 〈양주십일기(揚州十日記)〉라든가

〈가정도성기략(嘉定屠城紀略, 명나라 때 만주인이 한족을 학살한 기록)〉에 대해 말하나 그건 수단에 불과하네. 솔직히 말해 당시의 중국인이 한 반항은 결코 나라가 망하는 것이 싫어서가 아니라 단지 변발하는 것이 싫었기 때문이었어.

고집 센 백성은 모조리 살해되고 유로(遺老, 전 왕조의 신하)는 늙어서 죽어 버렸으니 결국 모두 변발을 하게 되었는데, 그러던 판에 홍양(洪楊)의 난(홍수전, 양수청을 수령으로 일어난 반란. 장발적이라 칭함)이 일어났다네. 할머니한테 들은 이야기지만 그때는 백성 노릇하기도 어려웠던 모양이야. 머리를 전부 남겨 둔 사람은 관군에게 살해되고, 변발한 사람은 장발적에게 살해되었다니까!

얼마나 많은 중국인이 아프지도 가렵지도 않은 머리털 때문에 고생을 하고 수난을 당하고 살해당했는지 모른다네!"

N은 천장을 향한 채 무엇을 생각하는 것 같더니 또 말을 이었다.

"나는 유학을 가자 곧 변발을 잘라 버렸는데 그것은 결코 무슨 의미를 띠고 그런 게 아니라 단지 불편해서 그랬던 거야. 그런데 뜻밖에 변발을 하고 있던 몇몇 동급생들이 나를 미워하는가 싶더니 감독관까지도 노발대발해서 나의 보조금 지급을 중지시키고 중국으로 돌려보내겠다고 야단을 치기도 했다네.

그런데 며칠 안 있어 이 감독관도 다른 사람에게 변발을 잘리우고 도망을 쳐 버렸지. 자르러 간 사람들 중의 한 사람이 〈혁명군〉을 지은 추용(鄒容)이었다네. 그도 이 때문에 유학할 수 없게 되자 상해로 왔는데 그 뒤 조계(租界)의 감옥에서 죽었지. 자넨 이미 잊어버렸을 거야.

몇 해 지나는 동안 우리 집 형편이 어려워져 일거리를 구하지 않고는 살 수가 없게 되었어. 그래서 할 수 없이 중국으로 돌아왔지. 나는 상해에 도착하자마자 곧 가짜 변발을 샀다네. 당시엔 값이 2원(圓)이었는데 그걸 쓰고 집으로 갔지. 우리 어머니께서는 아무 말씀도 하지 않으셨지만, 다른 사람들은 나를 보더니 모두 우선 그 변발부터 연구하더군. 그러다가 그것이 가발이라는 것을 알자 곧 콧방귀를 뀌며 단두죄라면서 나를 고발하려고까지 했다네. 나중에 혁명당의 반란이 성공할지도 모른다는 생각으로 겁이 나니까 중지하긴 했지만.

나는 생각했지. 가짜로 살기보다 진짜로 살겠다고. 그래서 용감하게 가짜 변발을 집어던지고 양복을 입고 거리를 쏘다녔지. 가는 곳마다 웃고 욕하는 소리가 들리더군. 어떤 사람은 뒤를 따라와 '이 건방진 놈!', '가짜 양놈!' 하고 욕을 해대더군.

그래서 양복을 입지 않고 긴 상의로 바꾸어 입었었지. 그래도 그들은 심하게 나를 욕하더군.

마침내 생각 끝에 짧은 지팡이 하나를 들고 다니며 그것으로 힘껏 때렸더니 사람들이 차차 욕을 하지 않게 되더군. 물론 낯선 곳에 가면 역시 욕을 했지만.

이 일은 나를 무척이나 슬프게 해서 지금도 간혹 기억이 난다네. 유학 중에, 남양과 중국을 돌아다닌 혼다 박사의 일이 신문에 실린 것을 본 적이 있는데 이 박사는 중국어와 말레이시아어를 몰랐다네. '당신은 그들의 언어도 모르는데 어떻게 여행을 했습니까?' 하고 사람들이 질문하자 그는 짧은 지팡이를 쳐들고 '이것이 바로 그들의 말이야. 그들은 다 알지!' 했다는 거야. 나는 그 일로 한동안 화가 났었어. 그러던 것이 결국 나도 모르는 새에 그걸 사용하게 되었단 말일세. 물론 효력도 좋았지.

선통(宣統, 청나라 말기의 연호) 초년에 나는 고향 중학교의 학감이 되었다네. 그러나 동료들은 나를 멀리하고 관료들은 관료대로 나를 경계하는 형편이라 하루 종일 가시방석 위에 앉아 있는 듯, 형장 곁에 서 있는 듯했었지. 그게 모두 단지 변발이 없기 때문이었다네!

어느 날 학생 몇이 불쑥 내 방에 와서 '선생님! 저희들도 변발을 자르고 싶습니다.' 하지 않겠어. 그래서 나는 '못써!'라고 말했지. '변발이 있는 게 좋습니까, 없는 게 좋습니까?', '없는 게 좋지.', '그럼 어째서 안 된다고 말씀하십니까?', '자를 것까진 없어. 너희들은 자르지 않는 게 살아가는 데 이로워……. 당분간은 기다리는 게 좋아.'

그들은 아무 말도 하지 않고 입을 삐죽이며 나가더군. 그러나 결국 자르고 말았어. 자아, 그 뒤론 정말 큰일이었어. 굉장한 소동이 벌어졌거든. 나는 그들이 머리를 깎은 채 변발 학생과 함께 교실에 나오는 걸 모른 척 내버려두었지.

그런데 그만 이 변발 자르는 것이 유행이 되고 말았지. 사흘째 되는 날엔 사범학교 학생 6명이 변발을 잘랐고 결국 그날 밤으로 제적되고 말았지. 그들은 학교에 머무를 수도 없고 집으로 돌아갈 수도 없게 되었지. 그러다가 최초의 쌍십절이 지난 지 한 달이 넘어서야 겨우 범죄의 낙인이 지워졌다네.

나는 어땠냐고? 역시 마찬가지야. 중화민국 원년 겨울, 북경에 왔을 때도 사람들에게 몇 번 욕을 얻어 먹었지. 그 뒤 나를 욕하던 사람도 경찰에게 변발을 잘리는 바람에 남에게 욕을 못하게 되었다네. 그러나 고향으로는 가지 않았어."

N은 매우 즐겁게 이야기하다가 갑자기 우울한 표정이 되어 말했다.

"지금 자네들 이상주의자들은 여자도 머리를 잘라야 한다고 떠들고 있는데, 별 가치도 없이 괜한 사람만 고생시키는 건 아닐까? 벌써 그

때문에 머리 자른 여학생들이 입학을 못하거나 아니면 제적당하고 있지 않은가?

개혁도 좋지만 무기가 어디 있나! 일하며 공부한다? 공장이 어딨어? 머리도 자르지 말고 시집가서 잘살 궁리나 하는 게 좋을 거야. 모든 걸 잊어버리는 게 행복하거든. 공연히 자유니 평등이니 하는 말을 배웠다간 한평생 고생만 하는 걸세.

나는 알시바셰프(러시아의 소설가)의 말을 빌어 자네들에게 묻고 싶어. 자네들은 황금 시대의 출현을 이들 자손에게 약속했는데 이들에게는 무엇을 주겠는가?

아아, 조물주의 가죽 채찍이 중국의 등에 닿지 않는 한 중국은 영원히 이대로의 중국일 것이며, 티끌만큼이라도 결코 고치려고 하지 않을 걸세.

자네들의 입속엔 독도 없는데 어째서 악착같이 이마에 '독사'라는 커다란 글자를 붙이고 거지를 끌고 와서 때려 죽이려고 한단 말인가?"

N은 점점 더 부조리한 말을 했다. 그러나 내가 듣고 싶어하지 않는 것을 알아차리자 입을 다물고 일어나 모자를 집었다.

"돌아가시려오?"

나는 말했다.

"그래, 비가 올 것 같아."

그는 대답했다.

나는 묵묵히 그를 문까지 배웅했다.

그는 모자를 쓰며 말했다.

"또 만나세. 귀찮게 한 거 용서하게. 다행히 내일은 쌍십절이 아니니까, 우리는 모든 것을 잊어도 좋을 걸세."

풍파

 강가의 마당을 비추던 해가 점차 그 노란 광선을 거두고 있다. 마당 끝에서 강으로 뻗어 있는 거먕옻나무의 바싹 마른 잎들이 겨우 숨을 돌리고, 그 밑으로 몇 마리의 학질 모기가 날아다녔다. 강을 향해 있는 농가의 굴뚝에서 밥 짓는 연기가 점점 희미해져 간다. 여자들과 아이들은 저마다 자기 집 앞마당에 물을 뿌리고 작은 탁자와 낮은 의자를 들고 나온다. 그러고 보니 벌써 저녁 먹을 시간인 것이다.
 늙은이와 남자들은 의자에 앉아 큰 파초부채를 부치면서 잡담을 하고 있다. 아이들은 거먕옻나무 밑에 쭈그리고 앉아 돌멩이를 가지고 논다. 아낙네들은 무럭무럭 김이 나는 새까맣게 마른 나물을 삶아 지은 다갈색 쌀밥을 날라 온다.
 강물에는 글줄이나 쓰는 자들의 술놀이 배가 지나고 있어, 문호(文豪)가 이걸 보았다면 크게 흥을 돋우어 이렇게 말했을 것이 틀림없다.
 "근심 걱정이 없도다. 이것이 평범한 농촌 생활의 즐거움이리라."
 그러나 문호의 말에는 다소 맞지 않는 점이 있다. 왜냐하면 그들은 구근(九斤) 할머니가 지껄이는 것을 듣지 않았기 때문이다. 구근 할머니는 이때 한창 화를 내고 있는 참이었다. 떨어진 부채로 의자 다리를 두들기면서 할머니는 이렇게 말했다.
 "난 일흔아홉까지 살았어. 정말 오래 살았어. 눈 뻔히 뜬 채 망해 가는 꼴은 보고 싶지 않아……. 차라리 죽는 게 낫지. 이제 곧 밥을 먹을 텐데 볶은 콩을 먹고 있다니. 이놈의 집은 먹다가 망한다니까."

그녀의 증손녀뻘이 되는 육근(六斤)이 손에 한 움큼 콩을 쥐고 달려오다가 할머니를 보자 그대로 강가 쪽으로 달려가 버렸다. 그리고 거망옻나무 뒤에 숨어서 총각머리로 땋은 조그만 머리를 내밀고 크게 외쳤다.

"빨리 죽지나 않고!"

구근 할머니는 나이는 많아도 귀는 아직 심하게 먹지 않았다. 그러나 아이가 외친 말은 전혀 듣지 못하고 여전히 혼자서 중얼거렸다.

"정말이지 갈수록 버릇없어지기만 하다니."

이 마을의 관습에는 좀 별난 것이 있다. 아이를 낳으면 무게를 달아서, 그 근수대로 아이 이름을 정하는 일이 많았다.

구근 할머니는 쉰 살의 생일잔치를 치르고 난 뒤로는 점점 불평이 늘어 노상 투덜댔다. 내가 젊었을 때는 날씨가 지금처럼 덥지 않았다, 콩도 지금처럼 딱딱하지 않았다, 지금 세상은 틀려 먹었다, 더구나 육근은 증조할아버지보다 세 근이나 모자라고 아버지 칠근(七斤)에 비하더라도 한 근이나 적지 않은가 하며 투덜댔고, 이것이 확실한 증거라고 했다. 그러기에 그녀는 자신 있게 말하는 것이었다.

"정말이지, 대대로 나빠져만 가니."

그녀의 며느리인 칠근수(七斤嫂)가 아침 밥바구니를 안고 식탁으로 와서 갑자기 밥바구니를 식탁 위로 내던지며 투덜거렸다.

"또 시작이군요. 육근이 태어났을 때 여섯 근하고도 닷 냥이 더 나갔었잖아요. 그리고 우리 집 저울은 사제(私製)라 무게가 더 달리는 18냥 저울이잖아요. 만약 16냥 저울이었으면 우리 육근이도 아마 일곱 근이 넘었을 거예요. 저어, 증조할아버지나 할아버지만 하더라도 정말로 아홉 근인지 여덟 근인지 알 수 없잖아요. 그때 사용한 저울이 14냥 저울이었는지도 모를 일이고……."

"대대로 나빠져만 간다니까."

그것에 대꾸하기 전에 칠근수는 칠근(七斤)이 옆골목을 돌아 나오는 것을 보자, 방향을 바꾸어 칠근 쪽을 보고 소리쳤다.

"이 죽일 놈아, 어디를 싸돌아다니고 이제야 돌아오고 있어. 밥 차려 놓고 기다리는 신세가 되어 보라지."

칠근은 비록 농촌에 살고 있지만 한번 이름을 날려 보겠다는 야심을 품고 있었다. 할아버지 대부터 그까지 3대째 괭이를 잡아 본 일이 없었다. 그는 정해진 대로 사공을 업으로 하고 있었다. 매일 한 차례, 아침에 노진(魯鎭)에서 성 안으로 갔다가 저녁에 다시 노진으로 돌아온다. 그런 이유로 칠근은 새 소식을 잘 알고 있었다. 이를테면 어디에 있는 번개 귀신이 요괴 지네를 쳐서 죽였다든가, 어디서는 처녀가 야차(夜叉)를 낳았다든가 하는 따위 말이다.

마을 사람들 사이에서 분명 그는 제법 뛰어난 사람으로 알려져 있다. 여름에는 밥을 먹을 때 등불을 밝히지 않는 것이 예부터의 농가 관습이었다. 그러므로 돌아오는 것이 너무 늦으면 꾸중을 들어도 도리가 없었다.

칠근은 여섯 자는 됨직한 담뱃대를 한쪽 손에 들고 고개를 숙인 채 천천히 걸어왔다. 그리고 의자에 앉았다. 육근도 그걸 틈타 칠근 옆에 앉아 "아버지!" 하고 불렀으나 칠근은 대답도 없었다.

"대대로 나빠져만 간다."

구근 할머니가 말했다.

칠근은 천천히 고개를 들고 한숨을 내쉬며 말했다.

"천자께서 등극했다는군."

칠근수는 순간 멍했으나, 곧 무릎을 치며 말했다.

"그건 잘된 것 아닌가요. 그럼 또 대사령이 내려지겠네요."

칠근은 또 한 번 한숨을 내쉬었다.

"난 변발이 없는걸."

"천자는 변발을 했나요?"

"있다는군."

"어떻게 알았지요?"

"함형(咸亨) 술집 사람들이 다 그렇게 말하더라고."

칠근수는 직감으로 좋지 못한 소식 같다고 느꼈다. 함형 술집은 소식이 빠른 곳으로 유명하기 때문이다. 그녀는 흘긋 칠근의 까까머리에다 눈길을 보냈다. 그러자 불현듯 화가 치밀었다. 남편이 얄밉기도 하고, 원망스럽기도 하며, 안타깝기도 했다. 그러다가 절망적인 기분으로 변했다. 그녀는 밥을 담아 칠근 앞에 들이밀며 말했다.

"어서 밥이나 먹어요. 울상을 한다고 변발이 생기겠어요?"

태양은 마지막 남은 광선을 거두었다. 물 위에 찬 기운이 조용히 솟았다. 마당에는 온통 젓가락과 대접 소리가 딸그락거리고, 사람들의 등에선 아직도 땀방울이 스며나왔다. 칠근수는 세 그릇의 밥을 다 먹고 나서 머리를 드는 순간, 갑자기 가슴 언저리가 두근대기 시작했다.

거먕옻나무 잎을 통해 작고 뚱뚱한 조칠야(趙七爺)가 통나무 다리를 건너 이쪽으로 오고 있는 것이 보였기 때문이다. 더구나 보랏빛 삼베 두루마기를 입고 말이다.

조칠야는 이웃 마을 무원(茂源) 술집의 주인으로 사방 30리 안에서는 누구나 다 아는 명사 겸 학자다. 학식이 있었으므로 다소 옛날 관원 같은 냄새도 풍겼다. 그는 김성탄(金聖嘆)이 평을 한 〈삼국지〉를 수십 권이나 가지고 있으면서 언제나 걸상에 앉아 한 자 한 자 소리를 내어 읽었다. 오호장(五虎將)을 알 뿐만 아니라, 황충(黃忠)의 자가 한승(漢升)이며, 마초(馬超)의 자가 맹기(孟起)라 하는 것까지도 알고 있었다.

혁명 후 그는 변발을 머리 꼭대기에다 감아올려 꼭 도사같이 보였다. 늘 한숨을 내쉬며 입버릇처럼 하는 말이, 만일에 조자룡이 살아 있었으면 이렇게 세상이 시끄럽지는 않을 텐데 하는 것이었다.

칠근수는 눈이 밝았다. 조칠야가 오늘은 도사가 아니라 머리를 반들반들 밀어붙이고 새까만 변발을 늘어뜨리고 있음을 알았다. 그렇다면 분명 천자께서 등극하셨음에 틀림없다. 따라서 변발이 없으면 큰일나고 아울러 칠근에게도 큰 위험이 되는 것이다. 이렇게 생각한 이유는 조칠야가 여간해서는 삼베 두루마기를 입지 않기 때문이다. 최근 3년 동안 단 두 번 입었을 뿐이다. 한 번은 싸움 상대인 곰보 아사(阿四)가 병들었을 때였고, 한 번은 그의 술집에서 크게 행패를 부렸던 노대야(魯大爺)가 죽었을 때였다. 이번이 세 번째다. 이 상황은 그에게 있어서는 다행이지만 그의 적에게 있어서는 불행한 일이 일어났음을 말해 주는 것이다.

칠근수는 2년 전에 칠근이가 술에 취해 조칠야에게 '말뼈다귀'라고 욕한 것을 알고 있다. 순간 칠근의 몸에 위험이 닥친 것을 직감하고 칠근수는 가슴이 두근거리기 시작했다.

조칠야가 다가오자, 길가에 앉아 밥을 먹던 사람들은 모두 일어나 젓가락으로 자기 그릇을 가리키며 말했다.

"칠야, 여기서 진지 좀 드시죠."

조칠야 쪽에서도 지나는 길에 "아니, 고마워." 하고 끄덕이며 대답했다. 그는 곧장 칠근의 집 식탁이 있는 곳까지 다가왔다. 칠근수가 급히 인사를 하자 칠야는 미소를 지으며 "그냥들 드시오." 하면서 그들의 밥과 반찬을 이리저리 살폈다.

"말린 나물에서 좋은 냄새가 나는군. 소문은 들었겠지?"

조칠야는 칠근의 뒤에 서서 칠근수를 보며 말했다.

"천자께서 즉위하셨지요."

칠근은 대답했다.

칠근수는 조칠야의 얼굴을 바라보면서 함빡 웃음을 지으며 물었다.

"천자께서 즉위하셨으면 대사령은 언제쯤 내리게 될까요?"

"대사령? 글쎄, 조만간에 있겠지."

조칠야는 여기까지 말하자 갑자기 거칠게 언성을 높였다.

"그런데 당신과 칠근의 변발은 어떻게 했지? 변발! 이게 중요한 거야. 당신들도 알고 있겠지. 장발적의 난 때에는 머리가 있으면 목이 없어지고, 목이 있으면 머리가 없어졌지……."

칠근이나 칠근수는 글을 배운 일이 없으므로 이러한 고전(古典)의 미묘함은 잘 모른다. 그러나 학식 있는 조칠야가 그렇게 말하는 것으로 보아 상황이 매우 중대해서 이제는 돌이킬 수 없을 듯한 생각마저 들었다. 그러자 사형선고를 받은 것처럼 귓속이 멍해지며 한마디도 대답할 수가 없었다.

"대대로 나빠져만 간다……."

구근 할머니는 화가 치밀어 있던 참인지라, 때를 놓치지 않고 조칠야를 보고 말했다.

"지금의 장발적들은 그저 변발만 잘라 버려 중도 아니고 도사도 아

풍파 153

닌 몰골로 만들어 버린단 말이야. 옛날 장발적들은 그렇지 않았어. 나는 지금 일흔아홉이야. 실컷 살았단 말이지. 옛날 장발적은…… 붉은 명주로 머리를 싸서 발 뒤꿈치까지 늘어뜨렸지. 친왕(親王)께서는 누런 비단을 늘어뜨리셨고. 누런 비단, 붉은 비단……. 나는 정말 오래 살았어. 일흔아홉까지 살고 있으니.”

칠근수는 일어나 중얼거렸다.

“이제 어떻게 해야 하나. 늙은이와 아이들까지 책임지고 있는데…….”

조칠야는 고개를 젖히며 말했다.

“어쩔 수가 없어. 변발이 없으면 어떤 죄에 적용되는지 책에 분명히 조목조목 씌어 있으니까. 식솔을 거느리고 있든 않든 상관하지 않거든.”

책에 씌어 있다는 말을 들은 칠근수는 아주 절망하고 말았다. 울분이 치솟았지만 어떻게 해야 할지 알 수 없었다. 갑자기 칠근이 원망스러웠다. 그녀는 젓가락 끝으로 칠근의 코끝을 가리키며,

“이 죽을 것아, 다 자초한 일이야. 그러기에 내가 혁명 때 말하지 않았어. 사공 일을 하지 마라, 성 안에는 가지 말라고 말이야. 그런데 덮어놓고 성 안으로 가겠다면서 갔잖아. 성 안으로 가더니 변발을 잘렸지. 전에는 반짝반짝하는 새까만 변발이었는데 이제는 중 꼴도 아니고 도사 꼴도 아니란 말이야. 죄 지은 사람은 죄값으로 당한 거지만, 죄도 없이 당한 우리들은 어떻게 하지? 진작 죽었어야 했을 이 원수야…….”

조칠야가 마을에 온 것을 알자, 마을 사람들은 서둘러 밥을 먹고 모두 칠근의 집 식탁 주위로 모여들었다. 칠근 자신이 유지로 행세하고

있던 만큼 마을 사람 앞에서 이런 식으로 여편네에게 면박을 당하니 체면이 말이 아니었다. 하는 수 없이 그는 고개를 들고는 차근차근 말을 하기 시작했다.

"여보, 오늘은 입에서 나온다고 마구 지껄이는데 그때 당신도……."

"진작 죽었어야 했을 죄인아……."

구경꾼 중에는 팔일수(八一嫂)라는 온순한 여자가 있었다. 올해 두 돌이 되는 유복자를 안고 칠근수 옆에서 구경을 하다가 보다 못해 달래듯 말참견을 하였다.

"칠근수, 그만두어요. 신도 아닌 사람이 어떻게 앞일을 알겠어요. 그리고 칠근수도 그때 그랬잖아요. 변발이 없어도 전혀 이상하지 않다고 말예요. 게다가 관청 나리로부터 통지가 나온 것도 아니니……."

칠근수는 팔일수의 말이 채 끝나기도 전에 양 귓볼까지 새빨개졌다. 그래서 이번에는 젓가락을 돌려 잡고 팔일수의 코끝을 가리키며 소리질렀다.

"아니, 무슨 소리를 하는 거야, 팔일수! 그런 바보 같은 소리를 할 미친년이 어디 있어? 그때 난 꼬박 사흘 동안을 울면서 지냈어. 다들 봤잖아. 육근도 울었었어……."

육근은 수북이 담은 밥을 다 먹고도 밥을 더 달라고 빈 밥그릇을 내밀고 있었다. 칠근수는 화가 나서 육근의 머리 한복판을 젓가락으로 쿡쿡 찌르며 소리를 더 높였다.

"누가 너보고 말참견하라고 했어. 과부 주제에 말이야!"

달그락 소리가 나며, 육근의 손에서 빈 밥그릇이 땅으로 굴렀다. 그러다 하필 재수없게도 벽돌 모서리에 부딪혀 조각나 버렸다. 칠근은 벌떡 일어나서 깨진 그릇을 맞춰 보려 애썼다. 그러고는 "개 같은 년!"

하고 소리를 지르며 찰싹 육근을 때려서 넘어뜨렸다. 육근은 넘어져 울기 시작했다. 구근 할머니가 육근의 손을 잡고 "대대로 나빠져만 간다."고 자꾸 중얼거리면서 저쪽으로 가 버렸다.

팔일수도 화가 났는지 소리쳤다.

"칠근수, 당신은 이리저리 평지 풍파를 일으키고……."

조칠야는 처음에는 웃으면서 관망하고 있었다. 그러나 팔일수가 아직 관청 나리로부터 통지가 없다고 말하자, 약간 화가 났다. 그는 식탁을 돌면서 말했다.

"좌충우돌이 뭐 어떻게 됐다는 거지. 이제 곧 대군(大軍)이 온단 말이야. 잘 기억해 두라고. 이번에 옥좌(玉座)를 받들고 나선 분은 장 장군님으로 연(燕)나라 사람 장익덕(張翼德, 장비)의 자손이야. 장군의 열여덟 자 사모창(蛇矛槍)은 설사 만 명과 맞붙어 싸운다 해도 막을 수 없었어."

그러면서 동시에 양 주먹을 불끈 쥐며 마치 사모창을 잡고 있는 것 같은 시늉을 해 보였다. 그리고 팔일수 쪽으로 두세 걸음 다가가며 "당신이라면 막을 수 있겠소?"라고 했다.

팔일수는 너무 분해서 아이를 안은 채 부들부들 떨었다. 그러다가 조칠야가 땀으로 번들거리는 얼굴에 눈을 부라리며 그녀를 향해 달려들 듯하자, 정말로 겁이 났는지 말도 끝맺지 못하고 홱 돌아서서 달아나기 시작했다. 조칠야도 뒤를 쫓아갔다. 구경꾼들은 팔일수가 지나치게 참견을 했다며 잔소리를 하면서 비켜 주었다. 전에 변발이었다가 다시 기르기 시작한 몇 사람은 그에게 들키지 않으려고 황급히 사람들 뒤로 숨었다.

조칠야는 별로 신경 쓰지도 않고 사람들 사이를 지나 거먕옻나무 그

늘로 사라져 버렸다. 그러면서도 계속 "당신이라면 막을 수 있겠어?" 하고 중얼거리면서 통나무 다리를 건너 유유히 걸어갔다.

마을 사람들은 멍하니 서 있었다. 그리고 마음속으로 정말로 자기들은 장익덕을 당할 수 없다고 생각했다.

그래서 칠근은 자신이 죽은 목숨이라 단정하고 말았다. 칠근이 천자의 법을 어긴 이상, 그가 성 안 소식을 사람들에게 들려 줄 때 긴 담뱃대를 입에 무는 등의 거드름은 피우지 말았어야 했다.

그런 일들로 해서 칠근이 죄를 받게 되는 것이 사람들에게 다소 통쾌하게 생각되는 것도 지나친 것은 아니었다. 그들은 무슨 위로라도 해야 하지 않나 생각하기도 했으나 별로 이야기할 것도 없는 것 같았다. 한바탕 모기가 앵앵거리며 사람들의 벗은 윗몸에 부딪히고 지나가서 거먕옻나무 밑에 모기 군집을 만들었다. 그들은 아무 말 없이 흩어져 집으로 돌아가 문을 닫고 자고 말았다. 칠근수도 투덜투덜하면서 그릇과 탁자, 걸상을 치우고 집으로 들어와 잤다.

칠근은 깨진 그릇을 집으로 가지고 와 문지방에 걸터앉아 담배를 피웠다. 그러나 몹시 어리둥절한 상황이라 담배를 빠는 것조차 잊고 말았다. 상아 물부리에 여섯 자가 넘는 반죽담뱃대의 담배통 불이 점점 꺼져 가고 있었다. 극히 절박한 사태이므로 뭔가 방법을 짜서 계획을 세워야겠다고 생각했지만 머릿속이 윙윙거려 헤아릴 수가 없었다.

"변발은 어떻게 하지, 변발은? 열여덟 자 사모창. 대대로 나빠져만 가는구나. 천자가 즉위했다. 깨진 그릇은 성에 가지고 가서 붙여 와야지. 누가 막을 수 있겠는가. 책에 낱낱이 씌어져 있다니, 빌어먹을!"

이튿날 아침 일찍 칠근은 언제나 그랬던 것처럼 노진에서 배를 저어 성 안에 갔다가 저녁 무렵에 노진으로 돌아왔다. 그는 여섯 자가 넘는 반죽담뱃대와 그릇을 가지고 있었다.

저녁 식사 때 그는 구근 할머니를 보고 이 그릇을 성 안에서 붙여 왔다고 말하며, 깨진 조각이 크기 때문에 구리못이 열여섯 개나 들었다고 했다. 한 개에 서 푼 해서 모두 마흔여덟 푼을 썼다고 말했다.

구근 할머니는 몹시 언짢아하며 말했다.

"점점 나빠져만 간다니까. 나는 실컷 살았다. 못 한 개가 서 푼이라고? 옛날 못도 그랬나? 옛날 못은 말야……. 나는 일흔아홉까지 살았어……."

그 뒤로도 칠근은 여전히 매일 성 안으로 갔지만, 집안 분위기는 계속 침체되어 있었다. 마을 사람들도 멀찍이서 관망하는 태도였고 전처럼 성 안 소식을 들으러 그에게 오는 일도 없었다. 칠근수도 못마땅한 얼굴을 하고 줄곧 그를 죄인 취급했다.

열흘 정도 지나서 칠근이 성에 갔다가 집에 돌아와 보니, 아내가 아주 명랑한 얼굴로 그에게 물었다.

"당신 성 안에서 무슨 소식 듣지 못했수?"

"아무것도 듣지 못했어."

"천자가 즉위를 했어요?"

"그런 말은 없던데."

"함형 술집에서도 이야기가 없었어요?"

"전혀."

"아마도 천자는 즉위하지 않은 모양이더라고요. 오늘 조칠야 가게 앞을 지나가다 보니 그 영감이 앉아 책을 읽고 있더라고요. 변발은 머리 위로 빙빙 감아올려 놓고, 두루마기도 안 입고 있던걸요."

"……"

"정말, 즉위하지 않은 거겠지요?"
"그런가? 하지 않은 모양이지."

다시금 칠근은 칠근수와 함께 마을 사람들로부터 존경과 대우를 받는 몸이 되었다.

여름이 되자 그들은 전에도 그랬던 것처럼 자기 집 앞마당에서 밥을 먹었다. 사람들은 마주치면 벙글거리면서 인사를 나누었다. 구근 할머니는 벌써 여든 살 잔치를 지냈고 여전히 투덜거리며 건강을 유지하고 있었다. 육근의 땋아 내린 총각머리는 벌써 한 가닥 굵은 변발로 변했다. 그녀는 최근 전족을 했는데, 그래도 칠근수의 집안 일을 도울 수는 있었고, 열여섯 개의 구리못으로 때워 붙인 밥그릇을 들고 마당을 뒤뚱거리며 걸어다니고 있다.

고향

　나는 혹독한 추위를 무릅쓰고 2천여 리나 떨어진 곳에서 20여 년 만에 고향에 돌아가기 위해 길을 떠났다.
　한겨울이었다. 고향이 점점 가까워질수록 날씨는 음산하게 흐려지고 찬 바람이 쌩쌩 소리를 내며 선실 안에까지 불어 들어왔다. 선창으로 밖을 내다보니 흐릿한 하늘 아래 쓸쓸하고 초라한 마을이 활기라고는 조금도 없이 옹기종기 모여 있었다. 그러자 나도 모르게 슬픔이 치밀어 올랐다.
　아아! 이것이 내가 20년 동안 못내 그리워하던 고향이었던가?
　내가 그리던 고향은 이런 것이 전혀 아니었다. 나의 고향은 훨씬 더 좋았었다. 나는 고향의 아름다움을 생각해 내고 그 좋은 점을 말하고 싶었으나, 도리어 생각했던 고향의 모습이 사라져 버려 할 말이 없어졌다. 역시 그렇구나 하는 마음이 들었다. 그래서 나는 고향은 전부터 이랬었다고, 즉 전보다 나아진 것도 내가 느낀 것 같은 비애감도 없다고 스스로를 이해시켰다. 또 다르다고 느낀 것은 나의 심경이 변했기 때문인데, 그것은 이번에 그다지 즐거운 마음으로 돌아온 것이 아니기에 그렇다고 생각했다.
　나는 이번에 고향과 영영 이별을 하기 위해 돌아왔다. 우리 일가들이 여러 해 동안 모여 살아온 묵은 집은 이미 상의해서 남에게 팔아 버렸다. 또 집을 비워 주어야 할 기한도 금년 말까지라 정월 초하루가 되기 전에 낯익은 고향 집과도 영원히 이별하고, 내가 밥벌이하고 있는 타향으로 이사를 떠나야 했기 때문이다.

이튿날 이른 아침에 나는 우리 집 문 앞에 다다랐다. 기와 틈으로 꺾어진 마른 풀 줄기가 바람에 떨고 서 있는 모양이, 이 묵은 집의 주인이 바뀌지 않으면 안 될 이유를 설명해 주는 것 같았다. 한집에 살던 일가들은 벌써 이사를 갔는지 퍽 쓸쓸했다. 내가 쓰던 방 밖에까지 이르자 어머니는 벌써 나를 맞으러 나오셨고 뒤따라 여덟 살 먹은 조카 굉아(宏兒)도 뛰어나왔다.

어머니는 대단히 반가워하셨으나 어쩐지 처량한 심정을 숨기지 못하는 기색이었다. 나를 편히 앉게 하고 차를 따라 주면서도 이사 이야기는 입 밖에 내지 않으셨다.

굉아는 전에 나를 본 적이 없어서 그런지 멀찍이 한쪽 구석에 서서 쳐다보고 있었다. 그러나 우리는 기어이 이사에 대한 이야기를 하고야 말았다. 나는 이사갈 곳에 벌써 셋집을 얻어 두고 세간도 조금 장만했으나, 그 밖의 것은 이 집에 있는 목기(木器)를 전부 팔아서 장만하자고 말했다. 어머니도 좋다고 하셨다. 그리고 짐도 대강 싸 놓았고, 목기같이 운반하기 어려운 것은 조금 팔아버렸으나 돈은 얼마 되지 않는다고 하셨다.

"하루 이틀 푹 쉬어라. 그리고 일가 친척에게 인사나 한 다음에 떠나기로 하자."

"네!"

"그리고 윤토(閏土) 말이다. 우리 집에 올 때마다 네 안부를 묻곤 하는데 네가 매우 보고 싶은 모양이더라. 내가 벌써 네가 올 거라고 기별했으니까 아마 조만간 올 것이다."

고향 163

이때 나의 머릿속에 갑자기 한 폭의 이상한 그림이 번쩍 떠올랐다. 새파란 하늘에는 황금빛 둥근 달이 걸려 있고, 그 아래 해변 모래톱에는 온통 끝도 보이지 않을 만큼 파란 수박이 덩굴져 있다. 그 사이에 은목걸이를 목에 건 열한두어 살 된 소년이 손에 쇠작살을 들고 한 마리의 사(獅, 수박을 먹는 상상의 동물)를 향해 힘껏 찔렀으나, 그 사는 몸을 홱 돌리더니 그 아이의 가랑이 사이로 빠져 달아나 버린다.

이 기억 속의 소년이 바로 윤토다. 내가 그를 알게 된 것은 불과 열두서너 살 때였으니, 지금으로부터 근 30년 전 일이다. 그땐 아버지도 아직 살아 계셨고 집안 형편도 넉넉해서 나는 어엿한 도련님이었다. 그해 우리 집에 큰 제사가 있었다. 이 제사로 말하면 30년 만에 한 번씩 돌아오는 것이기 때문에 대단히 중요하고 엄숙한 것이었다.

뜰에서 조상의 상(像)에 제사를 지내는데, 제물도 퍽 많고 제기도 잘 갖추었으며 제관도 무척 많아서 제기를 도둑맞지 않도록 경계할 필요가 있었다. 우리 집에는 망월(忙月)이 단 한 명 있었다—우리 고향에선 남의 일을 해 주는 사람을 세 가지로 구분한다. 1년 동안 집안에서 일하는 사람을 장년(長年)이라 부르고, 그날그날 남의 일을 해 주는 품팔이꾼을 단공(短工)이라 하며, 자기도 농사를 지으면서 과세할 때나 단오절을 쇨 때, 소작료를 거둘 때만 일정한 집에서 일하는 사람을 망월(忙月)이라고 부른다—. 그는 자신이 너무나도 바쁜 탓으로 자신의 아들 윤토에게 제기를 건사하게 하는 것이 좋겠다고 아버지에게 말했다.

우리 아버지는 그것을 허락하셨다. 나는 무척 기뻤다. 벌써부터 윤토라는 이름을 들었었고 또 나와 같은 또래라는 걸 알았기 때문이었다. 그는 윤달에 나서 오행(五行) 중에 토(土)가 빠졌기 때문에 윤토라고 불렸다.

그는 덫을 놓아 참새를 잘 잡았다. 그래서 나는 날마다 설날을 기다렸다. 설날이 되면 윤토도 왔기 때문이다. 드디어 설날을 며칠 앞두고 있었다. 어느 날 어머니께서 윤토가 왔다고 일러 주셔서 나는 바로 뛰어나가 보았다. 그는 때마침 부엌에 있었다. 붉고 둥근 얼굴에 조그마한 털모자를 쓰고 목에는 반짝이는 은목걸이를 걸고 있었다.

이것만 보더라도 윤토의 아버지가 아들을 무척 사랑하고 있다는 것을 알 수 있었다. 그가 죽을까 봐서 신령과 부처 앞에 기도하고 목걸이를 걸어 주어 그를 보호한 것이다. 윤토는 사람을 보면 퍽 수줍어했으나 나만은 무서워하지 않아 곁에 사람이 없을 때는 말을 걸어 왔다. 한나절도 못 되어서 우리는 곧 친해졌다.

우리가 그때 무슨 이야기를 나누었는지는 잘 모르겠으나 다만 윤토가 매우 기뻐하며, 성 안에 와서 여러 가지 신기한 것을 보았다고 말한 것만은 똑똑히 기억하고 있다.

그 이튿날 내가 그에게 새를 좀 잡아 달랬더니 그는 이렇게 말했다.

"그건 안 돼. 눈이 많이 와야 해. 우리 동네에선 모래밭에 눈이 오면 한 군데를 쓸고 커다란 대 삼태기를 짧은 막대기로 받쳐 놓고 쌀겨를 뿌려 놓는단다. 그랬다가 새들이 와서 먹을 때쯤, 먼 발치에서 작대기에 비끄러맨 새끼줄을 잡아당기면 도망 못 간 새들은 그만 대 삼태기에 갇히고 말지. 별별 새가 다 있어. 참새, 잣새, 비둘기, 파랑새……."

나는 그래서 눈 오기를 기다렸다.

윤토는 또 나에게 말했다.

"지금은 너무 춥지만 너 여름에 우리 동네에 와 봐라. 우리들은 낮에는 바닷가로 조개껍질을 주우러 간단다. 빨간 것, 파란 것, 도깨비조개, 관음(觀音) 손조개도 다 있어! 밤이 되면 아버지하고 수박밭도 지키러 가는데 너도 함께 가자."

"도둑을 지키니?"

"아니야. 길가는 사람이 목이 말라 수박을 서리해 먹었다고 우리 동네에서 도둑으로 치지는 않아. 너구리나 고슴도치, 사 같은 것을 지키지. 달밤에 바스락바스락 소리가 나면 사가 수박을 갉아먹는 것인데, 그러면 바로 작살을 들고 살금살금 걸어가서……."

나는 그때 사라는 것이 어떤 것인지도 몰랐다. 지금도 모르지만. 다만 어렴풋하게 강아지같이 생기고 아주 흉악하고 사나운 것으로 생각되었다.

"그놈이 사람을 물지는 않니?"

"작살이 있는데 뭐! 살금살금 다가가서 사를 보기만 하면 찌르는 거야. 그런데 이놈이 아주 약아서 도리어 사람한테 달려와 가랑이 사이로 싹 빠져나가 버리곤 하지. 그놈의 털은 마치 기름처럼 매끄럽지……."

나는 세상에 이처럼 신기한 일이 많이 있는 줄은 꿈에도 몰랐었다. 바닷가에 이러한 오색의 조개껍질이 있고 수박농사에도 이런 위험한 사건들이 뒤따른다는 것을 감히 상상도 하지 못했다. 나는 지금까지 그저 수박이란 과일가게에서 파는 것으로만 알았을 뿐이다.

"우리 동네 모래밭에 조수가 밀려올 때면 수많은 날치가 펄펄 뛰어오른단다. 모두 청개구리처럼 다리가 두 개씩 달렸지……."

아아! 윤토의 가슴속에는 무궁무진하고 신기한 이야기가 가득 차있다. 내가 평소에 알고 있는 친구들은 모르는 일이다. 윤토가 바다와 더불어 살 때 그들은 나처럼 높은 담으로 둘러싸인 안마당에서 네모난 하늘만 쳐다봤을 뿐이다.

섭섭하게도 설은 지나갔다. 윤토는 집으로 돌아가지 않으면 안 되었다. 나는 응석을 부리며 큰 소리로 엉엉 울었다. 그도 부엌에 숨어 울면서 나오려고 하지 않았다. 그러나 결국은 그의 아버지에게 끌려가 버렸다. 그는 후에 자신의 아버지에게 부탁해서 조개껍질 한 꾸러미와 아주 예쁜 새의 깃털 몇 개를 나한테 보내왔다. 나도 두어 번 그에게 물건을 보내 주었다. 그러나 그 후로는 다시 만나지 못하였다.

지금 어머니가 윤토 이야기를 꺼냈으므로 이러한 어릴 적의 기억이 갑자기 번개처럼 되살아나, 마치 아름다운 내 고향을 눈앞에 보는 것만 같았다. 그래서 나는 대답했다.

"거 참 반갑군요. 윤토는…… 지금 어떻게 지냅니까?"

"윤토? 그 사람 형편도 말이 아닌가 보더라……."

어머니는 말씀하시면서 밖을 내다보셨다.

"누가 또 온 모양이다. 목기를 산다면서 어정어정하다가 제멋대로 집어가 버리면 어쩌냐? 내가 나가 봐야겠다."

어머니는 일어나더니 밖으로 나가셨다. 문밖에서 몇 사람의 여자 목소리가 들렸다. 나는 굉아를 불러 가까이 오라 하고 심심풀이로 그와 이야기를 했다.

"글씨를 쓸 줄 아니? 이사가는 게 좋니?"

"우리 기차 타고 가요?"

"그래, 기차 타고 가지."

"배는요?"

"처음에는 배를 타고……."

"어머나, 이렇게 변했군요. 수염이 이렇게 자라고!"

깜짝 놀라서 얼른 고개를 들어 보니 광대뼈가 쑥 나오고 입술이 얄

고향 167

팍한 50세 전후의 여인이 내 앞에 서 있었다. 양손을 허리에 짚고 치마도 안 입은 채 두 다리를 벌리고 선 모양이 꼭 가느다란 컴퍼스 같았다. 나는 깜짝 놀랐다.

"나를 몰라 보겠어요? 내가 곧잘 안아 주었는데!"

나는 더욱 놀랐다. 다행히 어머니가 들어오셔서 곁에서 말씀해 주셨다.

"저 애가 오랫동안 객지로 돌아다니느라고 모두 잊었나 보우. 너 생각 안 나니?"

어머니는 나를 향해 말씀하셨다.

"이분은 길 건너 사시던 양이수(楊二嫂) 아주머니다. 두부집을 하던!"

아아, 나도 생각이 난다. 어린 시절 길 건너에서 하루 종일 앉아 두부를 만들던 양이수라는 여인이 분명히 있었다. 사람들이 모두 두부집 서시(西施)라고 불렀었다. 그러나 그때는 분을 하얗게 발랐고 광대뼈도 이처럼 쑥 나오지 않았으며 입술도 이렇게 얇지 않았고, 또 온종일 앉아 있는 모습만 보아서인지 그녀의 자세가 이런 컴퍼스 자세인 줄은 몰랐었다. 당시 사람들은 이 여자 때문에 두부집 장사가 잘된다고 했다. 그러나 나는 조금도 감화를 받지 않아 까맣게 잊어버렸던 것이다.

컴퍼스는 내게 대단히 불만인 듯한 기색을 나타내며 프랑스 사람이 나폴레옹을 모르고 미국 사람이 워싱턴을 모르는 것처럼 비웃듯이 코웃음치며 말했다.

"잊었어? 하긴 귀인은 눈이 높으시니까……."

"그럴 리가 있나요……. 저는……."

나는 당황하여 일어서며 말했다.

"그러면 내 좀 말하지요, 신(迅) 도련님. 훌륭하게 되었다고요. 운반하기도 힘들 텐데 이런 다 부서진 목기는 무엇에 쓰려고 하세요. 나나 주세요. 우리 가난한 사람들은 쓸 수 있으니."

"뭐가 훌륭하게 되었나요. 이런 것이라도 팔아야 다시⋯⋯."

"아이고, 세상에! 도대(道臺)님이 되었다면서도 훌륭하지 않다고요? 지금도 첩을 셋이나 두고 출입할 때는 팔인교(八人轎)를 타고 다니면서도 출세를 안 했다고요? 흥, 무슨 소리로도 나는 못 속여요."

나는 더 할 말이 없기에 입을 다물고 묵묵히 있었다.

"어쩜 부자가 되면 될수록 더 인색해진다더니, 하긴 인색하니 더 부자가 될 수밖에⋯⋯."

컴퍼스는 화가 나 돌아서서 나불나불 중얼거리다가 어슬렁어슬렁 밖을 향해 걸어나갔다. 나가는 도중에 어머니의 장갑을 바지춤에 쑤셔넣고 가버렸다. 그 후에도 또 집 근처의 일가 친척들이 나를 찾아왔다. 나는 그들을 접대하면서 틈틈이 짐을 꾸렸다. 이렇게 삼사 일이 지나갔다.

어느 날 몹시 추운 오후 나는 점심을 먹은 뒤 앉아서 차를 마시고 있었다. 밖에 누군가 들어오는 인기척이 났으므로 돌아다보았다. 그 순간 나도 모르게 깜짝 놀라서 부리나케 일어나 맞으러 나갔다. 윤토가 온 것이다.

나는 첫눈에 바로 그가 윤토인 줄은 알아보았으나 내 기억 속의 윤토는 아니었다. 그는 키가 두 배는 더 자랐고, 그전의 불그스름하고 둥글던 얼굴은 이미 누렇게 변했으며, 그 위에 매우 깊숙한 주름살이 잡혀 있었다. 눈은 그의 아버지와 비슷하였으나 언저리가 모두 부어서 불그레했다. 바닷가에서 농사짓는 사람들은 온종일 바닷바람을 쐬어서 대개가 얼굴이 이렇게 되는 줄은 나도 알고 있다.

그는 낡은 털모자를 쓰고 몸에는 아주 얇은 솜옷을 입었을 뿐이라 온몸을 웅크리고 있었다. 손에는 종이 봉지와 긴 담뱃대를 들었는데 그 손도 내가 기억하고 있던 붉고 통통하게 살찐 손은 아니었다. 굵고 거칠며 험하게 갈라진 게 마치 소나무 껍질 같았다.

나는 매우 흥분했으나 무어라고 말해야 좋을지 몰라 그저 나오는 대로 외쳤다.

"아아, 윤토 형...... 왔구려......."

연달아 많은 말들이 염주처럼 이어져 나오려 했다. 잣새, 날치, 조가비, 사....... 그러나 어쩐지 무언가 꽉 막힌 것처럼 머릿속에서만 뱅뱅 돌 뿐 입 밖으로는 튀어나오지 않았다.

그는 우두커니 서 있었다. 얼굴에는 기쁨과 처량한 기색이 동시에 나타나고 입술을 움직이고 있었으나 말소리는 없었다.

윤토는 마침내 공경하는 태도로 나를 불렀다.

"나리!"

나는 소름이 끼치는 것 같았다. 우리들 사이에는 이미 슬퍼할 만한 두터운 장벽이 가로막혀 있음을 나는 깨달았다. 그리하여 나는 말을 잇지 못했다.

그는 머리를 돌려 뒤에 숨어 있던 애를 끌어냈다.

"수생(水生)아, 나리한테 절해라."

아이야말로 20년 전의 윤토와 똑같았다. 다만 얼굴빛이 누렇고 파리하며 목에 은목걸이를 걸지 않았을 뿐이었다.

"이놈이 다섯째 아이올시다. 집 밖으로는 나가지 않는 아이라 매우 수줍어하지요......."

어머니와 굉아가 2층에서 내려왔다. 아마 우리들 말소리를 들으셨던 모양이다.

"마님! 편지는 벌써 받았습니다. 나리가 돌아오신다고 해서 어찌나 기뻤던지……."

윤토가 말했다.

"아니 왜 그렇게 조심스러워하나. 자네들 전에는 형이니 아우니 부르지 않았었나? 전처럼 신(迅)이라고 부르게."

어머니는 기분이 좋아서 말씀하셨다.

"원, 마님도 참…… 그런 법이 어디 있습니까? 그때는 철부지라 아무것도 몰라서……."

윤토는 이렇게 말하면서 수생에게 절을 시키려고 하였으나 아이는 더 부끄러운지 자꾸 윤토 등 뒤에 찰싹 달라붙었다.

"그 아이가 수생인가? 다섯째지? 모두 낯선 사람들이니까 서먹서먹해하는 것도 무리가 아니지. 굉아, 너 수생이하고 나가 놀아라!"

어머니께서 말씀하셨다.

굉아가 이 말을 듣고 바로 수생에게 손짓을 하자 수생도 선뜻 그를 따라 함께 나가 버렸다. 어머니가 윤토에게 앉으라고 권했다. 그는 한참 망설이다가 겨우 앉으며 긴 담뱃대를 탁자에 기대 세우고는 종이 봉지를 꺼내 놓으며 말했다.

"겨울이라 아무것도 없습니다. 얼마 안 됩니다만 이 청대콩은 제 집에서 농사지은 거라 나리께……."

나는 윤토에게 사는 형편을 물었다. 그는 다만 머리를 흔들 뿐이었다.

"아주 엉망입니다. 여섯째 놈까지 거들긴 하지만 그래도 세끼밥 먹기도 힘듭니다……. 또 세상도 시끄럽고…… 이래저래 돈은 뜯기죠, 법도 없고…… 농사도 시원찮습니다……. 농사를 지어 팔러 가면 몇 번씩 세금을 바쳐야 하니 본전까지 날릴 지경이고, 그렇다고 안 팔자니 또 썩기만 합니다그려……."

그는 그저 머리만 흔들었다. 얼굴에는 여러 겹 주름살이 새겨져 있었으나 조금도 움직이질 않아 마치 석상(石像) 같았다. 그는 쓰라림을 느끼기는 해도 표현은 못하겠는지 잠깐 말이 없다가 담뱃대를 들고 묵묵히 담배만 피웠다.

어머니가 물은즉 윤토는 집에 일이 바빠 내일 곧 가봐야 한다는 것이었다. 또 아직 점심도 안 먹었다고 했으므로 직접 부엌에 가서 밥을 볶아 먹도록 권했다.

그는 부엌으로 나갔다. 어머니와 나는 그의 형편을 개탄했다. 애들은 많고 흉년인 데다 가혹한 세금, 병사, 도둑, 관리, 양반, 이 모든 것이 그를 괴롭혀 멍텅구리 같은 사람으로 만들어버렸다.

어머니는 나에게 가지고 갈 만한 물건이 못 되는 건 그대로 남겨 두어 윤토가 마음대로 고르도록 하자고 말씀하셨다.

오후에 나는 몇 가지 물건을 골라냈다. 긴 탁자가 두 개, 의자가 네 개, 향로와 촛대가 한 쌍, 큰 저울 하나, 그리고 짚재―우리 고향에서는 밥을 지을 때 짚을 때는데 그 재는 모래땅의 비료가 된다― 등이었는데 윤토는 그것을 모두 달라고 했다. 우리가 떠나갈 때 그는 배를 가지고 와서 실어 가겠다고 했다.

밤에 우리들은 또 세상 돌아가는 이야기를 했으나 모두가 밑도 끝도 없이 갈피를 잡을 수 없는 이야기뿐이었다.

다음날 아침 그는 수생을 데리고 돌아갔다.

그로부터 아흐레가 지나 우리들이 떠나는 날이 되었다. 윤토는 아침에 일찍 왔다. 수생은 데리고 오지 않고 다섯 살 먹은 계집애를 데리고 와서 배를 지키게 하였다. 우리는 하루 종일 바빠서 이야기할 틈도 없었다. 손님도 많이 들락거렸다. 전송하러 온 사람도 있었고 물건을 가져가려고 온 사람도 있었으며, 전송 겸 물건을 가져가려고 온 사람도 있었다. 저녁나절 우리들이 배에 오를 무렵에는 이 묵은 집에 있던 낡고 크고 작은 물건들은 이미 하나도 남지 않고 깨끗이 치워졌다.

우리들의 배는 앞으로 나아가기 시작했다. 양쪽 언덕의 푸른 산들은 황혼 속에서 모두 검푸른 빛으로 변하여 연달아 배 뒷전으로 사라졌다.

나와 함께 선창에 기대어 밤의 어슴푸레한 풍경을 바라보던 굉아가 갑자기 내게 물었다.

"큰아버지, 우리는 언제 돌아오나요?"

"돌아오다니? 너는 왜 아직 가지도 않고 돌아올 생각부터 하니?"

"수생이 나한테 집에 놀러 오라고 했거든요."

그러더니 굉아는 크고 새까만 눈동자를 뜨고 멍하니 생각에 잠겼다.

어머니도 나도 모두 어리둥절해졌다. 그래서 또 윤토 이야기를 끄집어냈다. 어머니 말씀은 두부집 서시 양이수가 짐을 꾸리기 시작한 날부터 오더니 그저께는 잿더미 속에서 대접이니 접시를 십여 개나 들춰내고는 이러쿵저러쿵 따지면서, 이것은 윤토가 감춰둔 것으로 그가 재를 실어 갈 때 함께 가지고 가려던 것이 틀림없다고 했다는 것이다. 그러곤 이것을 발견한 것은 자기의 공이라며 개잡이—우리 고향에서 닭을 기르는 기구로 목판 위에 우리를 치고 안에 모이를 담아 주면 닭은 목을 들이밀고 쪼아 먹을 수 있지만, 개는 먹을 수 없으므로 바라만 보다가 지쳐서 죽는다—를 가지고 나는 듯 달아났는데, 그 작은 발에 굽 높은 신을 신고도 잽싸게 내뺐다는 것이었다.

고향 173

옛 집은 나에게서 점점 멀어져 간다. 고향의 산도 물도 모두 점점 내게서 멀어져 간다. 그러나 나는 아무런 미련도 갖지 않았다. 다만 눈에 보이지 않는 높은 담이 내 주위를 둘러싸서 나를 고독하게 만드는 것 같아 몹시 마음이 괴로웠다. 저 수박밭에 은목걸이를 걸고 있는 작은 영웅의 그림자가 그 전에는 아주 뚜렷하더니 지금은 갑자기 어슴푸레해져 가는 것이 또 나를 몹시 슬프게 했다.

어머니와 굉아는 모두 잠이 들었다.

나는 드러누워 뱃전에 철썩철썩 부딪치는 물소리를 들으면서 이제 나의 갈 길을 가고 있음을 깨달았다. 나는 생각하였다. 나와 윤토는 결국 이처럼 거리가 멀어져 버렸으며 우리의 후손들도 같은 기분이리라.

굉아는 지금 수생을 그리워하고 있지 않은가? 나는 그들이 나같이 되지 말기를, 또 모든 사람이 서로 사이가 멀어지지 않기를 바란다……. 그러나 나는 또 그들이 헤어지지 않으려고 나처럼 고달픈 방랑의 생활을 하는 것도, 또 윤토와 같이 괴로움에 마비된 생활을 하는 것도 원하지 않는다. 그들에게는 우리들이 아직 경험해 보지 못한 새로운 생활이 있어야만 한다.

희망이라는 것에 생각이 미쳤을 때 나는 갑자기 두려워졌다. 윤토가 향로와 촛대를 달라고 했을 때 난 그가 아직도 우상을 숭배하여 언제까지고 잊어버리지 못하는구나 하고 마음속으로 비웃었다.

그러나 내가 지금 말하는 희망이란 것도 나 자신의 손으로 만든 우상이 아닐까? 다만 그의 소원은 가장 가까운 데 있고 나의 소원은 아득하고 먼 데 있을 뿐이다.

나는 몽롱한 상태에서 눈앞에 한 조각 초록색 모래땅이 펼쳐지고, 그 위의 진한 쪽빛 하늘에는 황금빛 둥근 달이 걸려 있는 것을 보았다.

나는 생각한다. 희망이란 것은 본래 있다고도 할 수 없고, 없다고도 할 수 없다고. 그것은 마치 땅 위의 길과 같다. 처음부터 땅 위에 길이 있었던 것은 아니다. 걸어 다니는 사람이 많아지면서 그것이 곧 길이 된 것이다.

단오절

 방현작(方玄綽)은 요즘 들어 '대동소이(大同小異)'라는 말을 곧잘 하여 거의 화두(話頭)처럼 만들어 버렸다. 입으로만 말하는 것이 아니라 자신의 머릿속에도 깊게 뿌리를 박아 놓았다. 그가 처음에 쓰던 말은 '모두 똑같다'였는데 후에 아마 적당치 않다고 생각됐는지 '대동소이'로 고쳐, 줄곧 지금까지 사용하고 있다.

 그는 이 한마디의 평범한 경구(警句)를 발견한 이래 비록 적지 않은 한탄도 했으나 동시에 잡다한 새로운 위안도 얻었다.

 예를 들어 노인이 젊은 사람을 억누르려는 것을 보면 그전 같았으면 분노할 것이지만, 지금은 곧 생각을 고쳐 장래 이 젊은이는 손자를 갖게 되면 마찬가지로 이렇게 위엄을 부리겠지 하고 생각하고는 아무 불평도 하지 않았다. 또 병사가 차부(車夫)를 때리는 것을 보면 그전 같으면 분노할 것이지만, 지금은 생각을 고쳐먹었다. 만약 이 차부가 병사가 되고 이 병사가 차부가 되면 마찬가지로 때릴 것이리라. 그렇게 생각하면 전혀 마음에 걸리지 않는 것이었다.

 그는 이와 같이 생각하면서도 때로는 자기를 의심한 적이 있었다. 사회의 악과 싸울 용기가 없으므로 양심을 속이고 고의로 이런 회피 수단을 만들어 낸 것이 아닐까, 그렇다면 옳고 그름을 가릴 마음이 없는 거나 다름없으니 고치는 것이 좋지 않겠는가 하고. 그러나 그럼에도 불구하고 이러한 생각은 여전히 방현작의 머릿속에서 자라기 시작했다.

그가 이 '대동소이'설을 최초로 표현한 것은 북경수선학교(北京首善學校)의 교실에서였다. 아마 역사적인 일을 끄집어내어, '옛날이나 지금이나 사람은 같다(古今人不相遠)'는 것을 말하고, 여러 사람들의 '천성이란 비슷한 것임(性相近)'을 말하다가 결국 학생과 관료의 신상까지 들먹이며 일대 열변을 토할 때였을 것이다.

"오늘날 사회에서는 관료를 공격하는 것이 유행하고 있는데 학생들의 공격이 더욱 심합니다. 관료는 결코 타고난 특별한 부류가 아니라 그들도 예전에는 평민이었습니다. 지금은 학생 출신의 관료도 적지 않으니 옛날 관료와 무슨 다른 점이 있겠습니까? '자리를 바꾸면 다 같은 것(易地則皆然)'이니 사상, 언론, 거동, 풍채가 모두 큰 차이는 없는 겁니다……. 학생 단체가 새로 벌이고 있는 허다한 사업도 이미 폐해를 면치 못하고 거의 사그라지지 않았습니까? 대동소이합니다. 그러니 중국의 장래가 우려되는 점은 바로 여기에 있는 것입니다."

교실 안에 흩어져 앉아 있던 20여 명의 청강자 중 어떤 사람은 매우 낙담했다. 이 말이 옳다고 생각한 모양이다. 어떤 사람은 발칵 성을 냈다. 아마 신성한 청년을 모욕했다고 생각했을 것이다. 방현작을 향해 히죽 웃는 사람도 몇 있었다. 그들은 방현작이 자기 변호를 하고 있는 것으로 여긴 듯했다. 방현작은 관료를 겸하고 있었으니까.

그러나 사실은 모두 잘못된 생각이었다. 이것은 방현작의 말하자면 새로운 불만의 소리에 지나지 않았다. 비록 불평이기는 했으나 그것은 다만 자신의 분수에 맞는 일종의 공론(空論)이었다. 그 자신은 게으른 탓인지 아니면 소용이 없기 때문인지 몰랐으나, 아무튼 움직이기 싫어하고 침착하게 자기의 본분을 충실히 지키는 사람이라고 생각했다.

장관은 그를 보고 신경병이라고 근거도 없는 말을 했으나 자신의 지위에 큰 문제가 생기지 않는 한 그는 결코 입을 열려 하지 않았다. 교원 급료를 못 받은 것도 반 년 남짓 되나, 별도로 관리의 봉급이 있어 견디어 나가는 한 그는 역시 입을 열지 않을 것이다. 또한 교원이 연합하여 급료 지급 요구를 했을 때도 그는 너무 지나치게 떠들어대는 것은 생각해 봐야 할 문제라고 내심 생각했다. 관청 동료들이 지나치게 교원을 조롱하는 것을 듣고서는 좀 화가 나기도 했으나, 나중에 생각해 보니 자기가 급료를 못 받아 돈이 궁해 곤란을 받고 있고, 다른 관리는 결코 교원을 겸하고 있지 않기 때문일 거라고 생각을 돌리곤 곧 마음을 풀어 버렸다.

그도 경제적으로 곤란을 받고 있었으나 지금까지 교원 단체에는 가입하지 않았다. 그러나 사람들이 동맹 휴업을 결정하자 그 역시 수업을 하지 않았다. 정부가 수업을 하면 돈을 준다고 했을 때 그는 비로소 과일을 가지고 원숭이를 놀리려는 것과 같은 그들의 짓거리를 조금 미워했다. 한 대교육가가 교원이 한 손에는 책가방을 끼고 한 손으로는 돈을 요구하는 것은 옳지 못하다고 말했을 때, 그는 비로소 아내에게 정식으로 불평을 털어놓았다.

"어이, 반찬이 두 접시뿐이야?"

옳지 못하다는 말을 들은 날의 저녁 식사 때 그는 반찬을 보면서 투덜거렸다.

아내는 신교육을 받은 적이 없고 학명(學名)이나 아호도 없었으므로 아무런 호칭도 없었다. 예부터 사람들이 많이 부르듯 마누라 하고 부를 수는 있었으나 그는 옛 관습을 따르는 게 싫었다. 그래서 곧 '어이'라는 한마디를 발명한 것이다. 그러나 아내는 '어이'라는 말도 쓰지 않앉다. 다만 그를 향해 말하기만 하면 습관에 따라 그는 곧 그것이 자기에게 하는 말임을 알았다.

"지난달에 탄 1할 5부도 다 썼어요······. 어제 먹은 쌀 역시 간신히 외상으로 가져온 거예요."

그녀는 탁자 곁에 서서 그를 보면서 말했다.

"봐요, 그래도 교원이 급료를 요구하는 것을 옳지 못하다고 할 수 있겠소? 그 따위 놈들은 사람은 밥을 먹어야 하고, 밥은 쌀로 지어야 하며, 쌀은 돈으로 사야 한다는 이런 일상의 진리마저도 모르는 모양이야······."

"맞아요, 돈 없이 어떻게 쌀을 사며 쌀 없이 어떻게 밥을 짓는담······."

그는 화가 나서 얼굴이 붉으락푸르락했다. 부인의 대답이 자기 주장과 '대동소이'해서, 그녀가 별 생각 없이 동조한 것 같아 화가 난 것이다. 그래서 곧 얼굴을 다른 쪽으로 돌렸다. 습관에 의하면 이것은 대화 중지를 선고하는 표시이다.

바람도 쓸쓸하고 차가운 비가 내리는 날, 교원들이 정부에 대해 밀린 봉급의 지불을 요구하러 갔다가 신화문(新華門) 앞 진창 속에서 군대에게 맞는 유혈 사태를 벌이고서야 겨우 약간의 봉급을 받을 수 있었다. 방현작은 그런 힘도 들이지 않고 돈을 받게 되어 빚을 좀 갚았으나 대부분은 아직 그대로 남았다. 이것은 겸하고 있던 관리의 봉급마저 지불되지 않았기 때문이었다.

이렇게 되자 청렴한 관리들도 점차 봉급을 요구하지 않으면 안 된다고 생각하였으므로, 하물며 교원을 겸직하고 있는 방현작이 학계에 보다 더 찬성을 표시하게 된 것은 당연하였다. 그래서 동맹 휴업을 주장하는 자리에 속히 참석하지는 않았으나 그 후에는 기꺼이 의견을 같이 했다.

드디어 정부가 봉급을 지불하고 학교도 수업을 시작했다. 그러나 며칠 전 학생 총회에서 "교원이 수업을 안 한다면 지급되지 않은 봉급은 지불해서는 안 된다."는 청원서를 정부에 제출했다. 이것은 비록 무효로 끝났지만 방현작은 갑자기 전번에 정부가 말한 "수업을 하면 돈을 준다."는 이야기가 생각나 '대동소이'라는 그림자가 다시 눈앞에서 어른거리며 좀처럼 사라지지 않았다. 그래서 그는 교실에서 그것을 공표했던 것이다.

이러한 사실에 따라 만약 '대동소이'설을 꼬집어 해석한다면 물론 일종의 사사로운 감정이 섞여 있는 불만의 소리라는 결론을 내릴 수 있겠지만, 오로지 자기가 관리직에 있음을 해명하려는 것이라고만은 말할 수 없다. 이럴 때마다 그는 항상 중국의 장래 운명 따위의 문제를 거론하곤 하는데, 자기 스스로 우국지사(憂國志士)라고 생각하였다. 이상하게도 사람이란 자기 자신을 그리 잘 알지 못하는 법인가 보다.

그러나 대동소이한 사실은 또 발생했다. 정부는 처음에 골칫거리인 교원만을 내버려 두었다가 급기야는 관리에게까지 무관심하게 되어 봉급은 밀리고 또 밀려, 이전에 교원 봉급 요구를 경멸하던 선량한 관리까지도 마침내 참다 못해 봉급 지불 요구를 하게 되는 형편이었다. 오직 몇몇 일간 신문만이 관리들을 경멸하고 조소하는 기사를 실었다.

방현작은 이것을 조금도 이상하게 여기지 않았고 또 개의치 않았다. 그의 대동소이설을 근거로 하면 이것은 아직 신문 기자가 자신의 고료 지불이 밀리지 않은 까닭이었다. 만일 정부나 부자들이 보조금을 중지했다면—당시의 신문은 대부분이 정부나 특정 정객, 재벌, 군벌의 출자에 의존하는 어용 신문이었다— 기자들 대부분도 역시 집회를 열었을 것이다.

그는 이미 교원의 봉급 지불 요구에 찬성을 표시하고 있었으므로, 자연 관리의 봉급 지불 요구에도 찬성했다. 그러나 그는 여전히 관청 안에 편안히 앉아 늘 그렇듯이 결코 그들과 함께 빚 재촉을 하러 가지는 않았다.

어떤 사람은 그를 세속에 초월했다고까지 생각했으나 그것은 일종의 오해에 지나지 않았다. 방현작 자신의 말을 빌자면, 그는 세상에 태어난 이래 지금까지 남으로부터 빚이라곤 재촉을 받기만 했지 남에게 재촉을 한 적은 없다는 것이다. 그러므로 그런 것을 '자기는 잘할 줄 모르는 것'이라고 했다.

게다가 그는 권력을 쥐고 있는 인물을 만날 용기가 거의 없었다. 이런 사람들이 권력을 잃은 후 〈대승기신론(大乘起信論)〉을 손에 들고 불교학을 강론한다면 물론 매우 부드럽고 친근감 있게 할 것이다. 그러나 아직 권력의 자리에 있을 때는 염라 대왕의 얼굴을 해 가지고 다른 사람을 모두 노예로 보면서 나는 너희 가난뱅이들의 삶과 죽음의 권리를 손에 쥐고 있다고 생각하는 것이다. 그래서 그는 그들을 만날 용기가 없었으며, 만나고 싶지도 않았다. 그는 자신의 이러한 성격을 때로는 고상하기는 하나, 한편으로는 재능이 없는 것이라고 의심하기도 했다.

사람들은 이리저리 융통해서 어떻든 한 철 한 철을 가까스로 넘겼다. 그러나 방현작의 생활은 대단히 곤란했다. 그런 까닭에 부리고 있는 하인이나 거래하는 상점주는 말할 것도 없고 부인마저 그에 대해 점점 존경을 잃게 되었다. 부인이 요즘 들어 그다지 방현작을 따르지 않으며 게다가 늘 자신의 의견을 주장하고 행동이 좀 당돌해진 것을 보아도 분명히 알 수 있었다.

음력 5월 초나흗날(단오 전날), 그가 오전 근무를 마치고 돌아오자 부인은 곧 한 묶음의 외상 장부를 그의 코앞에 내밀었다. 평소에는 결코 없었던 일이다.

"모두 해서 180원은 있어야 될 것 같아요……. 월급 좀 나왔어요?"

"흥, 내일부터 관리 노릇 그만두겠어! 수표를 받아 왔지만 급료 지불 요구 집회의 대표가 주지를 않아. 처음에는 같이 가지 않으면 모두 안 준다고 말하더니, 나중에는 또 그놈들 앞으로 직접 받으러 가지 않으면 안 된다고 하는 거야. 그놈들은 단지 수표만 쥐어 주고서 득의양양해져 염라대왕 꼴로 변해 버렸어. 정말 보기도 싫어……. 이젠 돈도 필요 없고 관리도 그만두겠어. 치사하기 짝이 없는 노릇……."

부인은 평소와는 다른 남편의 의분을 보고 다소 놀랐으나 곧 침착해졌다.

"제 생각엔 역시 직접 받으러 가는 게 낫겠어요. 무슨 상관이 있어요?"

그녀는 그의 얼굴을 보면서 말했다.

"안 가! 이건 관리의 봉급이지 상금이 아니야. 마땅히 회계과에서 보내줘야만 해."

"그러나 보내주지 않으니 어쩔 수 없잖아요……. 아이 참, 어젯밤 애기해야 했는데 잊었어요. 애들 수업료가 밀려 학교에서 벌써 여러 번 재촉이 있었어요. 만약 이번에도 안 내면……."

"쓸데없는 소리! 아버지가 관청이나 학교에서 일한 것은 돈 한 푼 안 주면서 아들놈이 학교 가서 공부 조금 배운 것은 오히려 돈을 달래?"

부인은 그가 벌써 이성을 잃고 자기를 교장인 듯 여기고 지금껏 담고 있던 울분을 풀려는 것 같아서 더 이상 말을 붙이면 안 되겠다고 생각했다.

두 사람은 말없이 점심을 먹었다. 방현작은 한참 생각하더니 다시 우울한 표정을 짓고선 나가 버렸다.

항상 그는 명절 전날이나 섣달 그믐날이면 꼭 10시가 넘은 밤중에 집에 돌아왔다. 주머니를 만지며 걸어 들어오면서 큰 소리로 "어이, 받아 왔어!" 하고는 그녀에게 중국교통은행의 빳빳한 새 지폐 다발을 내주며 아주 흐뭇한 표정을 짓곤 했다. 그런데 어떻게 된 일인지 이번 5월 단오 전날은 지금까지의 관례를 깨뜨리고 7시가 못 돼서 집으로 돌아온 것이다. 부인은 깜짝 놀라 그가 정말 사직한 것으로 알았다. 조심스레 그의 얼굴을 살펴보았으나 별로 기가 죽어 있는 것 같지는 않았다.

"어쩐 일예요, 이렇게 일찍……."

그녀는 그를 빤히 바라보면서 말했다.

"늦어서 못 받았어. 은행이 문을 닫아 버려서. 찾지 못했거든. 초여드레까지 기다려야 해!"

"손수 받으러 갔어요?"

그녀는 조심스레 물었다.

"직접 받으러 가는 건 취소되었어. 들으니 역시 회계과에서 나누어 보낸다더군. 오늘은 은행이 벌써 문을 닫았고 사흘을 쉰다니, 초여드렛날 오전까지는 기다려야 할 것 같아!"

그는 앉아서 바닥을 보며 차를 한 모금 마시고는 천천히 입을 열었다.

"다행히 관청 안에는 아무 문제도 없어. 아마 초여드렛날에는 꼭 돈이 들어올 거요……. 그렇다고 지금까지 서로 왕래하지 않던 친척이나 친구에게 돈을 꾸러 간다는 건 정말 못하겠더군. 오늘 오후에 눈 딱 감고 김영생(金永生)을 찾아가 한참 이야기했어. 처음에 그는 내가 봉급 지불을 요구하러 가지 않은 것, 손수 받으러 가지 않은 것은 대단히 고결하다, 사람은 응당 그래야 한다고 칭찬하더군. 그런데 내가 자기에게 돈 50원을 융통하러 온 것을 알자 금방 입 안에 한 움큼의 소금을 처넣기라도 한 것처럼 오만상을 찌푸리더니 집세가 어떻게 안 걷히느니, 장사가 어떻게 밑졌느니 하며 구구절절 늘어놓고는 마땅히 받아야 할 제 돈 받으러 가는 게 뭐가 어떠냐면서 그 자리에서 가라고 야단 아니겠어!"

"이렇게 명절이 임박했는데 누가 돈을 꾸어 주겠어요!"

아내는 뜻밖에도 담담하게 말하며 분개하지 않았다.

방현작은 머리를 숙이고 그러는 것도 무리가 아니라고 생각했다. 더욱이 자기는 김영생과 그다지 친한 사이도 아니었다. 그는 이어 작년 세모의 일을 기억해 냈다. 그때 한 동향 사람이 10원을 꾸러 왔다. 그는 그때 벌써 관청의 보증 수표를 받았었으나 그 사람이 후에 돈을 갚지 않을지도 모른다고 생각하고 난처한 기색을 나타내었다. 그리고 관청의 봉급도 받지 못했고 학교의 월급도 받지 못해 사정은 딱하지만 도울 만한 힘이 없다며 그를 빈손으로 돌려보냈었다. 그때 자기가 어떠한 표정을 지었는지 스스로 보지는 못했으나, 몹시 조마조마해 하며 입술을 바르르 떨고 머리를 흔들었던 것 같았다.

오래지 않아 그는 갑자기 무언가를 크게 깨달은 것 같더니 하인에게 즉각 거리로 나가 연화백(소주 이름) 한 병을 외상으로 가져오라고 했다. 그는 가게 주인이 내일 빚 갚을 것을 기대하고 있을 테니 감히 외상을 안 주지는 못하리라고 생각한 것이다. 만약 외상을 안 주면 빚을 한 푼도 갚지 않을 것이니 그야말로 그들이 응당 받아야 할 징벌이다.

마침내 하인이 연화백을 외상으로 가져왔다. 그는 거푸 두 잔을 마셨다. 그의 창백한 얼굴에 불그레한 빛이 떠올랐다. 밥을 먹고 나니 또 왠지 자못 흥겨워졌다. 그는 대형 합덕문(哈德門) 담배에 불을 붙이고 책상에서《상시집(嘗試集, 그 당시 출판된 구어체 시집)》한 권을 집어들고 침대에 누워서 보려고 했다.

"내일 가게 주인에겐 뭐라고 말하라고 이러는 거예요?"

부인은 침대 앞에 서서 그의 얼굴을 보며 말했다.

"가게 주인? 그 사람 보고 초여드렛날 오후에 오라고 해."

"절대 그렇게 말할 수 없어요. 그들은 믿지도 않을 것이고 대답도 하지 않을 거예요."

"무엇을 믿지 않아. 그들 보고 가서 물어보라고 해. 관청 사람들 누구도 아직 받지 않았으니까. 모두 초여드레라야만 돼!"

그는 둘째 손가락을 세워 모기장 안의 공중에다 반원을 그렸다. 아내는 그의 손가락을 따라 반원을 보았으나 그 손은 그대로《상시집》을 뒤적거렸다.

부인은 그가 막무가내로 억지를 쓰는 바람에 잠시 무어라고 입을 열 수가 없었다.

"이래 가지고는 도저히 살아 나갈 수 없어요. 앞으로 대책을 강구하여 무슨 다른 일을 하지 않으면……."

부인은 마침내 말을 돌려 이렇게 말했다.

"무슨 일? 문사(文事)는 밭 가는 일에 미치지 못하고, 무사(武事)는 소방병(消防兵)에도 미치지 못한다고 했소. 그러니 다른 것이란 무엇을 말하는 거야?"

"당신은 상해(上海)의 서점에 글을 써 준 일이 있지 않나요?"

"상해의 서점? 그 집은 원고 계산을 할 때 하나하나 글자를 세며 빈 칸은 세지 않아. 당신 내가 거기 있을 때 지은 백화시(白話詩)를 봐. 공백이 얼마나 많은가. 한 권에 고작해 3백 푼 정도겠지. 게다가 인세는 또 반 년 가량 소식이 없어! 먼 곳의 물은 가까운 불을 끌 수 없다는데 그 짓을 어떻게 하오?"

"그러면 이곳의 신문사에 주죠……."

"신문사에 줘? 이곳의 큰 신문사에 내 제자가 편집을 맡고 있기에 그를 연줄로 해서 글을 썼는데 천 자에 얼마 받은 줄 아오? 아침부터 밤까지 쓴다고 해도 식구들을 먹여 살릴 수는 없어. 또 내 뱃속에 그렇게 많은 문장도 없고!"

"그러면 명절을 쇠고 나면 어떻게 해요?"

"명절을 쇠고 나도 역시 관리 노릇을 해야지……. 내일 가게 주인이 와서 또 돈 달라거든 당신은 초여드렛날 오후에 오라고만 하면 돼."

그는 또 《상시집》을 보려고 했다. 부인은 기회를 놓쳐선 안 되겠다 싶어 급히 떠듬떠듬 말했다.

"이번 명절을 쇠고 나서 초여드레가 되거든 우리…… 복권이나 한 장 사지 않겠어요?"

"쓸데없는 소리! 어찌 그리 무식한 말만 하는 거요?"

이때 그는 문득 김영생에게 쫓겨나던 때의 일이 생각났다. 그때 그가 멍하니 도향촌(稻香村, 가게 이름) 앞을 지나다 보니 가게 문 앞에 됫박만 한 큰 글씨로 쓴 광고가 붙어 있었다. '1등 당첨 몇 만 원'이라 한 것을 보고 마음이 조금 움직였던 것같이 기억된다. 혹은 발걸음이 느려졌는지도 모른다. 그러나 지갑 속에 겨우 남아 있던 60전이 아까워서 결국 깨끗이 단념하고 지나쳐 버렸다.

그의 안색이 갑자기 변하자 부인은 그가 자신의 무식함에 화내는 줄 알고 말을 하다 말고 그냥 나가 버렸다. 방현작도 말을 하다 말고 허리를 쭉 펴더니 중얼중얼하면서 《상시집》을 읽기 시작했다.

토끼와 고양이

　우리 집 뒤뜰 담장 밑에 살고 있는 셋째 아줌마는 자기 아이들에게 보여 주기 위해 여름에 흰 토끼 한 쌍을 샀다.
　이 한 쌍의 흰 토끼는 어미와 떨어진 지 얼마 안 되는 모양으로, 비록 짐승이기는 해도 나름대로의 천진난만함을 볼 수 있었다. 그러나 조그맣고 빨간 긴 귀를 쫑긋 세우고 코를 자꾸 벌름거리며 놀란 듯이 눈을 동그랗게 뜨는 것이 아마 어미 곁에 있었을 때의 편안한 마음은 느끼지 못하는 모양이었다. 이런 토끼는 절의 제삿날 직접 가서 사면 한 마리에 기껏 해야 2전이면 사는데, 셋째 아줌마는 1원씩이나 주었다. 급사를 보내 가게에서 사 왔기 때문이다.
　아이들은 물론 기뻐서 떠들어 대며 토끼를 둘러싸고 즐거워했으며, 어른들도 마찬가지였다. S라는 이름의 강아지가 있었는데 그것도 뛰어와서 달려들더니 코로 한 번 맡아 보고 재채기를 한 번 하더니 몇 걸음 뒤로 물러났다.
　셋째 아줌마는 "S, 잘 들어! 너 토끼를 물면 안 돼!" 하고 꾸짖고 강아지를 한 대 때려 주었더니 뒤로 물러나 그 후로는 결코 물지 않았다.
　이 한 쌍의 토끼는 거의 집 뒤 작은 마당에 갇혀 있었다. 벽지 찢기를 좋아하고, 가구(家具) 다리를 늘상 갉아대기 때문이었다. 이 작은 마당에는 야생 뽕나무 한 그루가 있었다. 오디가 땅에 떨어지면 토끼들은 그것을 제일 좋아하여, 먹이인 시금치까지도 입에 대려 하지 않았다.

까마귀나 까치가 내려오려고 하면 그들은 몸을 웅크려 뒷발로 땅을 힘껏 차고, 마치 눈 한 덩어리가 날아오르는 것처럼 휙 뛰어올랐다. 그러면 까마귀와 까치는 혼비백산하여 달아났다. 이렇게 몇 차례 겁을 주었더니 감히 가까이 오지 않았다.

그런데 셋째 아줌마 말로는 까마귀와 까치는 그래도 괜찮다고 했다. 그것들은 기껏해야 먹이를 조금 뺏어 먹을 뿐인데 문제는 밉살스런 검정 고양이라는 것이었다. 늘 얕은 담 위에서 흉악스럽게 노려보니 이것만은 막아야 했던 것이다. 다행히 S와 고양이는 서로 원수지간이므로 별 탈이 없을 것 같기도 했다.

아이들은 수시로 토끼를 붙잡고 장난을 쳤다. 토끼들은 퍽 순해서 귀를 세우고 코를 벌름거리며 조그만 손바닥에 얌전하게 있었으나 틈만 나면 폴짝 뛰어내려 달아났다. 그들은 짚이 깔린 작은 나무 상자 안에서 잠을 잤는데 그것은 뒷문의 처마 밑에 놓여 있었다.

이렇게 몇 달이 지나자 갑자기 토끼들은 땅을 파 대기 시작했다. 그 속도가 대단히 빨라 앞발로는 긁고 뒷발로는 흙을 던져서 반나절도 안 되어 벌써 깊은 굴을 만들었다.

모두들 이상히 여겨 유심히 지켜보았다. 그랬더니 한 마리의 배가 다른 한 마리에 비해 훨씬 불러 있었다. 토끼들은 또 이튿날이 되자 마른 풀과 나뭇잎을 굴 속으로 물어 옮기느라 반나절 동안 몹시 바빴다.

사람들은 새끼 토끼를 보게 되었다고 무척 기뻐했다. 셋째 아줌마는 아이들에게 이제부터 다시는 토끼를 붙잡고 놀지 말라고 엄하게 타일렀다. 우리 어머니도 토끼 가족의 번성을 매우 기뻐하며, 태어난 새끼가 젖이 떨어지면 두 마리를 얻어다가 창 밑에서 기르겠다고 했다.

토끼들은 이때부터 자기들이 만든 굴 속에서 살며, 때로는 나와서 먹이를 먹었으나 그 후로는 전혀 보이지 않았다. 그들이 미리 먹을 것을 굴 안에다 저장했는지, 아니면 먹지 않는 것인지 전혀 알 수가 없었다.

10여 일이나 지나 셋째 아줌마가 나에게 말했다.

"저 두 마리는 나왔어요. 아마 새끼 토끼는 낳아서 모두 죽은 것 같아요. 암놈의 젖은 많이 불었는데 안에 들어가 새끼에게 젖을 물리는 기색이 없거든요."

말하는 것으로 봐서 그녀는 몹시 화가 난 듯이 보였다. 그러나 어쩔 도리가 없었다.

어느 날이었다. 햇볕은 따뜻하고 바람도 없어 나뭇잎조차 움직이지 않았다. 나는 갑자기 많은 사람들의 웃음소리를 들었다. 소리 나는 쪽을 향해 가 보았더니 많은 사람들이 셋째 아줌마 집의 뒤창문에 둘러서서 무언가 열심히 보고 있었다. 살며시 다가가 보니 새끼 토끼 한 마리가 마당에서 뛰놀고 있었는데 어미 토끼를 사 왔을 때보다도 훨씬 작아 보였다. 그러나 벌써 뒷발로 땅을 차고 깡충 뛰어오르기도 했다.

아이들은 다투어 나에게 말했다.

"새끼 토끼가 또 한 마리 굴 입구까지 와서 머리를 내밀었어요. 그런데 금방 움츠리고 쏙 들어가 버렸지요. 틀림없이 저놈이 동생일 거예요."

새끼 토끼는 풀잎을 주워 먹으려 했으나, 어미는 옆에서 입으로 빼앗더니 못 먹게 했다. 그러면서 자기도 결코 먹지 않았다. 아이들이 큰 소리로 깔깔대고 웃자 그 새끼 토끼는 깜짝 놀란 듯 깡충깡충 굴 속으로 들어가 버렸다. 어미도 뒤따라 굴 입구로 가 앞발로 새끼의 등을 밀어넣고 난 후에 또 흙을 긁어다가 굴을 막아 버렸다.

이때부터 창문을 통해 수시로 사람들이 토끼들을 구경하느라 작은 마당은 더욱 떠들썩해졌다.

그런데 드디어 그 새끼와 어미 토끼가 전혀 보이지 않게 되었다. 며칠째 계속 흐린 날이었다. 셋째 아줌마는 그 큰 검은 고양이의 마수에 걸린 게 아닌가 하고 근심했다. 나는 그렇지 않을 거라고 말했다. 날씨가 추워서 숨어 있을 테니 해가 나오면 반드시 나올 거라고 안심을 시켜 주었다.

해가 나왔다. 그래도 그들은 한 놈도 모습을 보이지 않았다. 그리하여 사람들은 곧 토끼에 대해 잊어버렸다.

오직 셋째 아줌마만은 늘 토끼들에게 시금치를 주곤 했기 때문에 이따금씩 생각이 났다. 어느 날 그녀는 창 뒤의 작은 마당에 나갔다가 우연히 담 밑에 또 다른 굴 하나가 있는 것을 발견했다. 그래서 그전 굴을 보았더니 입구에 희미하게 많은 발톱 자국이 찍혀 있었다. 그 발톱 자국은 토끼의 것이라고 하기에는 너무 컸다. 그래서 그녀는 담 위에 있는 그 큰 검은 고양이를 의심했다. 그녀는 굴을 팔 결심을 했다. 드디어 괭이를 들고 와 굴을 파기 시작했다. 의심스럽기도 했지만 뜻밖에 새끼 토끼를 볼 수 있을지도 모른다는 생각 때문이었다.

그러나 밑바닥까지 파 들어가도 한 더미 썩은 풀에 토끼털이 약간씩 섞여 있는 것이 보일 뿐 아무것도 없었다. 아마 그것은 새끼를 낳을 때 썼던 모양이다. 더 이상은 보이지 않았다. 하얀 새끼 토끼도, 한 번 머리만 내밀고 굴 밖으로 나오지 않던 동생 토끼도 모두 없었다.

분노와 실망과 슬픔이 셋째 아줌마로 하여금 다시 담 구석에 새로운 굴을 파지 않을 수 없게끔 만들었다. 굴을 파기 시작하자 두 마리의 어미 토끼가 제일 먼저 굴 밖으로 뛰어나왔다. 그녀는 토끼들이 집을 옮긴 것을 알고 매우 기뻐하였다. 계속 보니 그 안에도 풀잎과 토끼털이 깔려 있고, 그 위로 일곱 마리의 아주 작은 토끼들이 새근새근 잠을 자고 있었다. 온몸이 연분홍 빛깔이었는데, 자세히 보니 아직 눈도 뜨지 않은 것 같았다.

모든 것이 확실해졌다. 셋째 아줌마가 예측했던 것이 딱 들어맞은 것이다. 그녀는 고양이로부터의 위험을 예방하기 위해 곧 일곱 마리의 새끼 토끼를 전부 나무 상자에 넣어 자기 방으로 옮겨다 놓았다. 또 어미 토끼도 그 속에 붙들어 넣어 강제로 새끼들에게 젖을 먹이게 했다.

셋째 아줌마는 이때부터 검은 고양이를 미워했을 뿐만 아니라, 어미 토끼가 하는 짓에도 불만이었다. 처음에 두 마리가 죽기 전에 죽은 것이 또 있었을 것이다. 왜냐하면 그들이 한 번에 두 마리만 낳았을 리는 절대로 없기에.

셋째 아줌마는 젖을 똑같이 먹이지 않아 젖을 얻어먹지 못한 놈이 먼저 죽었을 거라고 말했다. 그 말이 맞는 것 같았다. 지금 일곱 마리 중에도 두 마리는 아주 약해 보였다. 그래서 셋째 아줌마는 어미 토끼를 붙잡아 그 배 위에 약해 보이는 새끼 토끼를 한 마리 한 마리 차례로 얹어 놓고 젖을 물려, 많이 먹고 적게 먹는 놈이 없도록 공평하게 만들었다.

어머니는 나에게 말씀하셨다.

"저런 귀찮은 토끼를 기르는 법은 내 평생 듣도 보도 못했다. 아마 무쌍보(無雙譜, 유일무이한 족보)에 실어도 좋을 거야!"

흰 토끼의 가족은 날이 갈수록 늘어갔다. 사람들도 모두 기뻐했다.

그러나 그 후부터 나는 어쩐지 쓸쓸함을 느꼈다. 한밤중에 등불 앞에 앉아 생각했다. 그 두 마리의 작은 생명은 아무도 모르는 사이에 감쪽같이 없어져 버린 것이다. 생물의 역사상 조그만 흔적도 없이, S조차 한 번 짖지 않고.

이런 생각을 하다보니 까마득한 옛 일이 떠올랐다. 전에 내가 회관(會館)에 살았을 무렵이었다. 아침 일찍 일어나 보니 커다란 홰나무 아래 비둘기 털이 여기저기 흩어져 있었다. 분명히 매의 밥이 된 것이다. 오전에 급사가 와서 청소할 때 쓸어버리면 감쪽같이 사라져 버려 하나의 생명이 존재했다는 사실조차 모르게 된다.

나는 또 언젠가 서사패루(西四牌樓, 북경의 거리 이름)를 지나다가 강아지 한 마리가 마차에 치여 죽은 것을 본 적이 있었다. 그런데 돌아올 때는 아무것도 보이지 않았다. 누군가 옮겨다 버렸겠지. 오가는 사람들은 아무것도 모르고 걷고 있었다. 그 누가 여기서 하나의 생명이 사라져 버렸다는 것을 알 것인가?

여름날 밤이면 창밖에서 파리가 윙윙대며 길게 우는데, 이는 반드시 거미줄에 잘못 걸렸기 때문이다. 그러나 나는 지금까지 그런 것에 신경을 써 본 일이 없었다. 다른 사람들도 역시 들은 일이 없을 것이다.

가령 조물주를 나무랄 수 있다면 나는 그가 정말 생명을 함부로 만들고 또 함부로 파괴해 버린다고 생각한다.

야옹 소리가 나더니 창밖에서 두 마리의 고양이가 싸우기 시작했다.

"신(迅)아! 너 또 거기서 고양이를 때렸니?"

"아니에요, 저희들끼리 물고 뜯는 거란 말예요. 그놈들이 어디 저한테 맞을 것 같아요?"

우리 어머니는 평소부터 내가 고양이를 못살게 구는 것을 매우 언짢게 생각하고 계셨다. 지금도 아마 내가 새끼 토끼 때문에 불만을 품고 나쁜 짓을 한 줄로 의심하셨나 보다.

토끼와 고양이

집안 사람들은 모두가 나를 고양이의 적이라고 믿었다. 나는 전에 고양이를 죽인 일이 있고, 평소에도 늘 고양이를 귀찮게 하거나 때리곤 했다.

특히 그들이 교합(交合)할 때는 더 때렸다. 그러나 내가 고양이를 때리는 이유는 결코 교합 때문이 아니라 시끄럽게 떠들기 때문이며, 그래서 잠도 못 자게 만들기 때문이다. 교합하는데 그렇게 특별히 시끄럽게 굴지 않아도 되리라고 생각했다.

하물며 검은 고양이가 새끼 토끼를 죽였으니 나의 출사(出師)는 더욱 명분이 섰다. 나는 어머니가 아무래도 살생에 대해 너무 신경을 쓴다는 생각이 들어 그만 애매하고 불만스러운 대답을 하고 말았다.

조물주는 형편없이 엉터리다. 나는 그에게 반기를 들지 않을 수 없다. 비록 그를 돕는 결과가 될지라도…….

저 검은 고양이는 언제까지나 그 오만한 눈으로 담 위를 활보하지는 못할 것이다. 이렇게 결심하는 사이, 나는 순간 책상자 속에 감춰 둔 청산가리 병 쪽으로 눈을 흘끗 돌렸다.

백광

　진사성(陳士成)이 현시(縣試)의 방(榜)을 둘러보고서 집에 돌아왔을 때는 이미 오후였다.

　원래 그는 아침 일찍이 나섰었다. 그는 방이 나붙은 것을 보자 먼저 진(陳)이란 글자를 찾았다. 진이란 글자는 무척 많았다. 마치 글자들이 모두 앞을 다투어 그의 눈으로 날아들 것만 같았다. 그러나 그 뒤에 이어지는 어느 것에도 사성이란 두 글자는 눈에 보이지 않았다. 그는 다시 한 번 열두 장의 인명표(人名表)를 세심히 살펴보았다. 방을 보러 온 사람들은 벌써 다 흩어졌는데 진사성이란 이름은 끝내 보이지 않았다. 그는 그렇게 홀로 시험장 게시판 앞에 우두커니 서 있었다.

　차가운 바람이 가끔 그의 반백의 머리털을 나부끼게 했다. 초겨울의 햇볕은 여전히 포근하게 그의 머리 위로 쏟아지고 있었다. 그러나 그의 얼굴은 햇볕을 받아 현기증이 나는 듯 점점 새하얘져 갔다. 피로해서 발갛게 부어오른 두 눈에서는 이상한 광채가 번득였다. 사실 그에게 이미 벽에 나붙은 방 따위는 아예 눈에 들어오지도 않았다. 단지 수많은, 새까만 동그라미가 눈앞에 둥실둥실 날아가고 있는 것이 보일 따름이었다.

　수재(秀才)의 자격을 얻어 성성(省城)으로 향시(鄕試)를 보러 가서 차례로 시험에 통과한다……. 그렇게 되면 여러 곳에서 앞다투어 혼담을 꺼내겠지. 또한 사람들은 신을 우러러보듯 나를 두려워하고 존경하며, 지금까지 사람 보는 눈이 없어서 업신여겨 왔다고 후회하겠지……. 그리고 지금 낡은 행랑집에 같이 살고 있는 사람들은 모조리 쫓아내고, 아니 쫓아낼 것도 없다. 그쪽에서 나가주면 된다. 집은 전부 새로 짓고 대문에다 깃대와 편액(偏額)을 내건다……. 높은 자리에 앉으려면 중앙의 관리가 되는 것이 좋고, 그렇지 않다면 차라리 지방관이 되는 쪽이 낫겠지…….

그가 평소에 계획해 왔던 입신 출세의 길이 지금 또다시 녹은 엿탑처럼 한순간에 무너져 산산조각이 나고 만 것이다. 그는 자신도 모르는 사이에 조각조각이 난 것 같은 몸을 돌려 망연자실하게 집으로 향했다.

그가 자기 집 문 앞까지 오자, 7명의 학동들이 저마다 목청을 돋우어 책을 읽기 시작했다. 그는 깜짝 놀랐다. 마치 귓전에서 종이 울리는 것 같았다. 작은 변발을 늘어뜨린 7개의 머리가 눈앞에 어른거리더니, 그것이 온 방 안에 퍼지며 검은 동그라미와 어울려 춤을 추었다. 그가 자리에 앉자 아이들은 오후의 숙제를 제출했는데, 제각각 그의 낯빛을 살피려는 기색이 역력했다.

"돌아들 가거라."

그는 망설이다가 처량하게 말했다.

아이들은 법석을 떨더니 책 보따리를 싸서 겨드랑이 밑에 끼고는 정신없이 뛰어나갔다.

진사성의 눈에는 아직도 작은 머리들이 검은 동그라미와 함께 춤을 추고 있는 것처럼 보였다. 때로는 한데 뒤섞이고, 때로는 이상한 진형(陳形)으로 변해서 줄을 서더니 점점 작아지고 가물가물해졌다.

"이번에도 끝장이다!"

그는 깜짝 놀라 벌떡 일어났다. 분명히 귓전에서 하는 말처럼 생생히 들렸기 때문이다. 그러나 뒤돌아보아도 아무도 없었다. 다시 땡 하고 종을 울리는 소리가 들리는 듯했다. 그도 소리 내어 중얼거렸다.

"이번에도 또 끝장이다!"

그는 급히 한쪽 손을 들어, 손가락을 꼽아보며 생각했다. 열한 번, 열세 번, 금년까지 넣으면 열여섯 번. 결국 문장을 제대로 볼 줄 아는 시험관은 하나도 없다는 생각이 들었다. 눈은 있어도 옹이 구멍이니 참 딱한 노릇이다. 그는 이내 피식피식 웃음이 배어 나왔다. 그러나 갑자기 머리끝까지 화가 치밀어 올라 책 꾸러미 밑에서 베껴 쓴 팔고문(八股文)과 시첩(試帖)을 빼 들고 밖으로 달려 나가려 했다. 문간에 다가가니 눈앞이 훤히 밝아지며 닭들까지도 자기를 비웃는 것 같았다. 그는 자신도 모르게 가슴이 두근거려 힘없이 되돌아오고 말았다.

그는 다시 앉았다. 눈빛이 이상하리만치 번쩍였다. 눈에 여러 가지 물건들이 보였으나 초점이 잡히지 않았다. 희미했다. 무너져 내린 엿탑 같은 앞길이 그의 앞에 가로놓여져 있었다. 그것은 점점 더 커져서 그의 모든 길을 완전히 막고 말았다.

마을의 밥 짓는 연기는 벌써 사라진 지 오래고 설거지도 모두 끝날 시간인데 진사성은 밥을 지을 생각도 하지 않았다. 여러 해 동안 진사성과 함께 이 집에 살고 있는 사람들은 해마다 방이 붙은 후의 그의 눈초리에 익숙해져 있어서 일찌감치 문을 닫아 버리고 상관하지 않는 것이 좋다고 여겼다. 우선 사람 소리도 들리지 않고, 곧 등불도 차례로 꺼져 갔다. 달만이 차가운 밤하늘에 천천히 떠오르고 있었다.

하늘은 바다처럼 푸르렀다. 희미하게 뜬 구름이 마치 그림붓을 물그릇에 풀어낸 것처럼 떠 있다. 달은 진사성에게 차가운 빛의 물결을 퍼붓고 있다. 처음에는 그 모양이 갈아 다듬은 쇠거울 같은 달에 불과했는데, 그 거울은 이상하게도 진사성의 온몸을 꿰뚫고 비추었다.

그는 계속 방 밖의 뜰을 배회했다. 눈은 맑고, 주위는 고요하다. 그러나 그 고요함은 느닷없이 깨져 귓전에 또다시 숨이 찬 낮은 목소리의 속삭임으로 들려왔다.

"왼쪽으로 돌아서 오른쪽으로 돌아라……."

깜짝 놀란 그는 열심히 귀를 기울였다. 그 소리는 좀 더 높게 되풀이되었다.

"오른쪽으로 돌아라!"

그는 기억하고 있다. 이 뜰은 그의 집이 몰락하기 전에 여름철 밤마다 할머니와 바람을 쐬던 곳이었다. 그 무렵 그는 열 살 안팎의 어린아이에 불과했다. 대나무 평상에 누워 있으면 할머니는 그 옆에 앉아 옛날 이야기를 들려 주시곤 했다. 할머니는 또 그 할머니로부터 들은 이야기를 들려 주셨는데, 진씨의 조상은 큰 부자였고 이 집도 조상이 남긴 거라고 하셨다. 또한 많은 은덩이를 묻었는데, 운이 좋은 자손이 발견할 수 있도록 했다는 것이다. 그러나 오늘날까지 발견되지 않고 그 장소마저 하나의 수수께끼로 감춰져 있었다.

"왼쪽으로 돌아 오른쪽으로 돌아라. 앞으로 가서 뒤로 가라. 금과 은이 한아름 가득가득."

이 수수께끼를 풀어 보려고 진사성은 평상시에도 곰곰이 추측을 하곤 했다. 그러나 유감스럽게도 틀림없다고 생각되었다가 다시 또 빗나가곤 했다.

언젠가 한번은 당(唐)가에게 빌려준 집 밑이 틀림없다고 생각한 적이 있었으나, 파러 갈 용기가 나지 않아 그만둔 적도 있었다. 얼마 지나

자 그 추측이 틀린 것 같다는 생각이 들었다.

그의 집 안 곳곳에 있는 파 뒤집은 흔적은 모두 지금까지 낙방한 다음에 정신없이 파헤쳤던 흔적이다. 그런데 시간이 조금 지나 그것을 돌이켜보면 부끄러워지고 남에게 보이고 싶지 않은 생각도 들었다.

그러나 오늘은 금과 은의 빛이 진사성 주위에서 맴돌며 조용히 그를 설득시키는 것 같았다. 혹 행여 그가 망설이기라도 할까봐 정면에서 증거를 보이며, 게다가 은근히 재촉까지 해서 자신의 방을 향해 눈을 돌리지 않을 수 없게 만들었다.

흰 빛은 마치 부채 모양의 빗살처럼 그의 방 안에서 일렁일렁 번득였다.

"역시 이곳이었구나!"

그는 사자보다도 날쌔게 방으로 뛰어들었다. 그러나 순간 흰 빛은 그림자조차 보이지 않았다. 낡아 빠진 방과 낡은 책상만이 어둠 속에 잠겨 있을 뿐이었다. 그는 멍청하게 서 있다가 다시 서서히 눈빛을 날카롭게 세우고 바라보았다. 그러자 흰 빛은 또다시 선명하게 솟아오르고 있었다. 이번엔 훨씬 컸고 유황불보다도 하얗고 아침 안개보다도 희미했다. 그리고 동쪽 벽으로 붙인 책상 밑에서 솟아오르고 있었다.

진사성은 사자보다도 빠르게 문 뒤쪽으로 달려갔다. 손을 내밀어 곡괭이를 찾다가 한줄기 검은 그림자에 부딪혔다. 조금 무섭다는 생각이 들어 급히 불을 켜 보았더니 곡괭이는 제대로 세워져 있었다. 그는 책상을 옮기고 단숨에 곡괭이로 네모난 넉 장의 벽돌장을 파 들추어냈다. 몸을 구부리고 보니, 그 밑은 전처럼 노란 잔모래였다. 소매를 걷어 붙이고 모래를 헤쳐내자 그 밑으로 검은 흙이 나타났다. 그는 조심스럽게, 가만히 아래로 파 들어갔다. 밤은 너무도 고요했다. 흙에 스치는 쇳날 소리는 속일 수가 없어 둔탁한 울림을 냈다.

두 자 이상 파 들어갔는데도 항아리는 나오지 않았다. 진사성은 속이 바짝바짝 말라왔다. 그 순간 쩽 하는 소리가 나며 손이 떨렸다. 곡괭이 날이 뭔가 단단한 것에 부딪힌 것 같았다. 진사성은 급히 곡괭이를 집어던지고 손으로 만져 보았다. 한 장의 커다란 벽돌장이었다. 그의 심장은 콩당콩당 뛰고 있었다. 그는 정신을 차리고 그 벽돌장을 파냈다. 그러나 또 그 밑에는 전과 같은 검은 흙이 계속되었다. 흙을 많이 파낸 것 같았으나 밑은 아직도 끝이 없었다. 그러자 또 갑자기 단단한 것에 부딪혔다. 조그맣고 둥근 것이 아마도 녹슨 동전 같았다. 그 밖에도 깨진 사기 그릇 조각이 몇 갠가 나왔다.

진사성은 마음이 텅 비어 왔다. 온몸이 땀에 흠뻑 젖어 미친 듯이 땅을 파헤칠 뿐이었다. 그러던 중 다시 심장이 허공에서 철렁하는 듯했다. 또 이상한 물건에 부딪혔기 때문이다. 그것은 말 발굽 모양을 하고 있었는데, 만져 보니까 푸석푸석했다. 그것을 정성스럽게 파고는 조심조심 집어 올려 등불 밑에서 자세히 살펴보니, 군데군데 벗겨진 것이 아무래도 썩은 뼈 같았다. 윗면에는 듬성한 이빨이 일렬로 붙어 있었다. 아마 아래턱뼈일 거라고 그는 생각했다. 그러자 그 아래턱뼈는 덜컥덜컥 움직이기 시작하더니 빙긋이 웃는 모양을 하고는 입을 열어 이렇게 말하는 것 같았다.

"이번에도 헛수고다!"

그는 한기가 오싹 밀려왔다. 그와 함께 손을 놔 버리자 아래턱뼈가 때그르르 굴러 구멍 속으로 다시 떨어졌다. 그는 곧 뜰로 도망쳤다. 방 안에는 여전히 불이 켜져 있는데, 분명히 아래턱뼈는 아직도 그를 비웃고 있을 것이다. 어찌나 무서운지 다시는 그쪽을 쳐다볼 용기도 나지 않았다.

　멀리 떨어져 있는 처마 밑 어둠 속에 쭈그리고 앉아서야 그는 약간 마음이 평온해지는 것을 느꼈다. 그러나 그 속에서 또다시 희미하게 속삭이는 소리가 귓가에 들려왔다.

　"여기는 없다……. 산으로 가라……."

　그러고 보니 진사성은 낮에도 누군가에게 이런 말을 들은 것 같았다. 그는 벌써 깨달았다. 그래서 얼른 고개를 쳐들고 하늘을 바라보았다. 달은 벌써 서고봉(西高峯) 쪽으로 숨어 버렸다. 성으로부터 35리나 떨어져 있는 서고봉이 바로 눈앞에 홀(笏)처럼 시꺼멓게 버티고 서 있었다. 그 주위로 넓고 큰, 번쩍번쩍하는 흰 빛이 퍼지고 있었다. 그 흰 빛은 먼 듯하면서도 바로 앞에 있었다.

　"그렇다, 산으로 가자!"

　그는 마음을 정하고 비틀비틀 걸어가기 시작했다. 그의 뒤로 문 안쪽에서는 이제 아무 소리도 들리지 않았다. 심지의 등불은 구슬처럼 작아지면서 인기척 없는 빈 방을 밝게 비췄다. 그런 후에 빠지직 빠지직 하는 소리를 내며 불꽃을 튕기고 점점 작아지더니 마침내 꺼져 버렸다. 기름이 벌써 다 타 버린 것이다.

　"성문을 열어라!"

　서관문(西關門) 앞의 여명 속에서 큰 희망을 품은 공포의 비명소리가 아지랑이처럼 떨면서 계속 부르짖고 있었다.

　이튿날 대낮에 어떤 사람이 서문(西門)에서 15리 가량 떨어진 만류호(萬流湖)에 시체가 떠 있는 것을 발견했다. 당장에 소문이 퍼져 그것이 지보(地保)의 귀로도 들어갔다. 금방 근처에 사는 백성들을 시켜 건져 올리게 했다. 쉰 살 남짓, 키와 몸집은 중치, 살빛은 희고 수염이 없는 남자의 시체였다. 온몸에는 실오라기 하나 걸치지 않았는데 사람들은 진사성일 거라고 떠들었다.

  그러나 사람들은 귀찮아서 구경조차 하지 않았고 또 시체를 맡아 줄 친척도 없었기 때문에, 현 위원(委員)의 검시를 거쳐 지보의 손으로 매장되었다. 사인(死因)에 대해서는 물론 문제될 게 없었다. 죽은 사람의 옷을 벗겨 가는 것은 흔히 있는 일이므로 타살일 염려는 없었다. 더구나 검시한 사람이 증언하듯이, 물속에서도 몸부림을 쳤다는 확실한 증거가 남아 있었다. 즉 열 개나 되는 손가락의 손톱 밑에 강 바닥의 진흙이 꽉 차 있었던 것이다. 그러니까 죽기 전에 물에 빠진 것은 의심할 여지조차 없었다.

집오리의 희극

　러시아의 장님 시인 에로센코 군이 아끼는 기타를 들고 북경으로 온 지 얼마 안 되었을 무렵, 내게 이렇게 토로한 일이 있다.
　"쓸쓸하다, 쓸쓸하다. 사막에 있는 것처럼 쓸쓸하다."
　이것이 진실이었는지는 모르나 나는 한 번도 그런 느낌을 가진 적이 없다. "지란(芝蘭)의 방에 들어가 오래 있으면 그 향기를 맡지 못한다."라는 말과 같이 오래되면 익숙해진다. 내게는 오히려 시끌시끌한 기분이 들었다. 하기는 내가 말하는 시끌시끌하다는 것이 그가 말하는 쓸쓸한 것에 해당하는지도 모른다.
　다만 나는 북경에는 봄과 가을이 없다는 느낌은 갖고 있다. 오랫동안 북경에 살아온 사람은 땅 기운이 북쪽으로 옮아왔다고 한다. 옛날에는 이렇게 따뜻하지 않았기 때문이다. 그래도 난 아무래도 봄, 가을이 없는 것 같은 기분이 든다. 여긴 늦겨울과 초여름이 맞붙어 있어서 여름이 갔나 싶으면 금방 겨울이 시작된다.
　이 늦겨울이자 초여름의 어느 날 밤이었다. 마침 나는 여유가 생겼기에 에로센코 군을 찾아보았다. 그는 줄곧 중밀의 집에 묵고 있었다. 이 시각에는 사람들이 벌써 잠들어 있어서 집 안은 고요했다. 그는 홀로 자기 침대에 기대앉아 높은 눈썹을 금발 사이로 약간 찡그리고 있었다. 그는 한때 살았던 적이 있는 미얀마에서의 여름밤을 생각하고 있었던 것이다.

"이런 밤에는 미얀마 어느 곳에 가더라도 음악이 있지. 집 안에서든 풀숲에서든 나무 위에서든 어디나 벌레 우는 소리가 들려. 온갖 소리들이 한데 어울려 합주를 하지. 참 멋있어. 그중에는 가끔 쉬이쉬이 하는 뱀 우는 소리도 들어 있지. 그것도 벌레 소리와 조화를 이뤄……."

그는 마치 그 정경을 상상하는 것처럼 조용히 생각에 잠겼다. 나는 아무 말도 할 수 없었다. 이런 기묘한 음악은 북경에서는 들은 일이 없었다. 그러므로 그 어떤 애국심으로도 변명할 도리가 없었다. 그는 눈은 보이지 않지만 귀로 소리를 잘 들었기 때문이다.

"북경이란 곳은 개구리 울음소리마저 없어."

그는 또 탄식하며 말했다.

"개구리야 울지."

그의 탄식이 나를 반발시켰기 때문에 나는 이렇게 항의했다.

"여름이 되어 큰 비가 내리고 나면 수많은 개구리가 울지. 개구리는 도랑물에서 살고 있어. 북경은 어디를 가든 도랑이 있으니까 말야."

"허어……."

며칠이 지나자 과연 내 말대로 되었다. 에로센코 군이 드디어 십여 마리의 올챙이를 가질 수 있었기 때문이다. 그는 올챙이를 사서 창밖 안마당 한가운데 있는 작은 못 속에 넣었다. 그 못은 길이 석 자, 폭이 두 자쯤 되었다. 중밀 군이 연을 심기 위해 판 연못이다. 비록 그 연못에 한 번도 연꽃이 피는 것을 본 일은 없었지만, 개구리를 기르기는 좋은 장소였다.

올챙이는 무리를 지어 물속을 헤엄쳐 돌아다녔다. 에로센코 군도 자주 가 보곤 했다. 언젠가 아이들이 "에로센코 선생님, 올챙이에 모두

발이 생겼어요." 하고 일러 주자, 그는 유쾌한 듯이 오호 하며 웃었다.

못 속의 음악가는 에로센코 군에게 있어 사업의 한 부분에 불과했다. 일해야 먹을 수 있다는 것이 오래전부터의 그의 주장이었다. 여자는 가축을 길러야 하고 남자는 밭갈이를 해야 한다고 그는 항상 말했다. 그래서 친한 친구들을 만나면 마당에 배추를 심으라고 권했다. 중밀 부인에게도 언제나 양봉을 하시죠, 양계를 하시죠, 양돈을 하시죠, 소를 기르시죠, 낙타를 기르시죠 하고 권했다. 후에 중밀 군 집에 병아리가 뜰 안을 돌아다니며 채송화 새싹을 모조리 쪼아 먹어 버리게 된 것도 아마 그의 권유 때문이었을지도 모른다.

그 후부터 에로센코 군은 병아리 파는 시골 사람들이 찾아올 때마다 몇 마리씩 샀다. 이유인즉 병아리는 흔히 뒤가 막힌다거나 설사를 일으키거나 해서 잘 자라지 못하기 때문이었다. 그리고 그중 한 마리는 에로센코 군이 북경에서 쓴 유일한 소설 〈병아리의 비극〉의 주인공이 되었다.

어느 날 오전의 일이었다. 그 시골 사람은 의외로 집오리 새끼를 가지고 왔다. 집오리 새끼는 삐이삐이 울었다. 그러나 중밀 부인은 필요 없다고 말했다. 이때 에로센코 군이 나타났고, 그는 새끼 한 마리를 에로센코 군의 두 손 위에 놓아 주었다. 새끼 오리는 그의 손 위에서 삐이삐이 울었다. 결국 에로센코 군은 귀여워서 사지 않을 수 없었다. 그는 한 마리에 8푼씩 주고 모두 네 마리를 샀다.

새끼 오리는 정말 귀여웠다. 온몸이 송화가루처럼 노랗고, 땅에 놓아두면 비틀비틀 걸으며 서로 불러 함께 모이려 했다. 모두 내일은 미꾸라지를 사다가 먹이자고 했다. 에로센코 군이 말했다.

"미꾸라지 값은 내가 내지요."

그는 강의하러 나가고, 새끼 오리들은 각각 흩어졌다. 조금 후 중밀 부인이 새끼 오리에게 밥 찌꺼기를 주려고 나와 보니, 멀리서 물 젓는 소리가 들려왔다. 급히 달려가 보니까 네 마리의 새끼 오리가 연못에서 물장구를 치고 있었다. 그러다가 곤두박질을 치며 뭔가를 먹었다. 오리들을 손으로 건져 둑에 올려 놓았으나 연못은 완전히 흐려져 버렸다.

잠시 후 물이 맑아져 자세히 보니, 가느다란 연 뿌리 몇 개인가가 진흙 밖으로 나와 있을 뿐 발이 생긴 올챙이는 한 마리도 보이지 않았다.

"에로센코 선생님, 개구리 아가가 없어요."

저녁 때가 되어 그가 돌아왔을 때 마중 나온 어린아이들 중에 제일 작은 아이가 재빨리 일렀다.

"뭐라고, 개구리?"

중밀 부인도 나와서 새끼 오리가 올챙이를 잡아먹은 이야기를 했다.

"호오……."

그는 말했다.

새끼 오리가 노란 털을 갈 무렵, 에로센코 군은 갑자기 자신의 모국(母國) 러시아가 그리워져서 부랴부랴 바이칼 호 동쪽에 있는 도시 치타(Chita)를 향해 출발했다.

주위에서 온통 개구리 울음소리가 들려 올 무렵 새끼 오리는 훌륭하게 자랐다. 두 마리는 희고 두 마리는 얼룩이었다. 이젠 삐이삐이 하고 울지 않고 꽥꽥 하며 울었다. 연못은 그들이 태평스럽게 놀기에는 너무 작았다. 다행히 중밀 군의 집은 지대가 낮았기 때문에 여름비가 한 차례 세게 쏟아지면 안마당은 온통 물 웅덩이로 변했다. 그러면 오리들은 신이 나서 헤엄치고, 자맥질도 하며, 날갯짓도 하고, 꽥꽥 울기도 했다.

또다시 여름이 끝나고 겨울로 접어들려 한다. 에로센코 군에게서는 아직 아무 소식도 없다. 도대체 어디 있는 것일까.네 마리의 오리만이 사막 속에서 계속 꽥꽥 울고 있다.

서시

    나는 지금으로부터 거슬러 올라가 20년 동안에 단 두 번 옛 중국 연극을 보았다. 전반의 10년 동안은 한 번도 보지 않았다. 정확히 말하면 보고 싶지도 않았지만 기회도 전혀 없었다. 두 번 다 후반 10년 동안의 일로 제대로 보지 않고 나와 버렸다.

    첫 번째는 중화민국 원년, 내가 처음으로 북경에 왔을 때의 일이었다. 그때 한 친구가 북경은 연극이 유명하니 구경하는 게 어떠냐고 제의해 왔을 때,

    '그래 연극은 멋있는 거야. 더구나 장소가 북경이니까.'

    하고 생각했다.

    그래서 둘은 신이 나서 어떤 원(園)으로 달려갔다. 연극은 벌써 시작됐고 둥둥 하는 소리가 밖에까지 들렸다. 우리들은 사람들을 뚫고 문을 젖히고 들어갔다. 그러자 빨갛고 파란 것이 내 눈앞에 왔다갔다했다. 재빨리 무대 아래를 둘러보자 온통 사람의 머리로 꽉 차 있었다.

    다시 마음을 가라앉혀 주위를 살펴보니 중간쯤에 빈 자리가 몇 개 있는 것 같았다. 그래서 밀치고 들어가 앉으려 하자, 이번에는 내게 시비를 거는 놈이 있었다. 귀는 벌써 멍멍해서 알아들을 수가 없었는데, 겨우 주의해서 들으니 "사람 있어요."라고 말하는 것이었다.

    우리들은 뒤로 물러났다. 그러자 변발을 한 사나이가 다가오더니 우리들을 옆쪽으로 데리고 가서 좌석을 하나 가리켰다. 좌석이라 하긴

했지만 실은 좁고 기다란 걸상에 불과했다.

게다가 그 가로판자는 내 넓적다리 4분의 3 정도의 폭밖에는 되지 않았고, 또 그 다리는 내 종아리의 반 정도로 가늘었다. 나는 보는 것만으로도 앉을 용기가 나지 않았다. 더구나 고문하는 형틀이 연상되어 몸의 털이 곤두서는 것 같아 나는 그대로 밖으로 나와 버렸다.

한참을 걸어가서야 친구의 목소리가 들렸다.

"어떻게 된 거야?"

돌아다보니 그는 내가 나오는 바람에 뒤따라 나온 것이었다. 그는 의아한 듯이 물었다.

"왜 뛰쳐나온 거지, 대답도 하지 않고?"

나는 대답했다.

"미안하군. 도무지 귀가 멍멍해서 자네 말소리가 들려야지."

그 후 나는 이 일을 생각할 때마다 이상한 생각이 들었다. 그 극장이 엉성해서 그랬던 것인지, 그렇지 않으면 객석에 앉아 구경하는 생활이 몸에 배지 않아서인지…….

두 번째는 어느 해였는지는 잊었지만, 좌우지간 호북성(湖北省)에 수해의연금 모집이 있었고, 담규천(譚叫天, 유명한 경극 배우)이 아직 살아 있을 무렵이었다.

의연금을 모집하는 방법은 2원을 내고 표를 한 장 사면 제1무대에 가서 연극을 구경하는 식이었다. 모두 명배우가 출연하였는데 그중 한 사람이 담규천이었다.

나는 표 한 장을 샀다. 모금 운동원들에 대한 의리로 샀던 것인데, 한편으로 이 기회에 담규천을 보지 못하면 언제 볼 수 있겠느니 하며 나를 부추긴 호사가들 때문이기도 했다. 그래서 나는 수년 전 둥둥 소리에 혼이 났던 것도 잊고, 제1무대를 향해 갔다. 또한 나로서는 큰 돈을 내고 산 표인만큼 썩히기에는 아까운 생각이 든 것도 이유 중 하나였다.

나는 담규천이 나오는 막은 늦게 있다는 것과, 또한 제1무대는 신식 구조라서 자리 다툼을 하는 일이 없다는 이야기를 듣고 있었으므로, 마음 놓고 늑장을 부려 9시가 지나서야 출발했다.

그런데 생각 밖으로 만원이어서, 역시 전처럼 발 디딜 틈도 없을 정도였다. 하는 수 없이 뒤쪽의 사람 많은 곳으로 비집고 들어가 무대를 보니, 노단(老旦, 연극에서 노파 역)이 노래를 부르고 있는 참이었다.

그 노단은 입에 불이 붙은 노끈을 두 개 물었고 옆에는 소귀(小鬼, 개구쟁이·바보 역)가 있었다. 나는 한참 동안 생각한 끝에 그 노단이 목련존자(木蓮尊者)의 어머니가 아닌가 하고 생각했다. 뒤쪽에서 중이 한 사람 출현했기 때문이었다. 그런데 그 배우가 누구인지 나로서는 짐작할 수 없었다. 그래서 내 왼쪽 옆에 거북스럽게 서 있는 뚱뚱한 신사에게 물어 보았다. 그 신사는 매우 기가 막힌 듯이 흘긋 나를 바라보며

"공운보(空運甫, 당시 유명한 경극 배우)!"

라고 대답했다. 나는 내가 시골뜨기처럼 어리숙해 보인 것이 부끄러워 얼굴이 화끈 달아올랐다. 그리고 마음속으로 다시는 더 묻지 않겠다고 다짐했다.

그러고 나서는 소단(小旦, 소녀 역)이 노래하는 것을 보고, 화단(花旦, 처녀 역)이 노래하는 것을 보고, 노생(老生, 노인 역)이 노래하는 것을 보고, 무슨 역인지 모르는 사람이 노래하는 것을 보고, 여럿이서 마구 두드려 대는 것을 보고, 두세 명이 뛰노는 것을 보았다.

9시가 지나 10시가 되고, 10시가 11시가 되고, 11시가 11시 반이 되

고, 11시 반이 12시가 되었지만 담규천은 나타나지 않았다.

나는 지금까지 이처럼 끈덕지게 무엇을 계속 기다린 적이 없었다. 내 옆에 있는 뚱뚱한 신사는 하아하아 숨을 몰아쉬고 있었다. 무대에서는 둥둥 꽝꽝 징과 북을 울렸고, 울긋불긋한 것들이 번쩍번쩍했다. 게다가 12시나 되었다.

갑자기 나는 이런 것이 내 생리에 맞지 않는다는 것을 깨달았다. 그렇게 생각한 순간 나는 기계적으로 몸을 비틀어 바깥 쪽으로 힘껏 밀었다. 미는 것과 동시에 등 뒤에 압박감이 느껴졌다.

그 탄력성이란 뚱뚱한 신사가 재빨리 내가 있던 공간으로 자신의 상반신을 들이민 것이라 생각했다.

결국 나는 되돌아갈 수도 없어, 그대로 밀리고 밀려 문밖으로 나왔다.

큰길에는 관객을 기다리는 차 외에는 사람이 거의 없었다. 그런데도 눈 앞엔 아직 10여 명이 고개를 빼 들고 연극 광고를 보고 있었다.

그 밖에 또 한패가 무엇을 바라보지도 않고 서 있었는데 아마도 연극이 끝나고 나오는 여자들을 볼 셈인 것이리라. 그래도 담규천은 여전히 나타나지 않을 것이다…….

밤 공기는 상쾌했다. 이런 것이 폐부에 스며든다고 표현하는 느낌일 것이다. 북경에서 이렇게 좋은 공기를 마셔 보기는 이번이 처음이었다.

이날 밤이 내가 중국 연극에 하직을 고한 밤이었다. 그 뒤로는 두 번 다시 연극을 볼 생각을 하지 않았다.

가끔 극장 앞을 지나가는 일이 있어도 우리는 전혀 별개인 것처럼 하나는 남쪽 하늘에 있고, 하나는 북쪽 하늘에 있는 것 같았다.

그런데 며칠 전, 우연한 기회에 나는 무심코 어떤 일본책을 보게 되

서시 219

었다. 안타깝게도 책 이름과 저자는 잊었지만 아무튼 그것은 중국 연극에 관한 것으로, 그중 한 편에 대강 다음과 같은 것이 쓰여 있었다.
"중국 연극은 떠들썩거리며 연주하고, 크게 소리를 지르며, 이리저리 뛰어다니며 법석을 떨기 때문에 관객들은 머리가 어질어질해진다. 그러므로 극장에서 공연하기는 적합하지 않지만, 만일 야외의 넓은 장소에서 상연하여 멀리서 보게 되면 나름대로의 독특한 멋이 있을 것이다."
이것을 읽으면서 나 자신도 미처 생각해 내지 못한 점을 말해 주었다는 느낌이 들었다. 왜냐하면 나도 분명히 야외에서 매우 멋진 연극을 본 기억이 있기 때문이다. 북경에 와서 두 번이나 계속 극장에 갔던 것도 그때의 감동이 남았던 때문일지도 모른다. 그런데 어찌된 셈인지 애석하게도 그 책 이름을 잊고 말았다.
내가 그 멋진 연극을 본 때란 벌써 까마득한 옛날로, 아직 열한 살인가 열 살인 때였다고 생각된다.
우리 노진(魯鎭) 고장의 관습으로는 시집간 여자가 아직 살림을 맡기 전에는 여름이 되면 친정에 가서 지내는 것이 보통이다.
당시 우리 할머니는 여전히 건강하셨지만 어머니가 어느 정도 살림을 맡고 있었기 때문에 여름에도 그리 오랫동안 친정에 있을 수가 없었다.
성묘가 끝나고 난 틈을 보아 며칠 다니러 가는 정도였다. 그때 나도 해마다 어머니를 따라서 외할머니 댁에 갔다. 그곳은 평교촌(平橋村)이라고 불렸는데, 바다가 가까운 아주 시골 구석진 냇가의 작은 마을이었다.
집들은 30여 가구도 못 되고, 반은 농사짓고 반은 고기잡이 생활을 하며, 아주 작은 잡화점이 하나 있을 뿐이었다. 그곳은 나에게 천국이었다. 모두들 잘 대해 주었고, '질질사간 유유남산(秩秩斯干 幽幽南山, 《시경》의 글귀)'을 암송하지 않아도 되었기 때문이었다.

나에게는 많은 놀이 상대가 있었다. 멀리서 온 손님이라고 해서, 그들은 부모들로부터 일을 안 해도 좋다는 허가를 얻어 내 상대를 해 준 것이었다.

작은 마을이라서 한 집에 온 손님은 거의 마을 전체의 공동 손님이었다. 우리들은 나이는 비슷비슷했지만, 촌수를 따지고 보면 적어도 아저씨뻘, 또는 할아버지뻘 되는 사람도 몇인가 있었다.

온 동네가 동성동본으로 조상이 같기 때문이었다. 그러나 우리는 친구들이었다. 가끔 싸움이 벌어져서 할아버지뻘 되는 아이를 때린다 해도 동네의 노인이나 젊은이 중에 "윗사람에게 버릇없이 군다."는 말을 하는 사람은 한 명도 없었다. 그들은 거의 다 까막눈이었기 때문이다.

우리들은 하루의 시작을 지렁이 잡는 일로 시작했다. 지렁이를 잡아 구리 철사로 만든 작은 낚싯바늘에 꿰어, 냇가에서 배를 깔고 누워 새우를 낚는 것이다.

새우는 물속에 사는 바보와 같았다. 기다렸다는 듯이 두 집게발로 낚싯바늘 끝을 잡아 마구 입에 처넣었다. 그러므로 얼마 안 되어 한 사발 정도는 잡을 수 있었다. 이 새우는 보통 내가 먹었다. 그 다음은 여럿이 소를 놓아 먹이러 갔다. 그런데 소는 고등 동물이기 때문인지 평소에 보지 못한 사람이라는 것을 알아보고 내게 덤벼댔다. 그래서 나는 옆으로 가까이 다가가지 못하고 멀찍이 따라가다가 서곤 했다. 그러면 아이들은 그만 내가《시경》의 '질질사간'을 외울 수 있다는 것도 무시하고 드러내놓고 나를 놀리는 것이었다.

내가 그곳에서 가장 원했던 것은 바로 조장(趙莊)으로 연극 구경을 가는 일이었다. 조장은 평교촌에서 5리쯤 떨어져 있는 약간 큰 마을이었다.

평교촌은 작은 마을이어서 혼자 힘으로는 연극을 할 수 없었으므로 해마다 얼마간의 돈을 조장에 내고 함께 연극을 하는 형식을 취하고 있었다.

그들이 어째서 매년 연극을 하는지 그때의 나는 생각조차 해본 적이 없었다. 지금 생각하니 그것은 봄 명절이라 토지신을 위한 구극(舊劇)이었던 것 같다.

내가 열한두 살 나던 해, 그렇게도 기다렸던 연극 구경의 날이 왔다. 그런데 그해에는 안타깝게도 아침에 배를 탈 수가 없었다.

평교촌에는 아침에 나갔다가 저녁에 돌아오는 큰 배가 한 척뿐인데, 이것이 남아 있을 리가 없었다. 그 밖의 배는 모두 작아서 갈 수가 없었다.

이웃 마을로 사람을 보내 물어 보았으나 모두 예약이 되어 있어 빌릴 수가 없었다. 외할머니는 화가 나서, 미리 이야기를 해 놓지 않았기 때문에 이런 일이 생겼다고 집안 사람들을 꾸짖었다.

어머니가 외할머니를 위로하시며 내게 노진으로 돌아가면 여기보다 더 재미있는 연극을 1년에 몇 번이고 볼 수 있다고 하셨다.

그러나 나는 금방 울음이 터질 것만 같았다. 어머니는 그렇게 고집을 피우는 게 아니다, 그러다가 할머니가 또 화를 내시면 어떡하냐고 애써 나를 달래셨다. 그러면 내가 친구들과 같이 간다고 하자 할머니가 걱정한다는 이유로 허락해 주지 않았다.

더 이상의 방법은 없었다. 오후가 되자, 친구들은 모두 가버렸다. 연극은 이미 시작되었으리라. 징소리 북소리가 들리는 것 같았다. 그들은 객실에서 콩국을 마시리라.

그날 나는 새우 낚으러도 가지 않았고 밥도 별로 먹지 않았다. 어머니는 매우 속상해 했으나 별달리 뾰족한 생각이 떠오르지 않는 모양이었다.

저녁밥을 먹을 때 마침내 외할머니께서 눈치를 채시고, 내가 고집을 부리는 것도 당연하다, 손님을 이렇게 푸대접하는 것이 아니다라고 하셨다.

저녁을 먹고 나자, 연극을 보고 온 아이들이 모여 정신없이 연극 이야기를 하였다. 나만이 할 말이 없었다. 그들 모두가 한숨을 내쉬며 나를 동정했다.

그러자 갑자기 그중에서 가장 영리한 쌍희(雙喜)가 무릎을 탁 치며 이렇게 제안했다.

"큰 배? 아저씨의 큰 배가 벌써 돌아와 있지 않아?"

그러자 10여 명의 다른 아이들도 즉시 찬성을 하면서 자기들이 그 배에 나를 태우고 함께 가겠다고 했다. 나는 기뻤다. 그런데 외할머니께서는 아이들만 가는 것이 걱정이 된다고 하셨다.

그리고 어머니는 어머니대로 어른이 따라가면 되겠지만, 하루 종일 일한 사람들을 밤일까지 시키는 것은 안될 일이라고 말씀하셨다. 옥신각신하던 끝에, 쌍희가 사람들의 마음을 짐작하고 큰 소리로 이렇게 말했다.

"제가 책임지지요. 배는 크고, 신(迅)도 아마 불만이 없을 거예요. 우리들은 모두 물에 대해 잘 알거든요."

그랬다. 이들 10여 명의 아이들 중 헤엄을 칠 줄 모르는 아이는 없었다. 게다가 그중 두세 명은 파도타기의 명수이기도 했다.

  외할머니와 어머니도 믿음이 갔는지 더 이상 반대하지 않으시고 그저 미소만 지으셨다. 우리들은 당장에 와아 하고 밖으로 뛰어나갔다.

  꽉 눌렸던 내 가슴은 갑자기 홀가분해지고, 몸이 끝없이 부풀어 오르는 것 같았다. 대문을 나서니 달빛 아래 다리 안쪽에 매어 둔, 지붕이 하얀 배의 모습이 보였다. 우리들은 그 배에 뛰어올랐다. 쌍희가 뱃머리의 삿대를 빼 들고, 아발(阿發)이 배 뒤의 삿대를 빼 들었다. 비교적 어린 아이들은 모두 나와 함께 선실로 들어가고, 좀 나이 많은 아이들은 배 뒤로 모였다.

  어머니가 따라와서 "조심하거라!" 하고 외쳤을 때 배는 이미 움직이기 시작했다.

  다리의 돌에 쿵 부딪히자 배는 몇 자쯤 뒤로 물러섰다가 그 길로 곧장 나아가 다리를 빠져 나갔다. 그리고 두 개의 노를 걸고 두 사람이 하나씩 잡고 1마장마다 교대하기로 했다. 아이들이 웃고 떠드는 소리, 철썩철썩 하고 노가 물을 치는 소리……. 온통 시퍼런 콩밭과 보리밭으로 둘러싸인 강물을 향해 나는 듯이 저어 갔다.

  양 언덕의 콩과 보리, 거기에 강 바닥의 수초에서 풍기는 상큼한 냄새가 물기 머금은 공기 속에 섞여 정면에서 불어왔다. 달빛은 물속에서 아련히 흐려 있었다.

  거무칙칙하게 굽이친 산들이 마치 용솟음치는 짐승의 등처럼 멀리 저쪽에서 배 뒤쪽으로 달려 지나갔다. 그런데도 내게는 아직 배가 느리게 느껴졌다. 아이들은 노젓기를 네 번째 교대했다.

  조장이 어렴풋이 보였다. 음악소리도 들려오는 것 같았다. 점점이 보이는 등불이 무대인지 아니면 단순히 고기잡이 배의 불인지 알 수 없었다.

　피리소리 같은 음악소리가 조용히 구르듯 들리더니 내 마음을 가라앉히기 시작했다. 그러자 콩과 보리와 수초 냄새를 담은 밤 기운 속으로 나도 모르게 함께 녹아 들어가는 것 같은 기분이 들었다. 불빛이 다 가왔다.

　역시 그것은 고기잡이 배의 불이었다. 그러고 보니 아까 보인 것도 조장은 아니었던 것이다. 그것은 뱃머리 맞은편에 있는 소나무숲이었다. 지난해 거기로 놀러 간 일이 있었다. 돌로 된 말이 넘어져 있기도 하고, 돌로 된 양이 풀숲에 놓여 있기도 했다. 그 소나무숲을 지나자, 배는 방향을 바꾸어 강 어귀로 들어갔다. 이제야 진짜 조장이 눈앞에 펼쳐졌다.

　맨 먼저 눈에 띈 것은 마을 밖 강가 빈터에 높게 솟아 있는 무대였다. 멀리 달빛 속에 흐러져 있어, 하늘과의 경계선이 분간되지 않았다. 그림에서나 본 일이 있는 아름다운 정경이 여기에 나타난 것인가 하고 착각할 정도였다. 배는 더욱 빨라져서 드디어 무대 위 사람의 모습이 빨갛고 파랗게 움직이는 것이 보였다. 무대 가까운 물 위에는 연극 구경하는 배들로 가득했다.

　"무대 근처에는 빈 자리가 없어. 우리 멀찍이 서서 구경하자."

　아발이 소리쳤다.

　그러자 배는 속도가 느려지며 곧 멈추었는데, 과연 무대 옆에는 가까이 갈 수가 없었다. 우리들이 간신히 닿은 곳은 무대 바로 맞은편에 있는 신전(神殿)보다도 더 먼 곳이었다. 하기야 우리들은 흰 지붕의 배이므로 일부러 검은 지붕들 틈에는 끼고 싶지도 않았다. 더구나 빈 곳도 없을 바에야······.

배를 매려고 혼잡스러운 가운데 문득 무대 쪽으로 눈을 돌리니, 검고 긴 턱수염을 기른 남자가 등에 기를 네 개 꽂고 긴 창을 잡아당기며 반쯤 벌거벗은 한 무리의 사나이들을 상대로 한창 뛰어다니는 중이었다.

쌍희의 설명에 의하면, 유명한 쇠머리 노인으로 한꺼번에 여든네 번이나 재주넘기를 할 수 있다는 것이었다. 그가 낮에 직접 세어 보았다고 했다.

우리들은 뱃머리에 모여 앉아 싸우는 것을 구경했다. 그러나 그 쇠머리 노인은 다시 재주를 넘지 않았다.

벌거숭이 사나이 몇 명인가가 한바탕 재주를 넘고는 들어가 버리고 말았다. 뒤이어 한 명의 소녀가 나와 노래를 부르기 시작했다.

"밤에는 구경꾼이 적기 때문에 쇠머리 노인도 적당히 넘어가는 거야. 손님이 없으면 묘기를 보여 주어도 기분이 나지 않으니까 말이야."

쌍희가 한마디 했다. 과연 그렇겠다고 나는 생각했다. 시골 사람들은 내일 하루 종일 일을 해야 하기 때문에 벌써 자러 돌아가 버렸다.

다만 이 마을과 이웃 마을의 좀 한가한 사람들 수십 명만이 드문드문 서 있을 뿐이었다. 물론 검은 배 안에는 이 지방 유지들 가족이 있기는 했지만, 그들은 연극을 보는 것보다는 과자며 과일이며 수박씨를 먹으러 온 것이었다. 그러니 손님은 없는 거나 마찬가지였다.

그러나 내 관심은 재주넘기를 보는 데 있지 않았다. 내가 보고자 했던 것은 흰 보자기를 쓰고 두 손으로 머리 위의 몽둥이 같은 뱀 대가리를 쳐들고 있는 뱀의 요정이었다. 그 다음으로는 노란 옷을 입고 뛰어다니는 호랑이였다. 하지만 아무리 기다려도 그 어느 것도 나타나지 않았다. 소녀 역을 한 아이는 들어가고 곧 나이 먹은 소생(小生, 남자 조

역)이 나왔다. 나는 곧 싫증이 나서 계생(桂生)에게 콩국을 사다 달라고 부탁했다. 잠시 후 계생이 돌아와 말했다.

"없어. 콩국 파는 귀머거리도 돌아가 버렸어. 낮에는 있었는데. 나는 두 그릇이나 마셨어. 가서 물이라도 떠다 줄까?"

나는 물은 마시고 싶지 않았다. 계속 참으며 연극을 보고 있었는데, 무엇을 보고 있는 건지 나도 알 수가 없었다. 시간이 지날수록 배우들의 얼굴이 일그러져 눈과 코가 어렴풋이 보이고 넓적하게 변해 갔다.

어린 아이들은 하품만 했고 나이 많은 아이들은 나몰라라 하고 멋대로 수군대기 시작했다. 그런데 갑자기 소축(광대 역)이 무대 기둥에 꽁꽁 묶인 채 수염이 희끗희끗한 사나이에게 매를 맞기 시작했다.

그제서야 우리들은 생기가 나서 웃고 떠들며 구경을 했다. 이날 밤 연극에서 아마 이것이 제일 볼 만한 구경거리였으리라.

그런데 마침내 노단(힐미니 역)이 등장했다. 노단은 내가 제일 싫어하는 역으로 특히 앉아서 노래를 부르면 견디기 어려웠다. 이때 다른 아이들을 보니 모두 다 재미없어 하는 얼굴 표정이었으므로 나와 같은 생각인 것을 알았다.

노단은 처음에는 무대 위를 돌아다니며 노래를 불렀는데, 나중엔 결국 무대 한가운데 있는 의자에 앉았다. 나는 참을 수가 없었다. 쌍희 등 아이들도 마구 욕을 하기 시작했다. 나는 참으면서 기다렸다.

꽤 시간이 지나자 노단의 손이 위로 올라가는 것이 보였다. 그제서야 일어나는가 보다 하였는데 다시 손을 슬그머니 내리며 노래를 계속했다. 뱃머리에 앉은 아이들은 모두 하품과 한숨을 내쉬었다.

마침내 쌍희가 견디다 못해 저 노래는 내일까지도 끝나지 않을 테니 그만 돌아가는 게 좋겠다고 말했다. 물어 볼 것도 없이 모두 즉시 찬성했다. 아이들 모두 올 때와 마찬가지로 기운차게 뱃머리로 뛰어가 서너 명은 삿대를 빼 들었다.

그리고 그대로 몇 발 뒤로 물러서서 뱃머리를 돌리고 노를 저었다. 노단에게 욕을 퍼부으며 다시금 소나무숲을 향해 갔다.

달은 아직 밝게 떠 있었다. 연극을 구경한 시간은 그리 길지 않았던 것 같다. 조장을 떠나니 달빛은 더 밝았다. 돌아다보니 무대는 불빛 속의 붉은 안개에 덮여, 오면서 멀리 보이던 것과 마찬가지로 선산누각(仙山樓閣) 같았다. 다시 조용히 굴러가는 듯한 피리 소리가 들려왔다. 나는 노단이 이제는 퇴장해 버렸으리라고 생각했지만 다시 돌아가 구경하자고는 차마 말할 수가 없었다.

소나무숲도 이미 배 뒤로 지나갔다. 배의 속도는 느리지 않았지만, 주위의 어둠이 점점 짙어져 밤이 깊어진 것을 알려 주었다.

그들은 배우들에 대한 평을 하며 욕도 하고 웃기도 하면서 힘을 주어 노를 저었다. 뱃머리에 부딪히는 물소리도 한결 높아졌다. 배는 마치 거대한 흰 고기가 되어 많은 아이들을 등에 업고 물살을 헤치며 나아가는 것 같았다. 밤일을 하는 늙은 어부들이 작은 배를 젓던 손을 멈추고 손뼉을 치며 우리들을 맞아 주었다.

평교촌이 이제 1마장쯤 남았을 무렵 배가 느려졌다. 노잡이들이 모두 지쳤다고 투덜댔다. 너무 힘을 쓴 데다가 오랜 시간 먹지 않았기 때문이었다.

이번에는 계생이 좋은 생각을 냈다. 마침 강낭콩이 제철이고 장작도 있으니까, 훔쳐다가 구워 먹자는 것이었다. 모두 찬성하고 곧 배를 언덕에 대었다. 밭에는 알이 든 강낭콩이 널려 있었다.

"아아 아발아, 이쪽은 너희 집 밭이고 저쪽은 육일(六一) 아저씨네 밭이다. 어느 쪽을 할까?"

쌍희가 맨 먼저 언덕으로 뛰어오르더니 외쳤다.

우리들은 모두 언덕으로 올라갔다. 아발은 뛰면서 "잠깐, 내가 보고 올게." 하더니 여기저기 돌아보고 나서 몸을 일으키며 말했다.

"우리 집 걸로 하자. 우리 집 것이 더 굵어."

아이들은 얼씨구나 하고 모두 아발의 콩밭으로 흩어져 양손 가득 뽑아서 배 위로 집어 던졌다. 쌍희가 더 이상 뽑았다가 아발의 어머니가 알게 되면 야단칠 것이라고 하여 이번에는 육일 아저씨네 밭으로 들어가 또 양손에 한 움큼씩 뽑았다.

다시 나이 조금 더 먹은 몇 명이 천천히 배를 젓고, 남은 몇 명은 배 뒤쪽으로 가 불을 피웠다. 가장 나이 어린 애와 내가 콩깍지를 깠다. 콩은 금방 익었다.

배를 물 위에 띄운 채 모두 빙 둘러앉아 콩을 집어먹었다. 다 먹고 나자 다시 배를 저으며, 한쪽에선 그릇을 씻고 콩깍지를 물에 던져 버리기도 하여 흔적이 남지 않도록 뒷정리를 했다.

다만 쌍희의 염려되는 바는 팔공 아저씨 배에 있는 소금과 장작을 사용했다는 것이었다. 그 아저씨는 틀림없이 알아차리고 화를 낼 것이다.

그러나 우리들은 상의 끝에 겁낼 것 없다는 결론을 내렸다. 만일 그 아저씨가 화를 내면 이쪽에서도 작년 언덕에서 죽은 잣나무 고목을 내놓으라 하면 될 터였다. 그리고 '옴쟁이!'라고 놀려 주자고도 했다.

"무사히 돌아왔습니다. 제가 책임지겠다고 말한 그대로지요!"

쌍희가 갑자기 뱃머리에서 큰 소리로 외쳤다.

나는 뱃머리 쪽을 보았다. 배 바로 앞이 평교였다. 다리 기슭에 사람

서시 229

이 하나 서 있었는데 바로 우리 어머니로, 쌍희는 어머니를 향해 말하고 있는 것이었다. 나는 앞쪽 선실에서 뛰어나갔다. 배는 곧 평교를 빠져나가 거기 머물렀다. 우리들은 각기 배에서 내렸다.

어머니는 상당히 화가 나셔서 벌써 12시가 지났는데 이렇게 늦도록 뭘 했느냐고 하셨다. 그러나 금방 화를 푸시고 모두 볶은 쌀을 먹으러 오라고 웃으며 말씀하셨다.

우리들은 간식을 이미 먹었기에, 졸려서 일찍 자는 편이 좋겠다며 각각 집으로 돌아갔다.

이튿날 나는 해가 뜨고서도 한참 지나서야 일어났다. 팔공 아저씨의 소금과 장작에 대해서는 아무런 말썽도 없이 지나갔다. 그래서 오후에 여전히 새우를 낚으러 갔다.

"쌍희 이 개구쟁이들아, 어제 우리 콩을 훔쳤지? 그것도 살펴가며 따기나 했으면……. 온통 밭을 짓밟아 놓고."

그 소리에 머리를 들고 보니 육일 아저씨가 작은 배를 저으면서 우리를 향해 오고 있었다. 콩을 팔고 돌아오는지 팔고 남은 콩이 배에 쌓여 있었다.

"네, 저희가 손님 대접을 했어요. 처음에는 아저씨네 콩은 건드리지 않을 생각이었어요. 아이쿠, 모처럼 걸린 새우를 놓쳐 버리고 말았잖아요."

쌍희는 말했다.

육일 아저씨는 내 얼굴을 보자 노를 멈추고 웃으면서 나를 향해 말했다.

"손님? 정말 그렇군. 신 도련님, 어제 연극은 재미있었소?"

나는 끄덕이며 대답했다.

"재미있었어요."

"콩은 맛있었소?"

나는 또 끄덕이며 말했다.

"무척 맛있었어요."

그러자 놀랍게도 육일 아저씨는 감격했는지 엄지손가락을 쑥 내밀고 자랑스럽게 말했다.

"역시 큰 도시에서 공부한 분이라서 정말 눈이 높아. 우리 집 콩은 모두 골라 골라 추린 종자거든. 시골 놈들은 알지도 못하면서 우리 집 콩이 다른 집 콩보다 맛이 좋으니 나쁘니 떠들어 댄단 말이야. 오늘은 아씨에게도 보내 맛을 보시도록 해야지……."

그리고 노를 저어 가 버렸다.

어머니가 불러 저녁밥을 먹으러 집에 돌아와 보니, 식탁에는 한 대접 가득 막 삶아 놓은 강낭콩이 놓여 있었다. 육일 아저씨가 어머니와 나에게 맛보라고 주고 갔다는 것이었다. 아무튼 그는 어머니에게 나를 칭찬하며,

"나이는 어려도 제나름의 생각을 가지고 있어요. 머잖아 곧 장원급제하게 될 겁니다. 아씨, 아씨의 복은 이제 따 놓은 거나 다름없습니다."

라고 하더라는 것이었다. 그러나 콩을 먹어도 어젯밤 콩처럼 맛있지는 않았다.

그렇다. 그로부터 오늘날까지, 나는 정말 그날 밤같이 맛있는 콩을 먹어 본 일이 없었고, 또 그날 밤처럼 재미있는 연극을 본 적도 없었다.

작품 해설 및 작가 연보

루쉰(1881~1936)

작품 해설

　루쉰은 청조 말기인 1881년 9월 25일 절강성 호승에서 태어났다. 루쉰의 조부는 청조에 벼슬을 하다가 모종의 사건으로 투옥되고 부친은 중병에 걸리는 등 집안이 쇠퇴의 길로 접어들어 그는 불우한 환경 속에서 소년기를 보내야 했다.
　어려서부터 구교육을 받아 오던 루쉰은 18세가 되던 해, 신학문에 눈을 떠 남경의 강남수사학당에 입학했고, 이듬해에는 육사학당의 부설 광무철로학당으로 전학했다. 22세가 되던 1902년에 학교를 졸업한 루쉰은 일본에 유학을 가 고분학원을 거쳐 센다이의학전문학교에 입학했으나 중도에 퇴학하고 말았다. 그 이유는 자신이 〈후지노 선생〉에서 밝히고 있듯이 민족적 자존심에 상처를 입었기 때문이다.
　이때부터 루쉰은 중국 민족의 정신을 개조시키기 위한 방법으로 문예 운동에 착안함으로써 일생을 문필에 전념하게 되었다. 그 첫 번째

시도가 도쿄에서 계획한 잡지 《신생》의 발간이었으나 재정난으로 좌절되고 말았다. 이에 실의에 빠진 채 귀국한 루쉰은 교원 생활을 하던 중 신해혁명이 일어나 중화민국 교육부의 관리가 된다. 그리고 대학에도 출강해 중국 신문화의 여명기에 지도자적인 이론가의 길을 걷게 되었다.

또한 1917년에는 〈광인일기〉를 발표함으로써 창작 활동에 발을 딛게 되었다. 이후 그의 생활은 창작과 논설, 문예 잡지의 발간, 대학 교육, 고미술, 외국 문학 작품 번역, 강연 및 사회 부조리의 비판 등 여러 방면에서 문필가로서 뚜렷한 활약을 보여 주며, 민중을 일깨운 중국 신문화의 선구자로 평가받는다.

루쉰은 1912년 5월 5일 교육 부원이 되어 북경으로 옮겨 살게 된 날부터 1936년 10월 17일, 즉 죽기 전날까지 거의 매일 일기를 썼다. 잃어버린 한 권을 제외한 스물네 권의 일기가 1951년 영인본으로 출판되었다. 일기는 간단한 메모 비슷하게 날씨, 서신 왕래, 손님 접대, 책 구입, 금전 출납 등에 대한 것이 대부분으로 감상을 적은 대목은 적다. 전부 붓으로 썼으며, 서체가 시종일관 변함이 없다.

루쉰은 매우 많은 편지를 썼는데, 중국 정세로 미루어 보아 보존하기 힘들었을 텐데도 용케 오늘날까지 1천 통에 가까운 것이 모아져서 몇 권의 서간집으로 출판되고 있다. 특히 《양지서》 같은 것은 문학 작품으로 손색이 없을 만큼 내용이 진지하다.

《조화석습》에서는 루쉰이 어려서부터 그림을 좋아했다는 것을 엿볼 수가 있다.

그래서인지 그의 번역 가운데는 미술론이 여럿 포함되어 있다. 오히려 만년의 몇 년간은 문학 작품을 압도할 만큼 미술 쪽에 힘을 기울였다.

특히 목판화에 관심이 많아 중국의 전통적 목판 기술의 보존에 힘을 써 《북평전보》,《집죽재전보》 등을 복제하여 자비 출판하기도 했다. 국민적 경향을 가진 중국의 새로운 판화 운동은 그야말로 루쉰의 제창에서 시작되었다 해도 과언이 아니다.

고전 연구면에서는 루쉰의 학자적인 일면을 볼 수 있다. 문학사, 향토사, 민속 연구, 불전 연구 등에 이르는 광범위한 연구를 하였다. 루쉰이 가장 힘을 쏟은 것은 옛 소설의 교정 및 복원 작업과 그것을 바탕으로 한 역사적 체계화의 시도였다. 전자의 대표적 저작이 《고소설구침》이고 후자의 그것이 〈중국소설사략〉 및 〈학문학사강요〉이다.

그러나 그의 연구 방법은 전통적 학문의 영향으로 개성적이긴 하나 과학성이 부족하기도 했다. 이것은 역사 소설 같은 데서 쉽게 볼 수 있는 그의 특이한 사관과도 중요한 관련이 있다고 하겠다.

루쉰은 자신의 전 생애를 번역에 종사했을 뿐 아니라 젊은 번역가의 양성에도 힘을 기울였다. 루쉰의 번역은 주로 일본어와 독일어로 되어 있다. 유학 시절 베르느의 공상 과학 소설의 번역을 시초로 하여 만년에 병상에서 번역하다 끝내 완성하지 못한 고골리의 〈죽은 혼〉에 이르기까지 수많은 번역 작품이 있다.

그는 중국 문학에 유익하다고 생각되는 것은 국내의 평가를 고려하지 않고 무엇이든지 소개했다. 이 점이 그의 번역상의 특징이다.

루쉰의 창작엔 장편 소설은 없다. 다소 긴 중편 체재를 갖춘 〈아Q정전〉이 예외일 뿐이고, 나머지는 모두 단편 소설과 시로 이루어져 있다. 이것들은 《납함》, 《방황》, 《야초》, 《조화석습》, 《고사신편》 등 다섯 개의 작품집에 수록되어 있다. 그 외 습작적인 시는 다른 작품집에 들어가 있다.

《납함》은 1918년에서 1922년 사이에 쓴 창작 소설로 〈아Q정전〉을 포함하여 14편의 단편 소설과 서문으로 이루어져 있다.

〈광인일기〉는 루쉰의 첫 작품일 뿐 아니라, 근대 문학으로서의 중국 문학의 방향을 제시한 최초의 작품이다. 여기서 광인의 수기라고 설정되어 있는 것은, 그렇게 하지 않고는 내용적으로나 형식적으로 과감한 파괴를 행할 수가 없었기 때문이다.

유교 윤리의 허위를 폭로하는 시도는 같은 시대 다른 사람들도 많이 했지만 루쉰은 여기에서 만족할 수 없었다. 그 허위가 자기를 좀먹고 있어 자기가 피해자일 뿐만 아니라 가해자라는 철저한 인식 이상의 행위적 입장을 나타내기 위해서였다. 그런 의미에서 그는 주인공을 미치광이로 만드는 수밖에 방법이 없었을 것이다. 또 한편 이 작품은 중국에서 전혀 볼 수 없었던 획기적인 새로운 문체를 사용하여 그의 사상을 나타냈다.

파격적인 〈광인일기〉에 이어 루쉰은 〈공을기〉와 〈약〉에서 그가 신해혁명 전후에 체험한 구사회의 인간 압박의 모습을 그리고 있다. 이 두 작품은 서로 뒤얽혀서 전개되는데, 나중에는 여기에 상징적 수법이 가해져서 작품 세계가 점차 복잡해진다.

〈공을기〉의 주인공은 〈풍파〉에서 군중으로 변화하는데, 그것이 〈아Q정전〉으로 발전하면서 제도와 인간을 작품의 이면에서 반대 부조로 포착할 수 있게 만든다.

한편으로는 〈작은 사건〉이나 〈집오리의 희극〉 같은 소품이 생기고, 〈고향〉이나 〈서시〉 같은 환경에 대한 증오가 서정과 상응하는 작품도 생기지만, 이는 다음 창작집 《방황》으로 비약하기 위한 준비라고 하겠다.

그 밖에 〈주루에서〉를 비롯해 〈고독자〉나 〈상서〉로 이어지는 새로운 계열의 작품이 있다. 이것들은 작자의 정신 내부를 해부한 것으로 《야초》와 함께 루쉰의 내면 세계를 이해하는 데 중요한 작품이다.

《야초》는 제사를 포함해서 24편의 짧은 글로 이뤄졌다. 모두 1924년부터 1926년 사이의 작품으로 여기 수록된 작품들은 루쉰의 작품 가운데서 문학적 예술성의 완성도가 가장 높은 것들이다. 이 작품들은 당시 이래의 운율 전통을 현대 중국어가 어떻게 구사해 내느냐의 실험에 성공한 것으로, 중국 신문학의 승리를 확정 지은 것이라고 할 수 있다.

1926년경 쓰여진 《조화석습》은 자전기, 회상기의 연작 10편과 짧은 서문, 그리고 민속 자료의 연구를 포함한 긴 후기로 이루어져 있다.

루쉰의 작품은 어둡다. 한없이 어둡다. 〈아Q정전〉같이 하나의 전형적인 풍자적 해학 소설의 경우도, 〈고향〉처럼 회고적 감상을 수반하는 서정적 필치에서도 사건이나 인물이 부조될 때 그 저변에는 항상 어찌할 수 없는 비애와 적막이 흐르고 있다. 극도로 상징화된 산문집 《야초》에서도 역사상의 인물이나 사건을 바탕으로 하여 그것을 희화화하고 있다.

과연 루쉰은 인간 속에서 무엇을 보고, 자기 내부에서 무엇을 발굴하려 하였던 것일까? 그에게 있어 그가 산 시대란 무엇이며, 그가 속한 중국 민족은 어떤 운명에 놓인 존재로 비쳤던 것일까?

그의 생애는 말하자면 자기 민족의 여러 속성과의 쉼없는 투쟁이었으며, 그 자신 또한 같은 민족이었기 때문에 동시에 자신과의 투쟁의 연속이기도 했다.

그런데 그가 투쟁하여 개혁하려 한 것은 무엇이었을까? 그리고 그 시대의 선구자적인 청년들의 투쟁 무기가 대부분 정치적 행동이었고 계몽이었던 그 속에서, 아무 쓸모없어 보이는 문학을 투쟁 수단으로 택한 것은 무엇 때문이었을까? 루쉰에게 있어 문학이란, 미란, 감동이란 과연 무엇이었을까?

사람은 대개 스스로의 꿈에 의해 격려되고 성장하며, 또 그 꿈에 의해서 실패하고 절망한다. 루쉰은 대체 어떤 꿈에 의해 격려되고 또 절망했기에, 그 잊지 못하는 안타까움의 일부분이 제1 창작집 《납함》이 된 것이라고 말하는 것일까?

청년기에 품었던 꿈은 가혹한 현실에 짓눌리거나 혹은 스스로의 경험에 의해 수정되어 가면서 대부분 평생토록 그 사람을 지배한다. 그렇기 때문에 사람이란 슬퍼하고 분노하는 것이다. 또 비애나 분노가 없이는 결국은 아무것도 할 수가 없다. 그의 꿈이 형성되어 가는 과정, 그리고 그것이 어떤 꿈이고 어떻게 짓눌렸으며 어떻게 분열되고 어떻게 재생했는지를 밝히기 위해서는, 위의 사실이나 루쉰 자신의 회상을 바탕으로 하여 미루어 살피지 않으면 안 될 것이다.

작가 연보

1881년 9월 25일(음력 8월 3일), 설강싱 소흥부 성내 동창방구에서 선비 집안의 맏아들로 태어남. 성은 주(周), 이름은 수인(樹人), 자(子)는 예재(豫才), 어릴 때 이름은 장수(樟壽)로, 뒷날 자를 예산(豫山)으로 고침.

1893년 2월, 증조모가 사망하고 조부 개부가 투옥됨. 부친 백의가 중병에 걸려 집안이 갑자기 몰락함.

1896년 부친 37세로 사망. 이 무렵부터 1902년경까지 일기를 쓰기 시작함.

1898년 5월, 남경으로 건너가 강남수사학당의 장학생으로 입학함. 〈알검생 잡기〉,〈시화 잡지〉 등을 발표함.

1899년 1월, 강남육사학당으로 전학함.

1900년 〈별제제〉,〈연봉인〉 등의 구체시를 씀.

1902년	1월, 광무철로학당을 졸업. 3월, 일본으로 유학, 도쿄고분학원 속성과에 입학함.
1904년	4월, 고분학원 속성과 졸업. 조부, 68세로 사망함. 9월, 센다이의학전문학교에 무시험 입학, 수업료 면제받음.
1906년	의학전문학교를 자퇴하고, 귀국하여 주안과 결혼함. 며칠 뒤 동생 작인과 함께 다시 일본으로 건너가 문학 연구에 전념함.
1907년	동생 작인, 친구 허우상 등과 문예지 《신생》 발행을 꾀했으나 좌절됨.
1909년	3월에 《영괴서설집》 제1권, 7월엔 제2권 간행함. 8월에 귀국하여 절강의 사범학당의 생리학 및 화학 선생이 됨.
1911년	여름, 소흥중학당을 사직함. 항주 광복의 소식이 소흥에 전해져 성내에서 대회가 열렸는데, 루쉰이 주석으로 추대됨. 《월탁일보》 발기인의 한 사람으로서 하이네 시 등을 번역하여 발표함. 12월 처녀작 〈회구〉를 씀.
1912년	1월에 교육부 부원이 되고, 2월에 《고소설구침》 완성, 그 서문을 씀. 5월, 소흥회관의 등화관에 살며 교육부 사회교육사 제1과 과장이 됨. 그해 5월 5일부터 죽기 이틀 전까지 일기 쓰기를 계속함.

1918년　5월,〈광인일기〉를 루쉰이란 이름으로《신청년》4권 5호에 게재함.

1919년　1월, 애정에 관한 의견을〈수상록 40〉이란 제목으로 발표하고, 4월,〈공을기〉와〈약〉을《신청년》에 발표함.

1921년　1월,〈고향〉을 쓰고, 10월,〈고대 체코 문학 개관〉,〈소 러시아 문학 약설〉및 핀란드와 불가리아의 작품을 번역함. 12월,〈아Q정전〉을 파인이란 이름으로《신보부간》에 연재하기 시작함.

1923년　7월, 동생 작인과 불화를 겪게 되고, 8월, 제1 소설집《납함》을 간행함. 12월,〈중국소설사략〉상권을 간행함. 가을부터 북경대학, 북경사범대학, 북경여자고등사범학교, 세계어전문학교의 강사를 겸임함. 12월, 북경여자고등사범학교 문예회에서 '노라는 집을 나와서 어떻게 했는가'를 강연함.

1924년　단편〈축복〉,〈주루에서〉,〈방황〉등을 이듬해에 걸쳐 쓰고, 6월,〈중국소설사략〉하권을 간행함. 오랜 세월 교정보던〈혜강집〉을 완성함. 11월, 주간지〈어사〉를 발간함.

1925년　2월,〈청년 필독서〉를《경보부간》에 실어 논쟁의 발단을 일으킴. 4월,《망원》을 편집,《국민신보부간》편집. 5월,〈한

가한 이야기가 아니다〉란 글을 써 현대평론파와 논전을 펼침. 10월, 〈고독자〉, 〈상서〉 등을 씀. 11월, 잡감 제1집 《열풍》을 간행.

1926년 《조화석습》의 각 편을 〈구사중제〉란 제목으로 《망원》에 게재. 2월, 〈꽃이 없는 장미〉를 씀. 3월, 대학 교수에 대한 체포령으로 피신하였다가 6월에 귀가한 뒤, 《화개집》을 간행. 7월, 〈작은 요하네〉를 번역. 8월 말 북경을 빠져나와 하문대학 문과 국학계 교수가 됨. 9월, 제2 소설집 《방황》을 간행. 〈미간척〉을 씀. 《고소설구침》을 정리하고, 《화개집 속편》 편성함.

1927년 1월, 광주에 건너가 2월엔 중산대학 문학계 주임 겸 교무주임이 됨. 3월, 잡문집 《분》을 간행. 5월 《화개집 속편》 간행. 《조화석습》을 편성, 〈소인〉을 씀. 10월, 상해 경운리에서 허광평과 동거 시작, 이후 죽을 때까지 상해에 머뭄.

1929년 1월, 유석, 왕방인, 최진오 등과 공동 출자하여 조화사를 창설, 예문서 및 목판화 복간하여 《예원조화》를 냄.

1930년 1월, 풍설봉, 육달부와 공동으로 월간지 《맹아》를 창간(5호로 발매 금지).

1931년 4월, 풍설봉과 《전초》를 발간. 5월, 미명사 탈퇴함.

1932년   1월, 상해사변의 발발로 가족과 함께 내산서점으로 피난함. 4월, 1927년에서 1929년까지의 단편을 모은 《삼한집》 및 1930년에서 1931년까지의 잡문을 모은 《이심집》을 간행함.

1933년   1월, 《수금》을 간행. 익명으로 《신보》의 자유담 난에 계속 단행을 발표함. 2월 〈망각을 위한 기념〉을 씀. 3월, 〈상해에 있어서의 버나드쇼〉를 편집, 〈하루의 일〉, 《루쉰 자선집》을 산행하고, 4월, 《양지서》를 간행함.

1935년   1월, 《중국 신문학 대계 소설 2집》의 편집에 착수, 6월에 간행. 4월, 《십죽재전보》 제1권을 완성하여 간행. 11월 《고사신편》의 집필 속개, 12월에 전편을 완성하고 그 서문을 씀.

1936년   1월, 어깨와 가슴에 통증을 느끼기 시작함. 6월, 《화변문학》과 《고사신편》을 간행. 이 밖에도 반월간지 《해연》(2호로 발매 금지)을 편집 발간. 2월, 돌연 천식을 일으킴. 5월 병 재발, 위장병 진단을 받음. 7월, 《러시아 판화집》을 간행. 9월 〈죽음〉 및 〈여조〉 등을 씀. 10월, 《해상술림》 상권을 간행. 10월 18일 새벽, 지병이 재발하여 이튿날 오전 5시 25분 사망함.

대학권장도서 베스트 03
아Q정전·광인일기

초판 1쇄 인쇄 2009년 12월 10일
초판 1쇄 발행 2009년 12월 17일

지은이 루쉰
옮긴이 우인호
펴낸이 신원영
펴낸곳 (주)신원문화사

편 집 김준균 장민정 김진희
디자인 송효영
영 업 이정민
총 무 양은선 김희자 정하영 정설화 강수연
관 리 조경화 김황식
경영지원 윤석원

주 소 서울시 강서구 등촌1동 636-25
전 화 3664-2131~4
팩 스 3664-2130
출판등록 1976년 9월 16일 제5-68호

* 파본은 본사나 서점에서 교환해 드립니다.

ISBN 978-89-359-1507-1 (03820)
ISBN 978-89-359-1504-0 (세트)